とある飛空士への誓約

7

犬村小六

illustration 森沢晴

あらすじ

前代未聞の学生のみによる単独敵中突破を成し遂げ、軍の思惑により「エリアドールの七人」と呼ばれ英雄に祭り上げられた七人の士官候補生たち。「たとえ敵味方に別れようと、我々は憎み合うことはない。友情は永遠だ」と生涯の誓いを交わした彼らだが、時代の狂熱に巻き込まれ、互いに敵対する国家へ離ればなれとなる。それぞれの場所で次第に頭角を現していく七人の行く手に待ち受ける運命とは……。

坂上清顕は最愛の家族をウラノスによって殺され、いつか自らの手でウラノスを滅ぼすことを誓う。幼いころに結婚を約束したミオ・セイラとともにセントヴォルト帝国のエアハント士官学校に入学し、かつて父親が一騎打ちを演じた宿敵の娘、イリア・クライシュミットに出会う。当初は敵対的だったイリアだが、時間と共に打ち解け、いつしか友情以上の感情がお互いに芽生えはじめる。

ミオ・セイラは義父がウラノスのスパイであることを知り、自らもスパイとなることを強制される。家族を盾に取られ、仕方なくエアハント島の機密情報を潜入工作員ライナ・ベックとともにウラノスへ流すが、その結果エアハント島はウラノスの奇襲攻撃に遭い、虎の子の新型艦隊が全滅するなど壊滅的な被害を受ける。住み慣れた島と学校の惨状にショックを受けたミオは、清顕にスパイであることを告白し、永遠に憎まれることを望んでウラノス王都プレアデスへ旅立つ。

士官学校を卒業後、清顕の祖国、秋津連邦は突然セントヴォルト帝国と交戦状態に突入する。同じく秋津連邦から留学していた紫かぐらとともに囚われの身となった清顕を、バルタザール・グリムとセシル・ハウアーが共同して救い出し、母国へ送り返す。実現不可能と思われた救出作戦を成功させるため、セシルは今後、シルヴァニア王女エリザベート・シルヴァニアとして王国再興に乗り出すことを決意する。

祖国へ帰った清顕は、その卓越した空戦技術によってエースへと上りつめる。同じくセントヴォルト帝国軍エースとして頭角を現したイリアは、清顕と決着をつけるため秋津連邦首都箕郷攻略戦に参加。現在の仲間や祖国、守るべき市民のためにイリアと戦うことを決意した清顕だが、その内面には葛藤が渦巻いていた。壮絶な一騎打ちの末に相打ちとなり、同じ島で不時着した清顕とイリアは、国家のために戦うことへの疑問に苦しむ。自由な空を飛びたい――。その思いを抱いたとき、ふたりの目の前に世界最強の戦闘機隊ワルキューレ隊長アクメドが現れる。「お前たちを捕虜にする」。アクメドはそう告げて清顕とイリアへ新たな翼を託す――。

一方、ウラノス王都プレアデスへ渡ったミオは、ウラノス情報部局局長ゼノン・カヴァディスの思惑により、「創世神話に予言された救世主」ニナ・ヴィエントの世話役となる。心を失っていたミオも、ニナや周囲のひとびととの交流のうちに、徐々に自分を取り戻していく。潜入工作に失敗しプレアデスへ戻ったライナも仲間に加わり、やがて、ニナは見事な演説で大衆の心をつかみウラノス女王として即位する。

ウラノスを支配する元老院議員たちが跳梁跋扈するユリシス宮殿へと居を移したミオへ、さらなる試練が課されようとしている……。

主な登場人物

［坂上清顕（さかがみ・きよあき）］

Birth: 1330/06/11

ウラノスの空襲により父母と姉を殺され、ウラノス打倒を誓った清顕。かつて結婚を誓いながら去っていったミオと、いま最も近くにいるイリアの間で揺れている。

［ミオ・セイラ］

Birth: 1330/06/04

義父とその家族のため、ウラノスのスパイとなって仲間の元を離れたミオ。かつて結婚の誓いを交わした清顕への想いはいまも胸を焦がしている。

［イリア・クライシュミット］

Birth: 1330/08/13

空の王となるために、幼いころから空戦技術だけを仕込まれてきたイリア。しかし清顕との出会いを経て、自らの想いに気づきつつある。

［ハチドリ（ライナ・ベック）］

Birth: 1330/11/26

かつてウラノス宮廷の名門貴族嫡男だったが、権力争いに敗れ、父は死に母は心を変調させた。ユリシス宮殿に居を移したハチドリは黒幕を突き止めるため、調査を開始する。

［バルタザール・グリム］

Birth: 1329/09/09

ベルナー財閥を一代で築き上げた祖父レニオールへの対抗心から、バルタザールは「国盗り」を志す。セントヴォルト帝国を「盗る」ことで、祖父を超えた証としたい。

［紫かぐら（むらさき・かぐら）］

Birth: 1329/05/19

慧剣皇家を守護する「闇の名門」紫家の長女。幼なじみの大威徳親王の元、神明隊隊長となったかぐらは、探し求めた自らの「天命」を遂に見いだす。

［セシル・ハウアー（エリザベート・シルヴァニア）］

Birth: 1331/12/08

かつて多島海の盟主であった旧シルヴァニア王国の王女。ウラノスにより滅ぼされた王国を再建するため、着々と基盤を築きつつある。

王都プレアデス

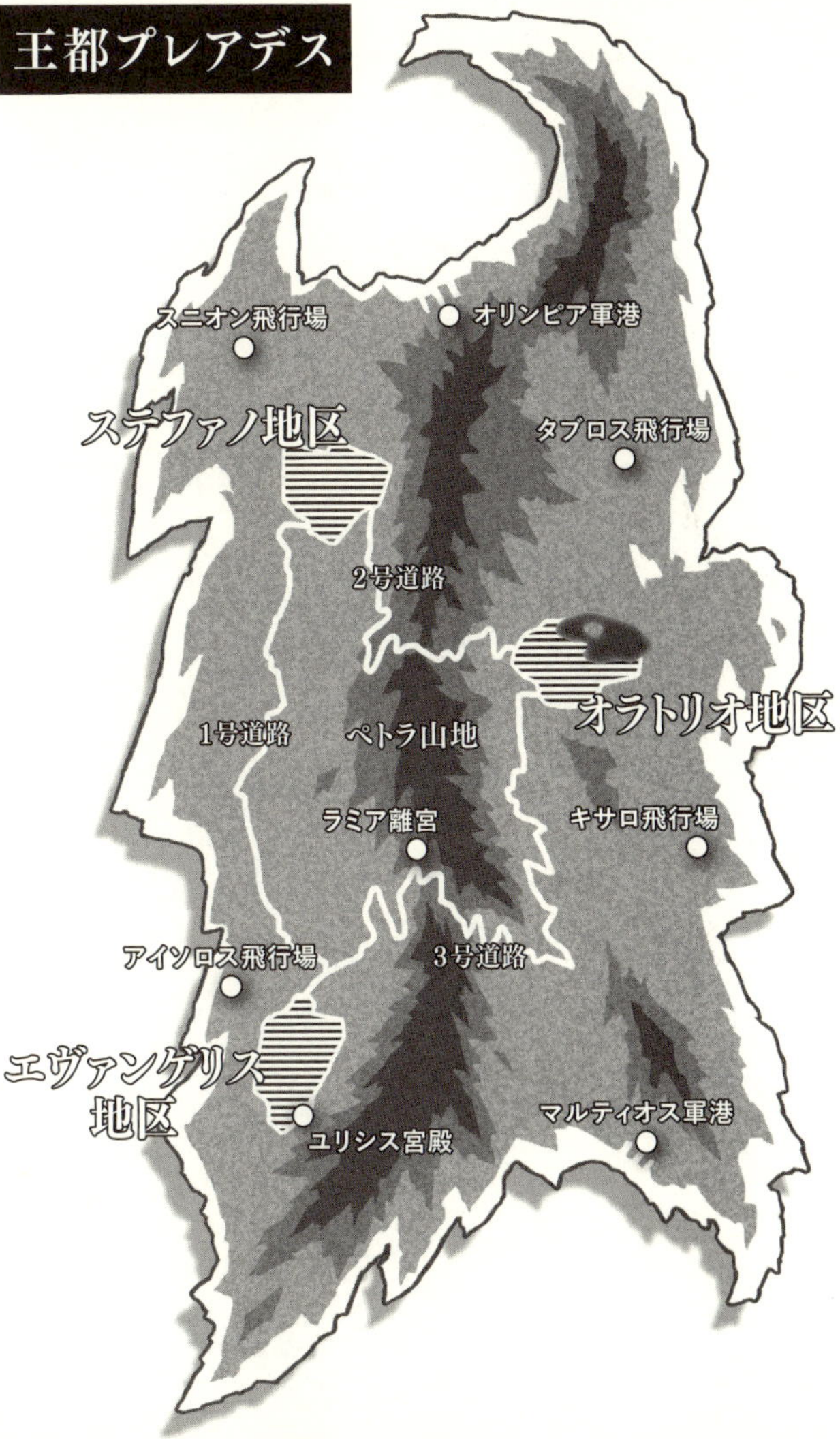
スニオン飛行場
オリンピア軍港
ステファノ地区
タブロス飛行場
2号道路
オラトリオ地区
1号道路
ペトラ山地
ラミア離宮
キサロ飛行場
アイソロス飛行場
3号道路
エヴァンゲリス
地区
マルティオス軍港
ユリシス宮殿

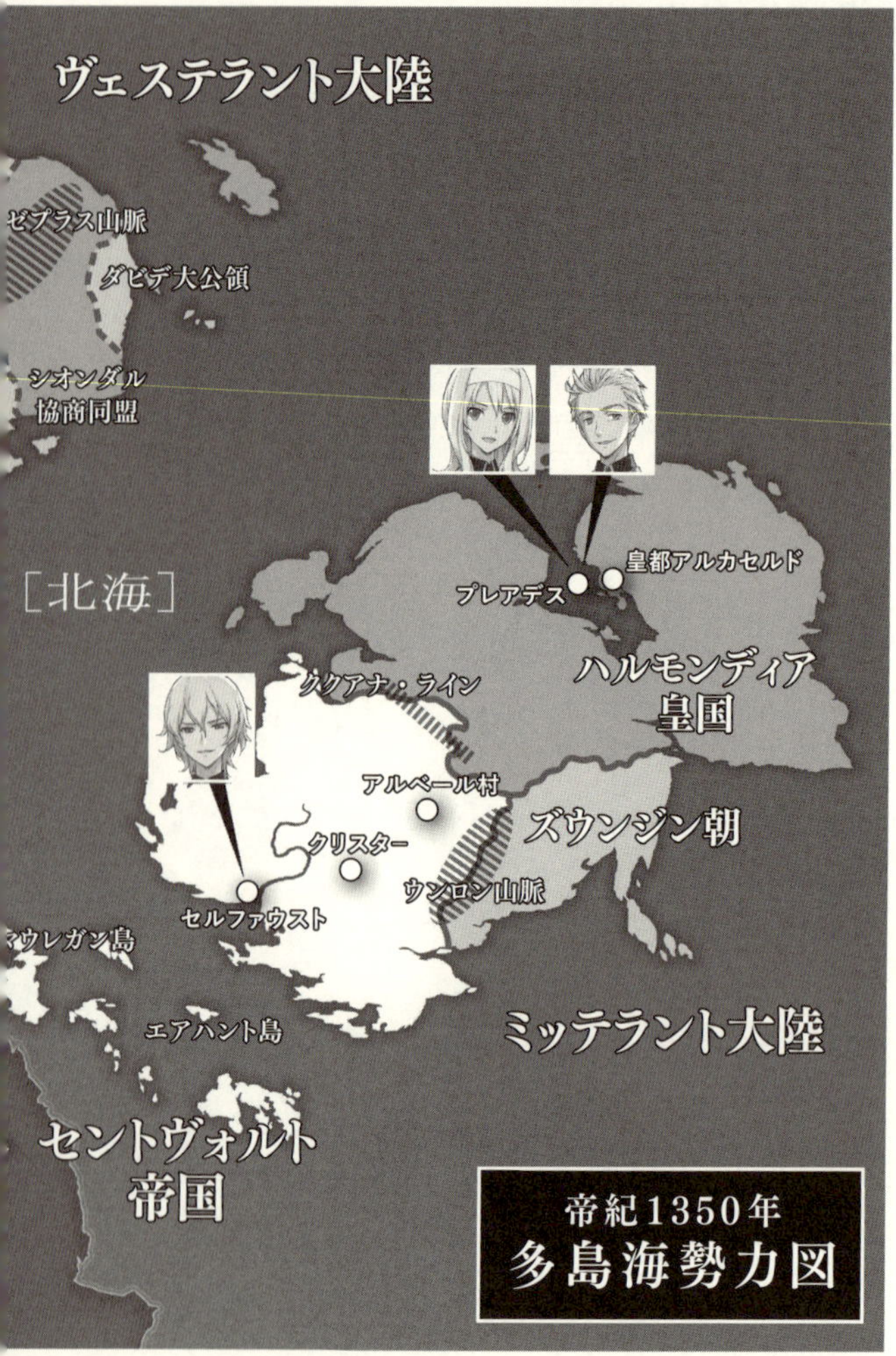
ヴェステラント大陸
ゼプラス山脈
ダビデ大公領
シオンダル
協商同盟
[北海]
皇都アルカセルド
プレアデス
ハルモンディア
皇国
ククアナ・ライン
アルベール村
ズウンジン朝
クリスター
ウンロン山脈
セルファウスト
マウレガン島
エアハント島
ミッテラント大陸
セントヴォルト
帝国
帝紀1350年
多島海勢力図

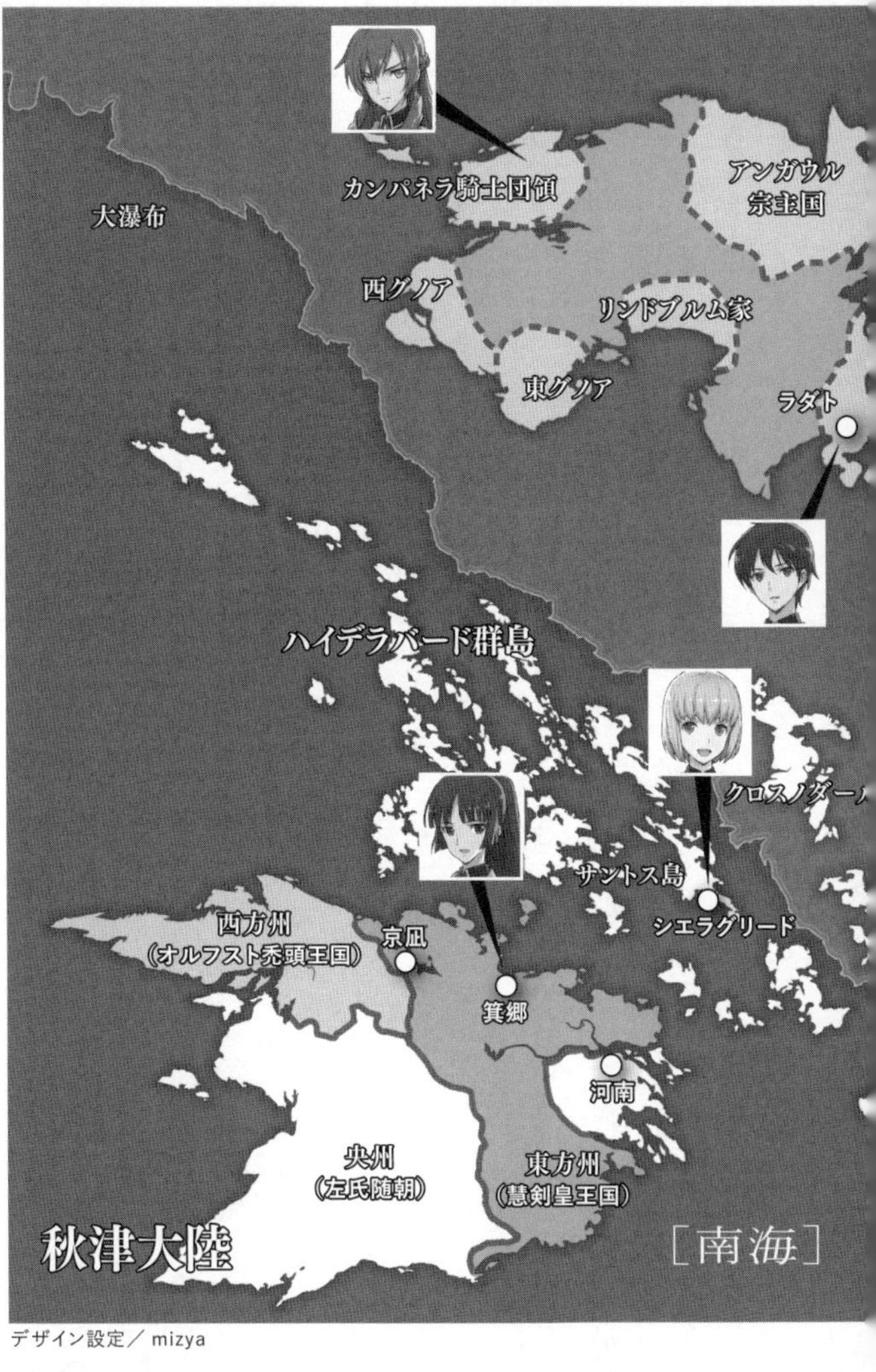

デザイン設定／ mizya

目次

デザイン＝セキネシンイチ制作室

序

デウス・エクス・マキナ。

機械仕掛けの神、を意味する作劇用語だ。

舞台劇の終盤、大勢の登場人物たちの思惑と行動が入り交じり、観客が「この混乱をいったいどう解決するのか」と固唾《かたず》を呑《の》んで見守っていると、なんの前触れもなくいきなり舞台天井から「機械仕掛けの神」が降りてきて、神の力を用いて混乱を解決するような展開を指してこういう。

そして、いまこの状況に於《お》いて我々が勝利を得るためには。

「デウス・エクス・マキナが必要です」

セントヴォルト帝国軍統合作戦司令本部参謀《さんぼう》将校、シルヴァニア王国付軍事顧問バルタザール・グリム中佐は諦観《ていかん》と共にそう発言した。

「絶対に勝てない」

焦《あせ》りも苛立《いらだ》ちも悔《くや》しさも、言葉のうちに微塵《みじん》もない。あまりに隔絶《かくぜつ》した戦力差であるためもはや、そういった感情をもつことさえはばかられる。

「ウラノスは恐るべき忍耐強さを以《もっ》て、このときのために十年以上の時間をかけて準備していました。ハイデラバード戦役《せんえき》も第二次多島海戦争も、やつらの消耗《しょうもう》戦略に引っかかった結果にすぎない。もはや我々に抗する手立てはありません」


帝紀一三五一年、六月、サントス島シエラグリード——。


ふたりきりの執務室でバルタザールの意見を聞き終えたシルヴァニア王国女王、エリザベート・シルヴァニアは、作業机に広げられた多島海全域の作戦地図に目を落とし現状を確認した。

セントヴォルト帝国が存在するミッテラント大陸のほとんどに「偵知《ていち》不可能」を示す黒のシートがかぶさっている。完全にウラノスに制空権を握られているため、この黒い域内で敵軍がどう展開しているのかわからないのだ。

秋津《あきつ》連邦が崩壊《ほうかい》し、多島海の覇権《はけん》を握るのはセントヴォルト帝国……と誰もが確信したまさにその瞬間、悪夢が帝国の後背《こうはい》を襲《おそ》った。ウラノス女王ニナ・ヴィエントを大元帥《だいげんすい》とするハルモンディア軍は、ニナの名を叫びながらわずか八か月間にしてミッテラント大陸を掌握《しょうあく》してしまった。

ニナ・ヴィエントが女王に即位して以来の一年半、ウラノスは、地上の民を虫けらのごとく踏みつぶしながら恐るべき勢いで二千年来の悲願「天地領有」を成し遂げようとしている。

誰も予想さえしなかった、この絶望的状況。

いや――。

正確にはひとり、この状況を遙《はる》か以前に予見していたものがいる。

かつて名門セルファウスト士官学校の四回生首席として、セントヴォルト帝国の防衛体制への疑問をレポートにまとめていたセシル・ハウアーはいま、その名前を捨てて女王エリザベートとなり、多島海存亡《そんぼう》の危機に立ち合っている。

「グリム中佐」

エリザベートは作戦図から顔を上げて、士官学校時代の先輩に呼びかける。

「ククアナ・ラインが突破されることは、予見できなかったのでしょうか」

バルタザールは少し怪訝《けげん》そうに眉《まゆ》をひそめて、肩をすくめた。いまさらそんなことを言ってなんになる、と無言の言葉が伝ってくる。

ククアナ・ライン。

セントヴォルト帝国がハルモンディア皇国との国境線に建設した複合コンクリート要塞《ようさい》。塹壕《ざんごう》と鉄条網《てつじょうもう》と戦車壕、鱗《うろこ》型トーチカ群と地下鉄道施設を複雑に組み合わせた難攻不落《なんこうふらく》の絶対防衛線は、いまや皇国軍の軍靴《ぐんか》に踏みにじられて跡形《あとかた》もない。いまにして思えばククアナ・ラインの防御力を絶対視しすぎていたことが、帝国の命脈《めいみゃく》を断ち切ってしまった。

「最善は尽くしました。僭越《せんえつ》ながら、わたしの予測を作戦本部に伝えたこともある。けれど考慮されなかった。その結果、この現状に至ったわけですが、それをいま嘆いてもなんの意味もありません。これからのことを考えなければ」

エリザベートは頷《うなず》いて、静かに告げた。

「一手、打ってあるのです」

バルタザールは再び、眉《まゆ》をひそめる。

「どのような?」

エリザベートは窓の外に目を移し、謎《なぞ》めいたことを言う。

「ヴェステラント方面から低気圧が降りてきますね」

もしかしたら、と前置きをしたうえで、言葉をつづける。

「現れるかもしれません。機械仕掛けの神が」

夕暮れどきだが、窓の外はもう暗かった。立ちこめている厚い雲のむこうから、遠い雷鳴《らいめい》が聞こえた。

エリザベートは灰色の風景の彼方《かなた》へと視線を送る。目線の先は、サントス島の遙《はる》か北方に広がるヴェステラント大陸。小規模の豪族や軍閥《ぐんばつ》が小競《こ ぜ》り合いをつづける未開の大陸に、ウラノスに抵抗できる勢力など存在しない。

バルタザールは女王のあやふやな言葉を受け流し、作戦地図へと目を落とした。

黒く塗りつぶされたミッテラント大陸を見やり、悔恨《かいこん》だけが湧《わ》き上がってくる。

いくら後悔しても仕方がないことはわかっているが、戻れるならば一年前に戻りたい。

まだセントヴォルト帝国が国家としてのかたちを留《とど》め、長年の悲願であった多島海の覇権《はけん》を手に入れようとしていたあのときに。

「なにもかも、手遅れです」

言っても仕方のない愚痴《ぐち》をこぼし、窓の外へ目をやって、バルタザールは昨年の自分を振り返った。確か、身分を明かしたエリザベートとはじめて謁見《えっけん》したのがちょうどいまから一年前だ。悪夢の予兆はあのときすでに聞こえていたのに、迂闊《うかつ》にも自分は聞き流してしまっていた。悔やんでも悔やみきれない失態だ。

セントヴォルト帝国軍統合作戦司令本部に配属され、少佐となり、順風満帆《じゅんぷうまんぱん》に出世していく自分に酔いしれていた帝紀一三五〇年の六月。あのころに戻れたならば、戦勝ボケしたおのれの尻《しり》を蹴《け》り上げて、ウラノスが保有するあの兵器の脅威《きょうい》を指摘できるのに。敵戦力を見くびり、充分な研究を怠《おこた》った結果、たった一年にして世界のかたちが熔解《ようかい》してしまうことを大声で国中へ告げ知らせるというのに……。

第三部　プレアデスの奇蹟

1.

帝紀一三五〇年、六月、セントヴォルト帝国首都セルファウスト――。


セントヴォルト帝国軍統合作戦司令本部に配属され、少佐となり、順風満帆《じゅんぷうまんぱん》に出世していく自分に酔いしれていたバルタザール・グリムは、高級ホテルのロビーで悶々《もんもん》としていた。

去年の十月、セントヴォルト海空軍の頭脳、ヴィクトール・カーン准将《じゅんしょう》との兵棋《へいぎ》演習に勝利を収め、今年の一月から統合作戦司令本部の情報部将校として首都セルファウストに住んでいる。サントス島作戦司令部において上司であったアンディ・ボットもバルタザールの功績と共に出世を果たし、現在、階級は准将、作戦司令本部情報部局長の肩書きを得た。

着任してから五か月余り、バルタザールは帝国軍情報本部が収集してきた情報を精査し、国際情勢の分析《ぶんせき》と宣伝工作と謀略《ぼうりやく》活動に役立ててきた。成果は赫々《かくかく》たるものがあり、さすがはヴィクトール准将を破った逸材《いつざい》だと高級将校たちを唸《うな》らせていた矢先に突然、コレット・エイヴォリー殿下から連絡が入った。

シルヴァニア王の妹君であらせられるコレット殿下は、セントヴォルト帝国外務大臣を夫にもつ女狐《めぎつね》……もとい旧王家の要人だ。現在はシルヴァニア王国の再興にむけて陰ひなたで精力的に活動している。去年の八月に坂上清顕《さかがみきよあき》と紫《むらさき》かぐらを脱獄《だつごく》させるために手を組んで以来、何度か情報収集のために連絡を交わしているから不意の一報も珍しいことではないのだが、今回は内容が特別だった。

『お待たせしたわね。エリザベート王女がセルファウストへ来ています。あなたに会いたいそうよ、グリム少佐』

電話口でそう告げられ、来るべきものが来てしまった、とバルタザールは覚悟を決めた。

断《ことわ》る理由はない。

謁見《えつけん》の栄誉に浴せることに感謝をし、エリザベートが滞在する高級ホテルの名前をメモに記し、指定された日時に必ず行くことを約して受話器を戻し、それ以来ずっと頭を抱え込みつづけ、本日、こうしてロビーでコレットを待っている。

腹が痛い。

これまでどんな作戦に従事してもこれほど気が滅入《めい》ったことはない。人生で最も重苦しく憂《ゆう》鬱《うつ》でいたたまれない時間だ。ああしておけばよかった、こうしておけばよかった、と過ぎ去りし学生時代を振り返って胃の底を軋《きし》ませる。

清顕《きよあき》とかぐらを秋津《あきつ》連邦に返したあと、コレットからエリザベートの正体を聞いた。

真実は、バルタザールが何度も何度も「頼むから、そうであってくれるな」と祈ったとおりだった。

エアハント士官学校時代、同じ士官室をあてがわれて、何度も何度もアゴで使役《しえき》してきたあの女が。社交に付き合わせた報酬《ほうしゅう》を求めてぎゃあぎゃあ喚《わめ》き立てるので、思わずバナナの房を投げつけてしまったことさえあるあの小娘が。おれが最も嫌いなタイプのバカ女……セシル・ハウアーこそが、失われた王女エリザベート・シルヴァニアだった。

「なぜ……よりによって……お前なのだ……」

柔らかすぎるソファーに腰を埋めたまま、バルタザールは思わず手で顔を覆《おお》ってしまう。運命の悪戯《いたずら》、という言葉をあてがうにしてもひどすぎる。なぜそんなやんごとないお方が身分を偽《いつわ》り名前を隠し、おれの部下としてあのエリアドール飛空艇に乗り込んできたのか意味がわからない。

セシルの正体がエリザベートだとはじめから知っていたなら、いくらでも手段を尽くしてご機嫌を伺《うかが》い、この頭脳、この外見、洗練の極みに達した対人コミュニケーション能力、次々と繰り出される華麗な社交辞令……あらゆるおれの男性的魅力にものをいわせて懐《ふところ》深くに入り込み、手のひら上で自在に使役してやれたのだが……。

「食あたりかしら、グリム少佐？」

黙考《もっこう》に沈んでいたところに突然間近から声をかけられ、思わず飛び上がりそうになったがかろうじてこらえ、バルタザールは訝《いぶか》しそうにこちらを見下ろすコレット・エイヴォリーを認めて腰を上げた。

「ご病気なら無理しないほうがいいけれど」

五十代後半の年齢に抗《あらが》うことなく品のよいグレーの婦人服を着こなし、自然な目尻《めじり》の皺《しわ》をそよがせて、コレットは心配そうに目を一度しばたたく。

「失礼、幾つか憂慮《ゆうりょ》すべき案件を抱えておりまして。体調などは問題ありません。お招きに感謝します、殿下」

「お久しぶりね。お目にかかるのはオーディン以来かしら？　ますますご活躍だと聞いていますよ。兵棋《へいぎ》演習でヴィクトール准将《じゅんしょう》に勝ったとか。海空軍でも異例のスピード出世だそうね」

「恐縮です。殿下のご協力のたまものです。わたしの力ではありません」

殊勝《しゅしょうがお》顔をこしらえると、コレットはにこりと相好《そうごう》を緩《ゆる》める。

「王女は二十五階です。再会を楽しみにしておられますよ」

どう楽しむつもりか、予測がつかない。エリザベートがおれの過去の仕打ちをやり玉にあげてきた場合、どう対応するか。それについて昨日《きのう》一晩考え、一応の対応策を案出することに成功したが、失敗したなら我が身も滅《ほろ》ぼす諸刃《もろは》の剣《つるぎ》であるため、できるならば使うことなくやりすごしたい。

エレベーターに乗り込むと、コレットが突然、言ってきた。

「ひとつだけ、お願いしたい点が」

「…………？」

「普段の王女は、セシル・ハウアーではありません。エリザベート・シルヴァニアとして少佐に対しても接するでしょう」

「……当然かと。昔と同じ立場ではありませんから」

むしろそのほうがありがたい。昔のことをすべて忘れ去ってくれていれば、なおいい。

「この半年ほどずっと、王女としての立ち振る舞いを学んでこられました。少佐からすると、少し戸惑うかもしれません。わたしも驚くほど成長されています」

りん、と音がしてエレベーターが止まった。エレベーターボーイがドアをあけ、ホテルの二十五階へ降り立つ。

呼び鐘《りん》を鳴らすコレットの背を見やりながら呼吸を落ち着け、決意を新たにする。

——対策はある。恐れることはなにもない。

——おれの才覚を以《もっ》てすれば、セシルの扱いなどいかようにもできる。

——むしろこれはさらなる出世のチャンスだと思え。

うまくいったならば、シルヴァニア王国王女を手玉にとって、おれの意のままに使役《しえき》することも可能だ。上官たちのおれを見る目もさらに変わってくるだろう。

スイート入り口のドアがひらき、年配の侍女が、バルタザールを広すぎるリビングへ通した。

白を基調に、縁に青を配したソファー、調度品類、照明機器。天井に届くほど高いガラス窓の連なりのむこう、帝都セルファウストが六月の大気にかすんでいた。

そして――。

少女はひとり、帝都を背景にして微笑《ほほえ》んでいた。

ショートだった髪をセミロングにしていた。胸に刺繍《ししゅう》の入った白のブラウスと金飾りのついた赤いスカート。そこらの女学生と大差ない服装だが、自然にまとった生気と気品がおぼろな背景から切り出されていた。

「お久しぶりです、グリム少佐。ご足労、感謝します」

セシル・ハウアー……いや、エリザベート・シルヴァニアは涼やかに挨拶《あいさつ》し、品のよい笑みをたたえる。伸ばした髪のせいだろうか、それとも本来の身分を受け入れたためか、士官学校時代よりもずいぶん大人びた印象だ。

「……久方ぶりです、殿下。その節はご助力いただき、感謝しております」

用意していた挨拶をぎこちなく紡《つむ》ぎ、差し出されたエリザベートの左手をうやうやしく下から支え、儀礼どおりに左足を引いて右膝《ひざ》を曲げる。勧《すす》められるままソファーに腰を落とし、ガラステーブルを挟んで王女と向かいあった。

コレットはリビングの隅に控えて様子を窺《うかが》っている。バルタザールは非常に居心地が悪い。

エリザベートの表情から内面を読み取ろうとするが、品性のベールに隠されて全く見えない。

エレベーターでコレットが言っていたとおり、以前のセシルとは雰囲気《ふんいき》が一変している。

——目だ。眼差《まなざ》しが違う。

蜜柑《みかん》色の瞳《ひとみ》の奥に、気品と威厳が自然に編み込まれていた。しかし決して他者をねじ伏せようとするような圧迫感は与えず、むしろこちらを柔らかく包み込む慈愛の色のほうが強い。

侍女がキッチンへ戻ってから、王女はいきなりそんなことを問いかけてきた。

「怒っていますか?」

「……わたしが? なぜ」

やや面くらい、問いを返す。

「ずっとわたしが身分を隠していたことを」

そう言ってエリザベートは澄んだ目線をまっすぐ投げる。

あまりに直球すぎて、逆にこの問いかけは予想していなかった。

どう答えるべきか。この場に来るまでに用意していた複数の台詞《せりふ》を脳裏《のうり》に思い描《えが》き、組み合わせ、最もおのれの善性をアピールできる言葉に整えてから、表情に「大人の余裕」をただよわせた。

「情勢を鑑《かんが》みれば、致し方ないかと」

外見は余裕を装《よそお》っているが、内心はひやひやだ。もしもセシルが学生時代のことを根にもっているならば、絶対に反撃してくる。

エリザベートは表情を変えず、しばらく口元に笑みをたたえたまま黙ってバルタザールの目を見つめた。針のむしろ、という言葉をはじめて実体験しつつ、バルタザールは内心の動揺を押し隠して大人の余裕をキープする。

長い沈黙を経《へ》て――エリザベートは口元だけだった笑みを目元にも映した。

「学生時代、少佐にはずいぶん、お世話になりましたね」

そのひとことで、バルタザールのこめかみに一筋、冷たいものが伝った。

――お世話とは、どういう意味だ。

文字面どおりに捉《とら》えたならば、勉強の面倒を見たりとか食事をおごったりとか、そうした上級生らしい振る舞いを指すはずだが、おれがセシルにそんなことをした覚えはない。あるのはコーヒーを淹《い》れさせたり夜食を作らせたり無理やりパーティーに同行させて人脈づくりに利用したり、おれの道具として扱った記憶だけだ。

だから可能性としては、「お世話になった」とはつまり、世間のチンピラが言うところの「お前にはあのとき世話になったなあ。借りを返させてもらうぜ」のニュアンスのほうが強いのではないか。

――どうする。

返事をためらったならおれの内面を不審がられる。可及的速《かきゅう》やかに返答する必要がある。ちなみにエリザベートの発言からここまで、ゼロコンマ五秒で思索《しさく》した。二秒以内に返答しなければ、エリザベートの脳裏《のうり》におれへの不信感が芽生える可能性が高い。

この場合、最も当たり障りのない返答は――これだ。

「もっとお世話ができれば幸いでした」

たぶんこれで大丈夫ではないか。いや、違うかもしれない。これでは「本当はもっとひどいことがしたかった」と受け取られる可能性もなきにしもあらず。いや、普通、そこまで深読みするだろうか。よくわからないがおそらく、訂正したほうがよさそうだ。別の台詞《せりふ》を組み上げようとした矢先、エリザベートが答えてしまった。

「意外ですね。グリム少佐は、あまりわたしには関心がない様子でしたが」

まずい。案の定、余計な疑念を抱《いだ》かせてしまった。

即座に対応しなければ、エリザベートが過去のおれの所業を持ち出してくる可能性がますます高まる。それだけはさせてはならない。これまでに培《つちか》ってきた交渉術を用いて、エリザベートが気がつかないほど自然に、この場の話題を別の方向へ切り替えるべきだ。

「学生時代といえば、坂上《さかがみ》とイリアの件を伺《うかが》いました。王家の捕虜《ほりょ》として扱われているとか。ふたりは息災《そくさい》でしょうか」

うまい。我ながら天才的にうまい。「学生時代」という一語を支点として、見事にあらぬ方向へ話題を切り替える高等テクニック。エリザベートはまんまと、おれの誘導に乗っかって笑《え》顔《がお》をたたえる。

「グリム少佐の力添えのおかげで。捕虜という名目ですが、すでにワルキューレ隊員と共にヴェステラント大陸で戦っています。ずっと飛んでいないと腕が落ちてしまいますし。政治的な調整が終わったら、ふたりの意思を確認し、行く先を決めていただきます」

「そのままワルキューレに入ってしまうのがよいでしょう。殿下とも懇《こん》意《い》でありますし、帝国作戦司令本部としても、帝国と王国の蜜月をアピールする方向で調整する考えです。ただし坂上は脱走兵扱いになるでしょうが……」

いま言ったように、イリアと清顕《きよあき》は半年前、箕郷《みさと》沖の空戦で相討ちとなり、両国軍では未帰還扱い……すなわち戦死扱いになっている。だが、コレットの連絡により、バルタザールはふたりがシルヴァニア王国の捕虜として護送された件を聞いていた。不時着した島でアクメドに囚《とら》われて、そののちエリザベートと謁見《えっけん》したふたりは、正体がセシルであることにひとしきり驚愕《きょうがく》したのち、このまま王家の捕虜待遇を受けることを了承した。そして現在、ふたりはワルキューレの隊員たちと共に傭兵稼業《ようへいかぎょう》にいそしんでいる。

「ただし秋津《あきつ》連邦軍はすでに崩壊《ほうかい》しています。秋津大陸は小国家分立状態に陥り、連邦軍の軍律そのものが機能しておりません。いまさらひとりの脱走将校について喚《わめ》き立てるものもいないでしょう。なにしろ国軍の三分の二が突然翻意《ほんい》したわけですから、非難や糾弾《きゅうだん》はそちらにむかうはずです」

清顕《きよあき》とイリアの一騎討ちから二か月後、帝紀一三五〇年二月、セントヴォルト帝国軍はついに連邦本土に上陸、凄絶《せいぜつ》な地上戦を経《へ》て、四月、本土東方の軍事都市、河南《かなん》を攻略した。帝国軍はさらに二十万人の陸兵を増援に送りこみ、首都「箕郷《みさと》」攻略への準備に入っている。

対する秋津《あきつ》連邦は現在、内紛《ないふん》状態だ。東方民、央州民、西方民《せいほうみん》からなる連邦軍だが、戦局が悪化するにつれ、民族間のいがみあいが大きくなり、四月五日、央州民代表と西方民代表は連邦からの分離独立を一方的に宣言、自分たちの保有する戦力を自《みずか》らの支配地域へ呼び戻してしまった。もはや連邦軍に団結して戦う力はなく、慧剣近衛《えけんこのえ》師団がかろうじて箕郷に留《とど》まり帝国軍を迎え撃とうとしているのみ。

エリザベートは紅茶に口をつけつつ、清顕の現況を伝えた。

「坂上少尉《さかがみしょうい》は、非国民扱いされる家族や親類もおりませんし、ご本人もワルキューレで戦うことを望んでおられます。ワルキューレ隊長のアクメドは、幼《おさな》いころの坂上少尉に飛空機械の取り扱いを教えた師匠であるらしく、いまはアクメドの列機として戦技を学び取ることに専念しているようです」

バルタザールは頷《うなず》きを返し、胸の奥で安堵《あんど》する。エリザベートの思考ベクトルは学生時代から見事に逸《そ》れて、これからの世界情勢へ完全に移行している。いいぞそのままその方向に突っ走れ、と祈念していると、意識外のところからアッパーカットが来た。

「かぐらさんが、慧剣皇家《こうけ》の親衛隊隊員である件は、ご存じですか？」

不覚にも、胸の中心が射貫《いぬ》かれる。そんな話は聞いたこともない。バルタザールもセントヴォルト帝国作戦司令本部に勤務しているから、そういう部隊が存在することはもちろん知っているが。

「慧剣皇家親衛隊……つまり神明隊《しんめいたい》ですね。その隊員が、紫《むらさき》？」

思わず聞き返してしまった。エリザベートは深刻な表情で頷く。

「坂上少尉から聞きました。紫家は一千年以上も慧剣皇家を陰ひなたから守護してきた名門士族らしく、かぐらさんもその使命を帯びています」

心臓に、痛みが走る。

慧剣皇家は現在、旧秋津連邦軍の軍幹部らに利用されて、最高権力者の立ち位置に就《つ》こうとしている。敗戦の責任を転嫁《てんか》したい軍幹部の思惑にのせられたかたちだ。滅《ほろ》びることはすでに定められた、張り子の権力。そんな滅び行く皇家に、神明隊は最後まで付き従うだろう。どんな運命が行く手に待ち構えているか、考えずともわかる……。

「それは……存じませんでした。紫が……神明隊に……」

バルタザールの担当は現在、シルヴァニア王国関連業務だから、秋津大陸戦線のほうは関与していない。だがしかし同じ作戦司令本部の同僚たちから伝え聞いた話では、帝国軍は戦後、慧剣皇家《えけんこうけ》を処刑する腹だという。戦争責任を皇家に押しつけ、自分たちのやった無差別爆撃《ばくげき》の罪を皇家に転嫁《てんか》したいのだ。そのとき、神明隊《しんめいたい》は命を賭《と》して皇家を守ろうとするだろう。皇家と生き、皇家と運命を共にする……。それが神明隊の性質だと、バルタザールは知っている。

いまからおよそ十か月前、囚《とら》われのかぐらと清顕《きよあき》を牢《ろう》から助け出し、飛空要塞《ようさい》オーディンの縁から落下傘《らっかさん》降下させて本国へ送り返した。あのとき感じた、経験したことのない淡い感情が胸の底へ舞い戻ってくる。

がらにもない。おのれの内面を俯瞰《ふかん》して、その淡さを排除しようとするがうまくいかない。

エリザベートはじっとこちらの様子を観察して、それから言った。

「心配ですか？　かぐらさんのこと……」

口調《くちょう》がやや、学生時代のセシルに戻っている。バルタザールは我に返り、居住まいを正した。

「いえ。紫《むらさき》もいまは敵国の将ですから。私情を挟むことはしません」

帝国軍少佐としては当然の答えだ。慧剣皇家は倒すべき敵の首魁《しゅかい》であり、それを守護する神明隊もまた、戦場で出会ったなら容赦《ようしゃ》なく殲滅《せんめつ》せねばならない。たとえそのなかに、学生時代の友人がいようとも。

しかし、胸の痛みがやまない。いつからこんなものが自分の内面に根付いていたのかと驚きながら、バルタザールは再び話題を転換して、王家再興に伴う多島海への影響だとか、今後のサントス島の運営だとか、当たり障りのない話へベクトルをむけつづけ、ついに最後まで学生時代の仕打ちについて話題を逸《そ》らしつづけることに成功した。夕食を共にし、エリザベートと今後も協力関係をつづけることを約して、午後九時、帰りのタクシーに乗った。

後部座席に背中を預け、神経を張りすぎて疲れた肩を軽く回し、今日《きょう》の自分の言説《げんせつ》を振り返って悦に入《い》る。エリザベートが過去の話を持ち出したらどうするか思案にくれていたが、王女の機先を制する見事な話題の転換、世界情勢に関する話にもっていって切り抜けることができた。

もしも学生時代の仕打ちについてエリザベートが恨み言《ごと》など言ってきたなら、昨夜一晩考えて立案した最終策「オペレーション・双子の弟」で責任転嫁を図ったところだが、幸いにして持ち出すことなく会談を終わらせることができた。エリザベートに加えた悪行《あくぎょう》をすべて架空の「双子の弟」になすりつける、究極の責任逃《のが》れ策。用意していた台詞《せりふ》は「悪いのは全部、わたしの双子の弟です。あんなやつに士官室を使わせるべきではなかった。弟の悪行を、兄として謝ります」。成功すれば効果甚大《じんだい》だが、ウソだとバレたならおれの社会的信用はゼロへ帰す諸刃《もろは》の剣《つるぎ》。いざとなればこの宝刀を抜くしかなかったが、抜かずに済んで幸いだった。

バルタザールは口元に快心の笑みをたたえ、自分に満点をつける。エリザベートの支援があれば、今後ますます追い風が吹くことは間違いない。

満足にひたったあと――。

痛みが舞い戻る。

神明隊《しんめいたい》に入ったかぐらが、皇家《こうけ》を守るため自《みずか》らを盾《たて》として帝国軍の銃弾《じゅうだん》に斃《たお》れるすがたが眼前に映じて仕方ない。

――振り払え。くだらない感傷だ。おれには必要ない。

無理やりに不吉な想像を払い落とし、その代わりに、骨身に染みついた憎悪《ぞうお》をたぎらせて感傷をごまかす。

――待っていろ、クソジジイ。おれは日々、貴様《きさま》の玉座に近づいているぞ。

窓の外の夜景に、祖父レニオール・ベルナーの能面を思い浮かべ、これまで何百万回も繰り返した悪態をつく。一代でベルナー財閥《ざいばつ》という巨大コングロマリットを築き上げたレニオールの業績を、靴底で踏みにじるのがバルタザールの生涯《しょうがい》の夢だ。顔色ひとつ変えたことがないあのジジイが、泣きっ面《つら》を浮かべておれにすがりつき慈悲を請《こ》うすがたを想像するだけで胸が高鳴る。

――貴様がおれに加えた仕打ちを、生涯許さん。

――貴様がいったい誰に対して舐《な》めた真似《まね》をしたのか、骨の髄《ずい》までわからせてやる……！

瞼《まぶた》の裏に浮かべた幻影のレニオールへ憎悪をたぎらせる。この憎悪がおれの原動力だ。この憎しみがあれば、おれはどんな苦労も耐えしのぐことができる。感傷にひたるような愚行《ぐこう》を犯すこともなく、どんな業績をあげても決して満足せず、さらなる一歩を踏み出すことができる。
――さて、今後のおれの作戦本部での立ち回りだが。
――ラファエル大将《たいしょう》に能力をアピールし、懐刀《ふところがたな》になりたいものだ。
参謀《さんぼう》総長ラファエル・ドナウアー大将。バルタザールが狙《ねら》う参謀総長の椅子《いす》に現在座ってい
る六十二歳の老将に、まずは認められなければならない。そのためには日々、世界情勢に目を
光らせて詳細な分析《ぶんせき》を怠《おこた》らないことだ。
現在、世界は――。
このところ頻繁に、セントヴォルト帝国の北東部に隣接するハルモンディア皇国から不穏《ふおん》な
足音が聞こえてくる。諜報部《ちょうほうぶ》の報告によれば、ハルモンディア皇国の軍港に先日、大規模な
ウラノス空中艦隊が入港して物資の積み込みを開始したという。また、多島海方面に派遣され
ていながらこれまで行方《ゆくえ》のわからなかったふたつの飛空要塞《ようさい》「レオン」と「ジゴス」がハルモ
ンディア北方海域にいることがわかった。多島海の戦場に参加することもなく、数か月間にわ
たってハルモンディア沿岸を遊弋《ゆうよく》し、なにやら怪しげな演習を繰り返しているらしい。
ハルモンディア皇国はウラノスの衛星国家だ。
政治と財政の中枢《ちゅうすう》を掌握《しょうあく》しているのはウラノス人であり、ウラノス王の意志に従って動く。
セントヴォルト帝国が多島海戦争に全力を投入しているいま、背後から襲《おそ》いかかってきても
不思議ではない。

しかし、こちらには皇国との国境をすべて網羅《もうら》する複合要塞《ようさい》ククアナ・ラインがある。

縦深《じゅうしん》三キロメートルに及ぶ塹壕《ざんごう》と戦車壕、鱗《うろこ》型トーチカ群は地上からの攻撃では突破不能、航空攻撃を受けても地下施設で耐えしのぐこの連続陣地帯は、現代兵器で正面から攻略するのは事実上不可能とされる。

塹壕に配置された機関銃《きかんじゅう》群への突撃は自殺行為であり、第一防衛線を突破したとしても、敵の脇腹《わきばら》を狙《ねら》うよう配置された側傍《そくぼう》機関銃がさらなる出血を強いて、敵後方連絡線を断ちきり孤立させる。さらに地下鉄で連結された陣地帯へ迅速《じんそく》に予備戦力が送られるため破損箇所《かしょ》の修復が早く、送られた予備隊が反撃の主力となって攻め手へ逆襲《ぎゃくしゅう》を加える。それに加えて後方には局地戦闘機を二百機以上も配備した飛行場があり、敵爆撃《ばくげき》機がやってきたならすぐさま撃《げき》滅《めつ》できる態勢にある。

皇国がいかなる大軍を動員し押し寄せてこようが、ククアナ・ラインに触れた途端、屍山血河《しざんけつが》が現出する。ククアナ・ラインがある限り、帝国の後背《こうはい》は万全であり、軍主力は気兼ねなく多島海攻略に乗り出せる。

そのはず……なのだが。

――本当に、そうか？

――重要な見逃《みのが》しが、あるのではないか？

ふとバルタザールの直感が、そんな疑問をささやく。

──不安要素があるとしたなら……。

タクシーの窓の外を眺めながら、バルタザールは時間潰《つぶ》しに思索《しさく》した。

──ウンロン山脈の迂回《うかい》ルートだ。

まずそれに思い至る。ウンロン山脈は帝国とズウンジン朝との国境を形成する山岳地帯だが、もしもこの山脈を皇国軍の機械化部隊が越えて、ククアナ・ラインの脇腹へ襲《おそ》いかかったなら大惨事《だいさんじ》となるだろう。ククアナ・ラインは正面からの攻勢に対しては無敵だが、側背からの攻撃には全くの無防備だ。

しかし、ウンロン山脈越えはふたつの点から不可能である。

皇国軍大部隊がウンロン山脈を越えるなら、ズウンジン朝の支配地域を通行しなければならない。帝国と皇国との国境線を山岳に守られたズウンジン朝は成立以来の八百年間、領土拡張意欲を抱《いだ》かず孤立主義に徹した誇り高い王朝だ。他国への侵攻を目的とせず、防衛のみに特化したズウンジン朝軍が敵軍の無害通行を許すはずがなく、王の誇りにかけて攻撃を加えるだろう。ふたつの山岳地帯を越えねばならない皇国軍の被害は甚大《じんだい》となり、ククアナ・ラインにたどり着いたとしても後方連絡線はズウンジン朝領内を通っているため常に脅威《きょうい》にさらされ、燃料弾薬補給が途絶えたなら遠征隊は壊滅《かいめつ》する。

さらに、重武装の機械化部隊が高山地帯を越える不可能性。

ククアナ・ラインの側背をつくにしても、歩兵や軽車両、軽戦車からなる山岳部隊では、平地に降りてからの地上決戦で帝国軍の機械化部隊に太刀打《たちう》ちできない。よほどの数的優位がない限り、軽戦車・中戦車では重戦車に勝てないため、重戦車を大量に配備した機械化部隊で山越えを敢行《かんこう》するしかない。しかし重戦車という兵科は燃費が悪すぎて遠征にむかない。整地でも一リットルの燃料で五百メートルを進むのがやっとなのに、山を越えるとなるとさらに燃費は悪化して、大量の戦車に大量の燃料を逐一《ちくいち》補給する必要が出てくる。あまりにも効率が悪すぎるし、補給線を維持する困難さを併せて考えたなら実行不可能な作戦だ。

——よって、機械化部隊の山越えなどありえない。

——あるとすれば、飛空艦艇による山越えだが……これはもっとリスクが大きい。

飛空戦艦や飛空空母ならウンロン山脈を越えることは簡単だ。だが基本的に飛空艦艇は大瀑《だいばく》布《ふ》を飛び越えるためのものであり、敵の領土へ侵攻する際には用いられない。なぜなら、鈍《どん》重《じゅう》で図体《ずうたい》の大きい飛空艦艇は急降下爆撃《ばくげき》や高射砲《こうしゃほう》にとって格好の標的になるうえ、敵地内陸部で撃沈された際のリスクが大きすぎるためだ。

海原で沈んでくれれば、艦艇が抱え込んでいる機密書類や暗号表、兵器や機材が敵の手に渡ることはない。しかし敵地上空で撃沈されたなら、それらは地表面にぶちまけられて、当然のように回収される。最先端技術の結晶である通信施設、機関部、搭載兵器は徹底的に研究されて、我が軍へ深刻な被害をもたらすだろう。飛空艦艇は大瀑布を飛び越えるために空を飛ぶのであり、敵地上空を飛んだなら一方的になぶられて味方の秘密を敵地にぶちまけるだけの存在なのだ。

——ゆえに、飛空艦艇もありえない。

残る可能性はミッテラント大陸東方海域を敵艦隊が大回りして、帝国東岸に上陸するルートだが、この海域は無数の島にレーダー基地が設営されているため、艦隊が接近したならすぐにわかる。上陸はおろか帝国領土を遠望することすらかなわず、急行してきた帝国軍多島海艦隊に撃滅されるだろう。

——つまるところ、帝国の後背《こうはい》は安全だ……。

バルタザールはそこで思索《しさく》を止めた。皇国がククアナ・ラインに攻撃を仕掛けるならむしろ出血を強いることができて好都合、多島海戦争が片づいたのち、とって返して皇国軍との戦端《せんたん》を切れることに作戦本部は沸《わ》き立つだろう。帝国にとって長年の宿願であった多島海とミッテラント大陸の覇権《はけん》をこの手に握る日が近づいている。

——そのときまでに、作戦本部内の地位を確立したいものだ……。

この四か月後に待ち受ける惨劇《さんげき》を知らぬまま、バルタザールはひとり、座席に背を預け目を閉じた。もしもウラノスのみが保有する「あの兵器」の運用法についてこのときもう少し思索を進めていたなら悲劇を看破《かんぱ》できていたかもしれないが、起きてしまったあとは手品のタネについて文句をつけても仕方なかった。

なぜ「あの兵器」を運用したなら先に述べた二点の不可能性が軽々と克服できるのか、気づくことができなかったのか。一年後、バルタザール自身がおのれを責めつづけることになる重大な見逃《みのが》しが、いままさに馬車の窓の外を通り過ぎていった……。

二.

迷うことを、やめた。

この空を飛ぶと、決めた。

後ろ指を指されて罵《のの》しられていい。間違っていて構わない。人間性を否定されようが、臆病《おくびょう》者《もの》と蔑《さげす》まれようが、すべての非難を受け止めて飛ぶ。

はじめて、行く先を自分で選んだ。

いや、選ぶことができた。

おのれの主《あるじ》を選べない時代に、目の前に一瞬だけ提示された選択肢。

国家のために飛ぶか。

かけがえのない仲間のために飛ぶか。

自分の意志で、ひとつを選ぶことができた。

そして、いま、ぼくはこの空にいる。

『清顕《きよあき》、いくぞ』

「はっ！」

通信機から伝う「隊長」の指揮に応を返し、清顕は高度四千五百メートルに占位して半ロールを打ち、海原を頭上に見上げた。

帝紀一三五〇年、六月、ヴェステラント大陸シオンダル協商同盟領ラダト――。


ヴェステラント大陸の海は、荒い。

白い波の背《そびら》が鱗《うろこ》状に視界の果てまでうねっている。

絶え間なく沸《わ》き立つ波頭のさなか、敵味方の機影が白い航跡を絡め合う。

銀鼠《ぎんねず》色の機体は、ダビデ大公軍……を名乗っているが、搭乗員はウラノス空軍兵、機種はおなじみ単座戦闘機アイオーン。

対する青銅《せいどう》色の機体が、清顕《きよあき》の所属する民間航空事業団「ワルキューレ」の単座戦闘機「カズヴァーン」。胴体部に二十ミリ機銃《きじゅう》二門、翼に十四ミリ機銃二門、二千馬力級エンジン搭載、開発元はベルナー重工業。セントヴォルト海空軍と契約を結んで開発されたがまだ生産ラインに乗っておらず、百四十機ある試作機の一部がワルキューレに割り当てられて、ヴェステラント大陸の辺境でこうして実戦投入され、その性能をセントヴォルト軍作戦司令本部にアピール中。

セントヴォルト海空軍の主力戦闘機ベオイーグルに乗っていた清顕には、カズヴァーンが生産ラインに乗らない理由が身に沁《し》みてわかる。カタログデータはベオイーグルを上回っているが、制御が難しく、高度を上げるほど雑多な操作を要求されて、敵機を照準《しょうじゅん》に収める作業に集中できない。

しかし熟練飛空士がその性能を引き出したなら、かなり強い。

そしてワルキューレに所属する飛空士たちには、それができる。

その結果が、いまこの空域に映し出されている。

——強い……!!

ワルキューレに所属して半年近くが経《た》とうとしているが、この搭乗員たちの空戦技術は言語に絶するものがある。世界最強の名は伊達《だて》ではない。ヴォルテック航空隊と草薙《くさなぎ》航空隊、ふたつの大国選《え》りすぐりの精鋭《せいえい》集団を渡り歩いた清顕が、改めて刮目《かつもく》するほど飛び抜けた戦闘機集団だ。

絵巻物にしか存在しないと思われた、一方的すぎる戦闘空域へ、清顕は翼を翻《ひるがえ》して急降下していく。

目の先で長い黒煙を吐き出し、アイオーンが墜《お》ちる。砕けた尾翼がくるくる回転しながら清顕の傍《かたわ》らを天頂めがけてすっ飛んでいく。

清顕の前方、プロペラのいななきをあげてカズヴァーンが駆《か》ける。扱いの難しい荒馬をねじ伏せるようにして乗りこなし、またたくまにアイオーンの尾翼と接触寸前にまで距離を詰め、最小限の弾数で仕留める。蒼穹《そうきゅう》を舞うアイオーンの破片を無造作《むぞうさ》に払いのけ、追尾の手を緩《ゆる》めない。まるで一軍のエースのごとき空戦機動だが、彼はワルキューレの一兵卒にすぎない。

世界中から集められたエリート飛空士たちが、いまこの空に「ワルキューレ」の紋章を掲《かか》げ飛翔《ひしょう》している。国家に縛《しば》られることを嫌い、より自由な空を求めた天空の戦士たち。彼らがなぜ国を捨てたのか、その事情はさまざまだが、ただ多かれ少なかれ、ひとつの因子が全員の共通項としてある。

——このひとと共に飛びたい。

——このひとと共に、研鑽《けんさん》を積みたい。

清顕《きよあき》もまた、その憧《あこが》れを強く抱《いだ》いてここに来たことは否《いな》めない。

いまおそらく、この世界の飛空士から最も憧憬《しょうけい》の念を集める「空の王」。

ウラノスのカーナシオンが「恐怖」を以《もっ》て敵を跪《ひざまず》かせるのとは対照的に、この男は「畏《い》敬《けい》」の念を以て敵から仰《あお》ぎ見られる存在だ。

世界最高の翼が、清顕の右斜め前方を急降下している。


——空の王、アクメド。


その呼称が伊達《だて》でないことは、アクメドの列機として出撃《しゅつげき》した何十回もの空戦で思い知った。

——次元が違う。

同じ機体に乗っているのに、アクメドだけが異なる空間、異なる時間軸《じく》に存在しているかのごとく、常軌《じょうき》を逸《いっ》した空戦機動で敵機を追い詰め、仕留めている。

いまもまた——。

同じ角度の急降下にもかかわらず、アクメドの行く先だけ大気が道をあけるのか、するすると機影が小さくなっていく。追いつけない。機体の震動を抑えつけ、強烈なプラスGに耐えながら、翼の表面に寄る皺《しわ》を片目で睨《にら》んで空中分解寸前のところを飛んでいるつもりなのになぜか引き離される。

——とてもわずかな操縦の精度の差が、このひらきになる。

その理屈はわかっている。しかしそれにしても人間業《わざ》とは思えない。機体と肉体が完全に同化している。アクメドはこの急降下が機体に及ぼす影響をすべて、おのれの細胞《さいぼう》で感じ取っているのではないか。

——このひとの技を、すべて自分のものにしたい。

——そうしたら……カーナシオンにも勝てる。

野心が立ち上がる。アクメドのすべての空戦機動へ目を凝《こ》らし、盗み取る。

またしても海原を背景にして、炎の華が咲いた。

咲かせたのはアクメドだ。

清顕の目の先に、もはや獲物《えもの》はいなくなっている。

虚《むな》しく機首を引き起こし、師匠の機影を追いながら、追尾してくる敵機がいないか、四方へ目を走らせる。死角から忍び寄ってくる敵機からアクメドを守るのが、いまの清顕《きよあき》の仕事だった。

見上げた青空に、すでに敵機はいなかった。

ただ恐るべき僚友たちが、青銅《せいどう》色の翼を悠然と広げて制した空を舞い飛ぶのみ。

来た見た勝った。

古《いにしえ》の戦記の一節が清顕の脳裏《のうり》を薄く撫《な》でる。

――なんというひとたち……。

いまだに呆《あき》れる。こなした数十回の空戦はいずれもひとりが三機を相手にするような寡勢《かぜい》でありながら、すべての戦いで敵を追い散らし、ときに壊滅《かいめつ》に追い込んでいる。

組織的な編隊空戦を行《おこな》う必要もない。単独行動する各機がその場その場の機微《きび》を読み、通信機で連絡を取りながら、狩るものと守るものの役割を相互にこなす。まるで出撃《しゅつげき》した三十機がひとつの生物となって行動するような完璧《かんぺき》な統制。これを可能にしているのが、地上に降りてから毎日行われるアクメドを中心とした検討会だ。

「だからこうバ――ッときたからお前がこっち行くだろうと思ってぺぺ――――ッておれがそっち行ったわけさ。したらお前が」「いやだから違うって、こっちにダ――――ッてきてたからおれはお前がそっち行くだろうと思ってバババババッてあっち撃ったらお前が」「いやそこじゃねえよ、その前にあっち側でズバババッてこうなってたから、こっちからバババババーッて行けば勝てるわけで」「いやだからお前記憶飛んでる。これがこうなってああだから……」

兵舎内で大の男ふたりが擬音《ぎおん》を連呼しながら手首の先で敵機の機動を再現しつつ、今日《きょう》の反省を行っている。言葉だけだとふざけているようにも聞こえるが、ふたりは大真面目《おおまじめ》だ。地上に戻ってカズヴァーンを降りた清顕も、指揮所に撃墜数《げきついすう》を報告したのち兵舎に戻り、机に頬杖《ほおづえ》をついて、ふたりが再現する今日の空戦模様を眺めながら、ぼくならああしたこうしたと思索《しさく》を繰り返す。

兵舎内ではふたりだけではなく、そこかしこでワルキューレの隊員たちが口角泡《こうかくあわ》を飛ばして擬音を連呼する。隊員は全部で八十五名と聞くが、ヴェステラント大陸各地の戦場に分散しているため、このラダト基地にいるのは三十数名ほど。議論する全員が真剣だ。ひとりひとり、おのれの腕に自信を抱《いだ》いた猛者《もさ》たちだから、互いに負けまいと自《みずか》らの空戦哲学を披瀝《ひれき》して正しさを主張し、互いにぶつかりあった結果、より研磨され洗練された理論が共有される。隊員はみな、それがわかっているから主張することを厭《いと》わない。この雰囲気《ふんいき》がワルキューレの強さの一因であると清顕は思う。

この独特の雰囲気をつくり出しているのがアクメドだ。

空の王と呼ばれる男も、隊員たちと混じっておのれの理論を惜しむことなく毎日のように開《かい》陳《ちん》している。細かい技術的なことも、精神的なことも、戦いがはじまる前の準備、毎日の鍛錬《たんれん》に至るまで、アクメドには隠し事が微塵《みじん》もない。議論の最後はいつも自然に隊員たちがアクメドの周囲に集まって、今日《きょう》の空戦で得た教訓を総括した。

「我々は一箇所《かしょ》に留《とど》まって戦う航空隊ではない。スポンサーの言うがまま、敵がいるところに出むいて戦うのが仕事だ。王家再興以後も、ベルナー重工業とは良好な関係をつづける必要がある。いまスポンサーを失えば、翼そのものがもぎとられてしまう。苦しいだろうが、耐えてくれ。いつまでも傭兵《ようへい》じゃない、王家再興は必ず成る。王国軍となったなら、基地に定住して防衛戦を戦うことになるだろう。我々は女王の翼だ、その誇りを保ちつづけよう」

ほとんど一週間ごとに住む場所が変わるし連戦がきつい、それにもっと扱いやすい機体に乗りたい、と願う隊員たちを眺め渡して、アクメドは厳粛《げんしゅく》な面持《おもも》ちでそう告げる。隊員たちは不平不満を呑《の》み込んで頷《うなず》き、それから気を緩《ゆる》めて食堂へ繰り出し、まずくて量が多い夕食を腹いっぱい詰め込むと、兵舎前の広場で酒盛りとなる。このあたりはヴォルテック航空隊とやることが変わらない。日が暮れると周辺の街から出稼《でかせ》ぎの屋台や女性たちが集まってきて、傭兵相手の商売をはじめる。ギターを持った隊員が、ヴェステラント大陸に特有のどこか哀愁を含んだアルペジオをつまびいて饗宴《きょうえん》に華を添えていた。

心地よい夜風に吹かれながら、清顕《きよあき》は馬鹿《ばか》騒ぎする隊員たちと少し離れた場所で、星のまたたきはじめた空を見上げた。

ワルキューレの一員となって約六か月、各地の戦場を転戦しながら連日のように空戦をこなしてきた。ヴェステラント大陸の乾いた光景もすっかり見飽きて、味付けの濃い肉料理にも舌が慣れ、時折無理やり飲まされる異常にアルコール度数の高いスコッチにむせることもなくなってきた。

流れ流れて異国の空を飛びつづける日々は、これまで味わったどんな戦場よりも肉体への負担が大きい。ワルキューレは基本的にいつも寡勢《かぜい》であり、充分に整備の行き届いた機体も少なく、整備兵の手が足りないため空戦が終わると自分の愛機に夜更けまで付き添う必要がある。今日もこれから格納庫へ行って、割り当てられた愛機のエンジンと遅くまで格闘する予定。地元民の屋台でお気に入りの煮込みミートボールを買って、まとわりついてくる商売女へ愛想笑《あいそ》いを返し、清顕はひとり、紙コップに入ったミートボールを頬張《ほおば》りながらほてほてと格納庫への道を歩く。

周辺は見渡す限り、ひび割れた荒れ地。建物はほとんどない。ヴェステラント大陸の南方地帯は雨季がなく、水に乏《とぼ》しい赤く乾いた大地がどこまでもつづく不毛の土地だ。この一帯ではウラノスの支援を受けたダビデ大公と、セントヴォルト帝国に支援を受けたシオンダル協商同盟がいつ果てるともない代理戦争に明け暮れる一方、ベルナー重工業などの大企業が大国へ新兵器の威力を紹介する展示場の様相も呈していた。もっともヴェステラント大陸そのものが国境線も定かでなく、地方豪族が王侯貴族の名を騙《かた》って割拠《かっきょ》する巨大な紛争《ふんそう》大陸であり、軍需産業にとっては貴重な収入源でありプレゼンテーション会場となっている。

ワルキューレもまた大企業の手先として、性能の怪しい新機軸《じく》の機体に乗せられ、戦いの空を飛んで、その性能を大国の軍事指導部へアピールする役割を担《にな》わされている。人体実験なら ぬ機体実験とでも呼べばいいだろうか、世界最強の戦闘機集団だというのに扱われ方は正規軍に比べればゴミに等しく、予期せぬ機体トラブルでなにもできぬまま墜死《ついし》する隊員も珍しくない。傭兵《ようへい》だから文句もいえず、スポンサーに命じられるまま各地の戦場へ赴《おもむ》いて、指さされた空で戦う毎日。

そんなワルキューレだがひとつだけ、譲《ゆず》れぬ矜持《きょうじ》があった。

どれほど割りに合わなくても、泥を食《は》まされても、スポンサーを失うことになろうとも、絶対に退《ひ》くことのできない唯一《ゆいいつ》の条件。

『戦う相手はウラノスのみ』

この矜持があるからこそ、清顕《きよあき》は祖国を捨ててワルキューレとなることを決めた。

ウラノス以外の敵と、戦わない。

それはワルキューレ隊長アクメドの誇りであり、同時に、エリザベート・シルヴァニアの意志でもあった。

王国を滅亡《めつぼう》へ追いやったウラノスと戦うためにのみ、ワルキューレは存在する。

——だからぼくはここにいたい。

この時代、国家に正義などない。

そのことは思い知った。

国家にあるのは、国益を至上とする戦略だけだ。

戦略目標は、他国政府をおのれの支配下に置くこと。

他国の富を吸い上げて軍備を拡大しなければ、こちらが食われる。生き残るためには膨張《ぼうちょう》しつづけるしかない。蓄えた軍事力で他人を殴りつけ、隷属《れいぞく》させ、おのれのコントロール圏内に置き、さらなる膨張戦略を模索《もさく》する。それが帝国主義の根本だ。巨大化した軍事産業を維持するために赤字国債を発行し、増税し、国民から財産を接収する。マスコミを統制して国民の愛国心を煽《あお》り、敵国の悪意を糾弾《きゅうだん》し、戦争を嫌がるものを非国民として処罰する。

ただ自分の正義だけをがなり立てているが、内情はどの国も似たり寄ったり。

金がかかる軍備を維持発展させるためには、戦争するのが手っ取り早いのだ。勝って他国の資源を収奪したなら、軍隊を維持できるしさらに拡張することもできる。そうして巨大化した軍隊を維持するにはさらに莫大《ばくだい》な金が必要となり、さらなる収奪が必要となる。

その結果、赤字を出してまで軍隊を巨大化させて、お互いに殴り合っている。殴り合う理由は、相手を殴っていないと自分の筋力を維持できないから。そうしてどちらかが死ぬまで殴り合った結果、勝ったほうはからからに干からびた相手の死骸《しがい》を手に入れて、ぼろぼろに疲れ切った自分の肉体のありさまに気づくというわけだ。

本末転倒、という言葉は帝国主義にこそふさわしい。

知れば知るほど馬鹿馬鹿《ばか》しい、戦争というものの構図だ。

――もう、たくさんだ。

――飛ぶ空を、選びたい……。

それに、なによりも。

――もう二度と、イリアと戦いたくない。

ウラノスを滅《ほろ》ぼすことを誓い、飛空士になった。

大恩のあるひとを撃つためでも、最愛のひとを撃つためでもなく、ただウラノスを打倒するためだけに飛びたい。

だから、もう、迷わない。

卑怯者《ひきょうもの》でいい。間違った選択でいい。祖国に住まうすべての人間から石を投げつけられて構わない。

――ぼくは、ミオを取り返すために飛ぶ。

――そのために、ワルキューレに入った。

国家のためではない。

誓約《せいやく》の仲間のために、飛びたい。

ウラノスを打倒して、ミオを取り戻すために、飛びたい……。

清顕《きよあき》は夜空の星のなかに、ミオの笑顔《えがお》を思い浮かべた。

自分が馬鹿すぎて、どうしようもないほど傷つけてしまった少女。

ミオと離ればなれになってから、もうすぐ二年になろうとしている。

夜空に透かしたミオの笑みは、ずいぶん輪郭《りんかく》がおぼろになっていた。

時間と一緒に、ミオの面影《おもかげ》が失われていく。胸の底が締め付けられる。

それからミオに覆《おお》いかぶさるように、寂しそうなイリアの表情が星の狭間《はざま》に浮かび上がった。

イリアとも、もう半年近く会っていない。

エリザベートに謁見《えっけん》し、忠誠を誓ってからすぐにイリアは清顕と引き離された。

シルヴァニア王国再興のためにはセントヴォルト帝国の後ろ盾《だて》が不可欠であり、イリアをワルキューレとして迎え入れることは両国の関係にさざ波を立てる可能性がある。しかしエリザベートとしては、親友イリアを是非《ぜひ》とも王国軍に迎え入れたい。政治的な調整を行《おこな》うため、イリアは現在、名前を変え、すがたも変えて、ヴェステラント大陸の最果《さいは》て、カンパネラ騎士団領で飛空機に乗っている。辺境の戦場であるため、セントヴォルトまでイリア生存の噂《うわさ》が届かないのだ。セントヴォルトとの間でうまく話がついたなら、ワルキューレと合流するという話だが、それがいつになるのかはわからない。

――無事かな。元気かな。寂しくないかな。

イリアのことを心配しながら格納庫に入り、整備長に挨拶《あいさつ》をして、脚立《きゃたつ》にのぼって愛機のカウルを外した。剝《む》き出しのエンジンに手を突っ込んで、細かい箇所《かしょ》を点検する。

頭の片隅に、ずっとイリアの寂しそうな表情が浮かんでいた。

一騎討ちをして、アクメドに囚《とら》われ、セシルに会うまで、会話のチャンスはあったのだが、ろくに話すことができなかった。

いろいろな想《おも》いが渦巻いて、自分の感情に整理をつけることもできず、ぎくしゃくしたままお互いの戦場へと赴《おもむ》いた。

あの一騎討ちをイリアがどう思っているのか、わからない。

イリアは清顕《きよあき》を撃ち、清顕もイリアを撃った。

そして清顕は思い知った。

——イリアが愛《いと》おしい……。

——失いたくない。

——ずっとイリアと一緒にいたい……。

心の深いところを覗《のぞ》き込んだなら、そんな呻《うめ》きが満ち満ちている。

なによりも、誰よりも、イリアを求めて心が泣き叫んでいる。

しかしその一方で、心は同時にこんな叫びもあげるのだ。

——ミオはプレアデスで泣いている。

菜の花のティアラをかぶり、笑っていたミオ。

『あたし、清顕のお嫁さん！』

嵐《あらし》の洞窟《どうくつ》で抱きとめた、ありのままのミオの肢体《したい》が浮かび上がる。

――ぼくはミオを傷つけた……。

心から、血が流れる。どうすればいいのか、わからない。

――イリアとミオ。ふたりとも大切だ。失えない。

――ふたりへの想いを秤《はかり》にかけるようなことをしてはいけない。そんなの不誠実だ。

――ふたりとも同じくらい大事だ。どちらか一方を選ぶなんて、考え方がいやらしい。

清顕はそんなふうに、おのれを戒《いまし》める。

エリアドールの七人の絆《きずな》は、友情だ。

男女関係を求めるものではない。

そんなの不潔だ。

――目標を見失うな。

ウラノスと戦い、プレアデスに乗り込んで、ミオを取り戻す。

エリアドールの七人全員がまた笑顔《えがお》で再会できる未来のために、ぼくは飛ぼう。

清顕はエンジンを手入れしながら自分の内面を確認していた。ひとりで黙々と夜更けまで愛機とむきあうこの時間が、いまの清顕にとってなにより大切な時間だった。

時の経《た》つのを忘れて、脚立《きやたつ》に足を踏ん張っていると、誰かが格納庫へ入ってきた。庫内は清顕だけではなく、ほかの飛空士や整備兵も十数人が働いているからひとの出入りは珍しくないが、なにか異質なものを感じて顔をそちらへむけた。

アクメドだった。

愛機の整備に来たのだろうか。

その傍《かたわ》らに、ワルキューレの軍服に身を包んだ見慣れない少女がひとり。

ワルキューレにも女性飛空士は数人いるから、取り立てて珍しいわけではない。

しかし清顕《きよあき》はなんとなく、少女の佇《たたず》まいに見覚えがある気がして、頼りない照明に目を凝《こ》らした。

アクメドは清顕に気づくと、少女を促して近づいてくる。

しなやかな肢体。凜《りん》とした顔立ち。肩にかかる寸前で切りそろえられた薄桃《うすもも》色の髪。

髪型と色を変えているが、誰なのかすぐにわかった。

「イリア……」

清顕は脚立《きやたつ》を降りた。

歩み寄ってきたイリアは足を止め、硬い表情を清顕にむけて、ぎこちなく頷《うなず》く。

その傍ら、アクメドが静かな口調《くちよう》で経緯を告げる。

「あちこちで調整をしていたが、ようやく終わった。イリアはこれからワルキューレの一員となる。戦闘機乗りとしてこれ以上ない人材だからな。おれとしてもむざむざ、セントヴォルトに帰したくない」

「……………………」

イリアは黙って、目線を少し落とし、清顕《きよあき》の胸あたりを見ている。

アクメドが言葉をつづける。

「イリア自身にためらいがあるのはわかっている。だが、王女のたっての希望と、現在のワルキューレの状況を鑑《かんが》みて、彼女をセントヴォルトに帰すわけにはいかない。名前とすがたを変えて、ワルキューレのために尽くしてもらう」

清顕もまた口を挟まず、アクメドの強引な言葉を聞いていた。

「これ以後、対外的にイリアの名前は、テルマ・クルマンとする。隊内で使う名前はイリアでいい。清顕、ラダトのことをいろいろと教えてやってくれ。旧交を温めてくれると、おれも助かる。……イリア、心理的な抵抗もあるだろうが、諦《あきら》めるんだな。ここを死に場所にしてくれ、頼んだ」

最後のほうは言葉にやや冗談めかしたものを含ませて、アクメドはぎこちないふたりを見やり、あからさまに気まずい空気を感じ取って、足をうしろに引いた。

「お前たちには、いろいろあったたな。だが、これからは同じ隊で戦う仲間だ。敵のこと、味方のこと、このあたりの地形……情報はいくら仕入れておいても損はない。じゃあな、しっかり話し合うんだぞ」

言いたいことを言ってしまうと、アクメドはふたりをそこへ残して自分の愛機へと歩み去ってしまった。

清顕とイリアはふたりきりで残され、気まずそうに目線を交わす。

「久しぶり……だね」

なんとか平静を装《よそお》って、清顕はそんな声をかけた。

イリアは相変わらずぎこちなく、目線を脇《わき》のほうへ泳がせて答える。

「……あぁ。……半年ぶり、かな」

そしてふたりは言葉を失い、立ち尽くす。

狭間《はざま》に立ちこめる感情が複雑すぎて、どうやってお互いに接したらいいかわからない。

気まずさを振り払うように、清顕はなにげない雰囲気《ふんいき》を醸《かも》しながら、

「髪、切ったんだ」

イリアは清顕を見ることなく、水飲み人形のように頷《うなず》く。

「……うん」

「髪の色も。前と違うね」

「……うん」

「…………」

「……………」

再び、居心地の悪い風がふたりの間にそよぐ。

半年前、飛空要塞《ようさい》「朱雀《すざく》」の沖合で、互いに二十ミリ機関銃《きかんじゅう》の銃口をむけて引き金を引いた。

そのひとと、いま、遠く離れた大陸でこうして再会している。

一騎討ちの決着の間際、空に響いていた言葉が清顕《きよあき》の耳に甦《よみがえ》る。

『愛してる』

『愛してる』

ふたり、あの空に溶け合って言葉を交わしていた。

あれから時間が経《た》って、冷静にあの出来事を振り返り、清顕は自分の勝手な妄想《もうそう》だと結論づけた。空を通じて会話ができるわけがない。神経を張り詰めて高空を飛びつづけた影響により、酸素不足の脳が手前勝手な幻覚《げんかく》を描《えが》き出したに決まっている。

わかったことがあるとすれば、イリアに対する自分の真実の気持ちだけだ。

かける言葉を思いつけず、途方に暮れた清顕へ、イリアはやっと真っ赤《か》な顔を上げた。

「変、かな」

「……え?」

「……髪」

勇気を振り絞るように、イリアは緊張した表情で清顕を見つめる。

清顕は勢いよく、首を左右に振る。

「全然。全然変じゃない。その、すっごく、似合ってる」

「…………………」

「……ほんと。……うん。前より……全然、いいよ」

慣れない褒《ほ》め言葉を懸命《けんめい》に紡《つむ》ぐ。偽《いつわ》りではなく、本心だった。イリアの端整な顔立ちと凛々《りり》しさが、より引き立っていると思った。

イリアの頬《ほお》が、ますます赤くなる。

「……そうか。……それは……なによりだ」

他人事《ひとごと》のようにそんなことを言い、またふたり向きあったまま立ちすくむ。

どうしたらいいかわからない。

けれど話したいことはたくさんある。

いままでのことや、これからのことを、もっとしっかりと。

これまであまりにも、普通の言葉を交わしていないから。

清顕は周辺を見やり、親切な整備員二名を発見して、一計を案じた。

「イリア、あの、明日《あした》は忙しいかな」

「…………？」

「ちょっと、ピストンがおかしくて。様子見たいんだけど、手伝ってくれない？」

「あ、あぁ。いいよ」

「よかった。エンジン外すけど。大丈夫？」

「……うん。カズヴァーンは、乗ったことがない。エンジンを把握できるなら僥倖《ぎょうこう》だ」

「ありがとう。助かるよ。ちょっと待って、少し手伝ってもらうから……」

清顕《きよあき》は顔見知りの整備員ふたりに頼んで、愛機のエンジンを取り外すのを手伝ってもらった。

本来の予定にはなかった大仕事だが、イリアとふたりきりで作業する口実をつくりたかった。

整備員たちは笑顔《えがお》でイリアに挨拶《あいさつ》をすると、可憐《かれん》な少女の前でいいところを見せたいのかいつもより張り切って取り外しの作業をつつがなく終わらせ、星型十八気筒エンジンを床《ゆか》に据《す》え置いて、お礼のタバコを清顕から受け取ると、おのおの作業へと戻っていった。

清顕は下ろされたエンジンを見下ろして、イリアに言う。

「さて……。マグネットか点火栓だと思うけど」

「……分解すればわかる。やろう」

見たことのないエンジンを目の前にすると、イリアは血が騒ぐらしく、先ほどよりもぎこちなさが薄らいでいる。ふたり、エンジンオイルの甘い香りに包まれて内部を覗《のぞ》き込み、ああだこうだと言葉を交わす。

「シャフトが焼き付いてないか?」

「そんなような気もする」

「軸受《じく》けの交換だな。下手《へた》するとピストンリングも」

「せっかくエンジン下ろしたし、やっといたほうがいいかな」

「うん。カンパネラでもそうだったが、ワルキューレは整備員の手が回り切れていない。時間があるときに、できるだけ自分の手でやったほうがいい」

飛空機のことになると、イリアは饒舌《じょうぜつ》になる。交換パーツを整備員にもらって、ふたりで地面に膝《ひざ》をつき、該当箇所《がいとうかしょ》に手を入れた。細かい作業だから自然、お互いの頭がくっつくような体勢になる。

エンジンオイルの香りのなかに、懐《なつ》かしいイリアの香りが混ざり込んだ。

その香りだけで、清顕の胸の奥が締め付けられる。

燃えさかる箕郷《みさと》上空で、ベオストライクに乗ったイリアに追われ、殺されることを覚悟したとき、自分の心がささやいた声が舞い戻ってきた。

『イリア。ぼくはきみに恋してるみたいだ』

いま間近でピストンの点検をしているイリアに、ふと目線が流れる。

裸《はだか》電球の褪《あ》せた琥珀《こはく》色の光が、短くなったイリアの髪に落ちていた。

心音が大きくなる。

イリアに聞こえてしまいそうなほどに。

彫りの深い横顔に、けがれのない濃緑色の瞳《ひとみ》がきらきら、裸電球の光をはじく。

腕を伸ばし、イリアの顎《あご》をつかんでこちらをむかせ、桜色の唇《くちびる》を自分のものにしたい。

いや、イリアのすべてを自分のものにしたい。

浅ましい衝動《しょうどう》が横隔膜《おうかくまく》のあたりから突き上がってくる。膝《ひざ》立ちの状態で、衝動が原始的現象に置き換わってしまう。清顕《きよあき》は慌《あわ》てて、思考を目の前の無骨《ぶこつ》なエンジンで埋め尽くす。

——なにを考えている。

おのれを罵《ののし》り、イリアから目を引き剝《は》がしてパーツ交換の作業に戻る。イリアは一心にエンジンにむきあっていて、いまの清顕の妄念《もうねん》には気づいていない。

——バカか。久しぶりに会っていきなり、なんてことを……！

唇《くちびる》を嚙《か》みしめて、未熟な内面を叱《しか》りつける。まだまだ精神的な修行《しゅぎょう》が足りていない。

せっかくふたりきりになれた貴重な時間なのだ。

セントヴォルト帝国と秋津《あきつ》連邦が戦争状態に陥り、飛空要塞《ようさい》オーディンから落下傘《らっかさん》降下して以来、もう二度と会えないと思っていたイリアとこうしてまた会えて、同じ航空隊で同じ機体を整備している奇蹟《きせき》。この奇蹟をもっと大切にしなければ。

ふたり並んで床《ゆか》にあぐらをかいて、外したシャフトを磨きながら、清顕は今宵《こよい》はじめて、機体以外のことを話題に出した。

「……元気そうだね。……半年間、心配してた。カンパネラはどうだった？」

「……うん。……みんないいひとだった。戦場はきつかったし、機体も旧式だったけど……いい経験ができた」

「そう。ぼくも。ここに来てよかったと思ってる」

「……そうか。……うん。……そうだね」

「イリアも、そう思う?」

尋ねると、イリアはしばらく沈黙した。

いろいろな想《おも》いが詰まっていて、言葉がうまく喉《のど》から出てこない。そういう種類の沈黙だ。

清顕は特に返事を促さなかった。

シャフトを磨き終えて、今度は軸《じく》受けメタルを磨いた。丁寧《ていねい》すぎるほど根気よく、作業をつづける。

長い沈黙を経《へ》てから、ぽつりぽつり、イリアは語った。

「……カンパネラ騎士団の下に入って……ワルキューレの一員として飛空機に乗って……見たこともない場所を転戦しながら、ずっと、いろんなことを考えていた。考えすぎて、わけがわからなくなるくらいに……いろいろなことを、ずっと」

気がつくと、夜もずいぶん更けていて、格納庫にほかの人影はなかった。イリアが紡《つむ》ぐか細い言葉だけが静けさの底を流れていく。

「国家と、ヴォルテック航空隊のこと。わたしの生《お》い立ちから今日《きょう》に至るまでの、すべての出来事……。それから、空を飛んで敵を撃ち墜《お》とす意味について。これまで考えたことのなかったことを、たくさん考えた。一度死んだ身になって改めて、これからわたしはどうすればいいのか、真剣に考えてみた」

考えながら、時折言葉を継ぎ足し、言いよどみも交えて、イリアは不器用そうに自分の内面を言葉に置き換える。イリアの心のうちに、言葉にできない想《おも》いがたくさん渦巻いていて、まだ整理がついていないことはなんとなくわかった。

「……答えは……出ていない。ただ……軍人としての正しさと、人間としての正しさ。いずれかひとつを選ばなければならないとしたら、わたしは、人間としての正しさを選びたい。そう思った。この半年間、たくさん考えて、たどり着いた答えがあるとすれば、それだけだ」

一生懸命《いっしょうけんめい》に言葉を紡《つむ》ぎ終えてから、イリアは顔を上げて、今日《きょう》はじめて清顕《きよあき》を見つめた。

いまの自分の考えをどう思うのか、イリアが聞きたがっていることはわかった。

清顕も磨きすぎた軸《じく》受けメタルから目を外して、イリアに目線を上げる。

「ぼくも。国を捨てた卑怯者《ひきょうもの》でいい。人間でいたい。だからここにいる」

なによりも、もう二度と、きみを撃ちたくない。

きみを撃つくらいなら、ぼくは国を捨てる。

国家より、軍隊より、国民より、きみのほうが大事だ。

そういう言葉をつづけようとして、呑《の》み込んだ。言ってはならない気がした。その言葉を言ってしまったら、いままでのふたりではいられなくなる。

イリアの瞳《ひとみ》が、少し潤《うる》んだ。

いま抑えつけた内面の言葉が、表情や言葉の切れ端から伝わってしまったかもしれない。

それならそれで構わない、と清顕は思った。

イリアの唇《くちびる》が、ひらく。

「……そうか」

短く言って、イリアは目を落とした。

「……わたしは……正直、国を捨てることに、まだ迷いがある。ヴォルテック航空隊に戻るべきではないか、父上に無事を知らせるべきではないかと……思っている」

「…………………」

それは、清顕にも理解できた。イリアはヴォルテック航空隊の仲間を大切に思うからこそ清顕へ銃口《じゅうこう》をむけて引き金を引いたのだ。イリアの父、カルステンもきっと、イリアの無事を知ったなら心から安堵《あんど》するだろう。

しかしイリアはワルキューレにいる。

捕虜《ほりょ》だから……とアクメドは言っていたが、実態はそうではない。ワルキューレの一員として堂々と戦闘機に乗り、この半年間辺境で戦っていたのだ。これまで磨き上げてきた戦闘技術を落とさないために。

――イリアはどうして、国に帰らない？

その疑問がひらめく。これまであまり考えることのなかった、素朴《そぼく》な疑問だ。清顕と違い、イリアは祖国に父親がいる。ヴォルテック航空隊という、家族のような存在もある。それらを投げ捨てて、いまワルキューレに軍籍を置いている理由が希薄《きはく》ではないか。

イリアをここにつなぎ止める理由があるとすれば。

「……セシル……エリザベートは、イリアにそばにいてほしいはずだよ」

「…………………うん」

「再興が成ったあと、イリアがセシルの精神的な助けになると思う。セシルって学生のときから、ずっとイリアに甘えていたから……。心細くなったとき、イリアが近くにいてくれるだけで、うれしいんじゃないかな」

イリアはじいっとパーツに目を落として、顔を上げない。清顕《きよあき》と同じく、磨きすぎた軸《じく》受けを手のひらで弄《もてあそ》んでいる。

セシルの存在が、イリアに国を捨てさせた。

清顕はそう仮定してみるが、なんとなく動因が弱い気もする。

セントヴォルト帝国とシルヴァニア王国は、実質的には宗主国《そうしゅ》と従属国の関係だ。セシルが女王として王国再興を宣言するには、セントヴォルト帝の承認が必要となる。敵味方ではなく同盟関係であるし、イリアがヴォルテック航空隊に戻ったとしても、ふたりが個人的な関係を維持することに支障はない。

つまりイリアはヴォルテック航空隊に戻っても、セシルの支えになることは可能なのだ。

それなのに――。

イリアは祖国を捨てて、ワルキューレに入り、清顕と並んでパーツを磨いている。

――どうして、イリアはここにいる？

その疑念を口に出して、イリアに問うてみようとした瞬間、いきなり清顕の脳裏《のうり》に、ある考えがひらめいた。


――ぼくがここにいるから。


言葉に変わる寸前の呼気が、喉《のど》の奥へ逆戻りした。

問いかける途中だった口は、間抜けのようにひらいたまま閉じない。

「…………？」

イリアが怪訝《けげん》そうに、清顕の呆《ほう》けた顔を見やる。

清顕は動けない。

「……なんだ、その顔」

イリアは眉《まゆ》を寄せた。我に返り、清顕は口を閉じると、慌《あわ》てて首を左右に振る。

「なんでも。なんでもない」

「言いかけてやめるな。……なんだ。用があるなら言え」

「う、ううん。なにも言いかけてない。なにもないよ」

「……ごまかしているつもりか？　なんだ。なにが気に入らない。言いたいことがあるなら言え」

イリアの表情に、だんだん赤みが差す。怒りのせいか、もしくはなにかしら、察知するものがあるのか。瞳《ひとみ》がわずかに動揺しているような。

「いや、あの、気に入らないとかじゃなくて。全然、そういうんじゃないから……」

語尾を湿らせて、清顕《きよあき》はますます力を込めてパーツを磨く。

——そんなわけ、あるか。

——思い上がりすぎだ。調子に乗るな。だいたい、イリアに失礼だろ？

——イリアがそんな、軽い理由でここにいるわけ……。

自分の妄念《もうねん》を懸命《けんめい》に否定して、代わりとなる答えを探し求める。

「セシルが。セシルが喜ぶから。イリアがいると。だから、うん。そうだよって話」

「……なんだそれ。さっき言ったじゃないか。同じこと何度も言うのか、きみは」

「うん、ごめん、ほんとにそれだけ。それだけだから」

「…………釈然としない。……いま、なにか、ごまかしただろ」

「そんなことない。いつもと同じだよ。それより、ほら、もうだいぶきれいになった！　元に戻さないと……」

清顕は顔が映るほど研磨されたパーツ類を、再びエンジンに戻す。イリアは気に入らなそうな表情のまま、その作業を手伝った。

ふたりで星型十八気筒を持ち上げてカウリングのなかに収め直し、機体と接続する。

「……ありがとう。ごめんね、長々と付き合わせちゃって。助かったよ」

「……いや。おかげでカズヴァーンを把握できた。これから乗る機体だし、エンジンの内部構造を把握できたことは大きい」

清顕は明かりを消して格納庫を出て、ヴェステラント大陸の星空を仰《あお》いだ。

かつてヴォルテック航空隊にいたころ、マウレガン島の砂浜でこんな星空を見上げながら、ライナやかぐら、レオやルルやララと共に毎晩のように宴会に明け暮れていた。ほんの一年くらい前の出来事なのに、ずいぶん昔のことのように思えた。

あれからいろいろなことがあり、ライナはウラノスへ戻り、かぐらは秋津《あきつ》連邦に残り、清顕はワルキューレにイリアと共にいる。

なんて不思議な巡り合わせだろう。

このあとぼくら七人は、どうなってしまうのだろう。

「すごい星だね。なんか、マウレガン島を思い出す」

「……あぁ。砂浜で、みんなで騒いだな……」

「聞いた？　レオ隊長のこと」

「あぁ。セシルに聞いた。ルルさんとララさんも。ほっとしたよ。落下傘《らっかさん》降下ははじめてだから、ずいぶん悔《くや》しがったそうだけど……大きな怪我《けが》もなく、よかった」

「……うん。ぼくもほっとした。……ぼくが言うのもなんだけど。……本当に」

それからふたり、少し言葉を失った。

なにげない思い出話が、半年前の航空決戦の記憶を甦《よみがえ》らせる。

今日《きょう》はずっとイリアと一緒にいたというのに、その話は一度も出なかった。

いや、出さなかった、というほうが正しい。口に出す勇気がなかったのだ。

素直に再会を喜びたいのに、その話を持ち出したなら、喜びが台なしになってしまうのが怖かった。けれどいつまでも、あのことから顔を背《そむ》けているのも変だ。イリアとの会話がなんとなくぎくしゃくしてしまうのも、あの一騎討ちに起因している。

あのとき、ぼくらは——互いを殺すために、銃口《じゅうこう》をむけた。

二十ミリ機関銃《きかんじゅう》が直撃したなら肉体が砕け散ることを知っていながら、互いを照準器《しょうじゅんき》に収めて引き金を引いた。

あの事実から目を背けて、エアハント士官学校にいたころのような関係に戻ろうとするのが無理だ。

——ぼくが引き金を引いた理由を、伝えなければ。

——そこから逃げていてはいけない……。イリアに失礼だ。

そう思った。だから清顕《きよあき》は夜空から目を下ろして、星の色に薄く染まるイリアの横顔を見つめた。

「……半年前の話、してもいいかな」

イリアもまた、星から清顕へと目を下ろす。

「……あぁ。かまわないよ」

イリアの表情に変化はない。静けさをたたえたまま、天から降り注ぐ星の彩《いろど》りを背後に従えている。

清顕は一旦《いったん》息を止めて、気持ちを整え、誠実さを振り絞った。

「ぼくは本気で、きみを撃ち墜《お》とすつもりだった」

イリアは黙って、清顕を見つめている。感情の揺らぎは、見えない。

「さんざん迷ったけど。一回目の空戦では撃てなかったけど。でも、空できみと会ったら本気で戦うって約束したから。二回目は、撃った。ヴォルテック航空隊の仲間たちも、大勢殺した。謝るつもりはない」

「…………………」

「それでもまだ、きみと友達でいたいんだ。殺すつもりで撃っておいて、変かもしれないけど……でも……」

言葉をつづけようとした清顕へ、イリアは首を左右に振った。

「……わたしも、きみを本気で墜とすつもりだった。きみの仲間も、大勢殺した。わたしも、謝らない。謝ることじゃない。正しいとか、間違っているとか、そんな二元論で測るべき出来事でもない。……きっと」

イリアは一度言葉を区切り、少し考えてから、生真面目《きまじめ》な顔を持ち上げた。

「あれが天命《てんめい》だった。得たものも失ったものもある。きみもわたしも残酷な選択を強いられたけれど、逃げなかった。本気で立ちむかった。その結果、いまここにいる。わたしたちはまだ、友達でいられる。……それでいいと思う」

千万の星彩を背後にしてイリアはそんな言葉を紡《つむ》ぎ、それから口元に笑みをたたえた。

「憎み合うことは、ないよ。わたしたちには誓約《せいやく》があるから」

エリアドール飛空艇で敵中翔破《しようは》を成し遂げたあと、交わした七人の誓い。

『たとえ敵味方に分かれようと、我々は憎み合うことはない。友情は永遠だ』

あのとき誓いを持ち出したかぐらはもしかすると、いまのこの状況を心のどこかで予感していたのかもしれない。

あの誓いがあるから、たくさんの近しいひとをお互い殺しながら、それでも友情はつづいていく。

約束を守りつづける限り、ぼくたち七人は離ればなれになったいまも、まだ仲間でいつづけられる。

清顕《きよあき》も、笑顔《えがお》を返した。

「……ありがとう、イリア。これからもよろしく」

口元だけだった笑みが、イリアの表情いっぱいに広がった。

「……うん。これからもよろしく」

照れくさそうにそう言うと、イリアの頬《ほお》が少し赤くなった。それを隠すように後ろ手を組んで、右足の踵《かかと》を支点にしてくるりと背中を見せると、星空を仰《あお》ぐ。

世界から音が消える。

清顕の心音だけが、夜のうちへ響く。

黙って星を見つめるイリアの華奢《きゃしゃ》な背中が、清顕の感情の奥深いところを揺さぶってくる。

そんな衝動《しょうどう》が突き上げてきて、かろうじて理性で抑えた。

――抱きしめたい。

――殺しあいじゃなくて。愛しあいたい。

浅ましい欲望はそれでも、清顕の理性を突き崩しにかかってくる。

いつのまにこんな獣性《じゅうせい》が、自分の内面に忍び込んでいたのだろう。いや、生命という形態のうちに、もともと備わっていたものなのか。恐ろしく強い力で、清顕の脳髄《のうずい》を痺《しび》れさせる。

沈黙は、イリアが破った。

「……夜更かしをしすぎてしまった。帰って寝て、また明日《あした》もがんばろう」

「うん。帰ろう。ええっと、女性兵舎はどこだっけ?」

「基地の南端のテントだ。途中まで一緒に行こう」

ふたり、星空の下を連れだって歩いた。

すぐ隣を歩くイリアは、時折、悪戯《いたずら》っぽく笑いながら、清顕《きよあき》に肩をぶっつけてくる。

「坂上《さかがみ》ぃ」

「え、なに?」

「なんでもない」

イリアはそう言って星を見上げ、しばらく歩くとまた、不意に自分の肩を清顕の肩にぶっつけてくる。

「さーかーがーみー」

「なんなのそれ」

「意味はない。なんとなく」

イリアは悪戯な笑みを浮かべて清顕を見上げ、また鼻歌を歌いながらほてほて歩く。やられっぱなしではなんなので、清顕もイリアの肩に自分のをぶつけ、

「イリアー」

「なんだ」

「なんとなく」

ふん、とイリアは鼻で笑って、しばらく歩くとまた肩をぶつけてくる。

ふたり、分かれ道までそうやって、互いの名前を呼びながらひとしきり肩と肩をぶつけあった。いま、この場所でふたりとも生きていることを確認するみたいに、何度も、何度も。

幸せだな。

イリアと手を振って別れてから、清顕の胸のうちはそんな思いでいっぱいになった。ひとりで見上げる星空に、イリアのいろいろな表情が次々に浮かんできた。ベッドについたあとも部屋の天井にイリアの笑顔《えがお》が浮かんで、清顕の心を幸せで満たしていた。

それから、いつものようにミオの悲しい表情がイリアに覆《おお》いかぶさった。

それだけで、またしても、鋭《するど》い痛みが清顕の意識を真っ二つに裂く。

裂かれた箇所《かしょ》から、尽きせぬ慚愧《ざんき》があふれ出る。

イリアの笑みが、消える。

ミオの残した悲しみが、清顕の内側を満たす。

薄らいでいくミオの記憶に、清顕はすがりつく。悲しみがまだ充分すぎるほど残っていることは、救いであるのかもしれない。この悲しみが、ミオがまだ自分のなかに存在している証《あかし》のように思えるから。

——ミオ。きみに会いたい。

——会って、きみにしたことを謝りたい。

いつかプレアデスへ行けば、ミオに会える。

ミオを取り戻すことができる。

国家のためではなく、ミオを取り戻すために飛びたい。

——きみを取り戻して、それから……。

——それから……。

清顕《きよあき》の思考は、そこで止まる。

努力と研鑽《けんさん》を積み、いつか一軍の将となってウラノスに決戦を挑《いど》み、プレアデスを攻略して
ミオと再会して……それから？

——ミオを取り戻して……それから……ぼくはどうする？

そのあとになにをすればいいのか、わからない。

——ミオを取り戻したら……イリアは？

そんな問いを自分に投げかける。

そして投げかけたと同時に、自分の浅ましさに気づく。

——なにを考えている。不潔すぎる。

自分自身に嫌悪《けんお》感を抱《いだ》いてしまう。これまで何度も何度も同じ自問を繰り返してきた。いつまでこんなことをやっているのか、自分に対して呆《あき》れるしかない。

——くだらないことを考えるな。

——ただ、いつかプレアデスを落とすために飛べ。

自分自身を叱《しか》りつけて、清顕は無理やりに目を閉じた。けれど瞼《まぶた》の裏にはいつまでも、イリアの笑みとミオの泣き顔が繰り返し繰り返し、浮かんでは消えていった。

三

国家とは、これほど脆《もろ》いものか。

廃棄都市、箕郷《みさと》の死に絶えた景観を鞍上《あんじょう》から見やりながら、紫《むらさき》かぐらは切ない感慨《かんがい》を持てあましていた。

半年前の大空襲《だいくうしゅう》以来、住民たちは箕郷に住むことを諦《あきら》め、家財道具を荷車に詰めて地方へ疎開《そかい》することを選んだ。かつて秋津《あきつ》連邦の首都として栄華《えいが》を極めたこの街はいまや、来るべきセントヴォルト帝国陸軍を迎え撃つコンクリート要塞《ようさい》でしかない。


帝紀一三五〇年、六月、秋津連邦首都、箕郷――。


昨夜から降りつづいた雨が上がり、塵芥《じんかい》は泥水になって路上を黒く濡《ぬ》らしていた。爆撃痕《ばくげきこん》は深い水たまりとなって、装甲車が行き交うたびに汚れたしぶきをあげる。

爆撃により崩落《ほうらく》した建築物群の吐き出した瓦礫《がれき》が路上に散乱しており、装輪車両の通行を阻《そ》害《がい》している。無限軌道《キャタピラ》を持つ戦車でなければ進軍は困難だろう。帝国軍重戦車の装甲を貫通《かんつう》できる火力を持たない連邦軍兵士にとって、対抗策は夜襲――建物や瓦礫の陰に身を潜《ひそ》め、重戦車に肉薄《にくはく》して火炎瓶《かえんびん》を燃料庫に投げ込み、戦車を爆破する手段しかない。ほどなくこの地に訪れるであろう絶望の戦いを、慧剣近衛《えけんこのえ》師団の兵士たちは希望を失った面持《おもも》ちでただ待ち受けている。

かぐらはそんな兵士たちの様子を馬上から巡検しながら、ときに労《いたわ》り、ときに励まし、自《みずか》らの内に抱えた疑念は表に出すことなく、神明隊隊長《しんめいたい》としての務めを果たしていた。

神明隊は、総勢二百五十名から成る慧剣皇家《こうけ》の身辺警備部隊だ。儀仗《ぎじょう》的な性格が強いが、戦闘に関しても精鋭《せいえい》中の精鋭が集められている。慧剣近衛師団長、大威徳親王《だいいとくしんのう》の推挙《すいきょ》によって、若輩《じゃくはい》ながらかぐらに神明隊隊長として白羽《しらは》の矢が立った。皇家が存亡《そんぼう》の危機にあるいま、親王の懐刀《ふところがたな》となりうるのは幼《おさな》い日々より共に研鑽《けんさん》を積んできたかぐらしかいなかった。

身に余るほどの大抜擢《だいばってき》である。それまで所属していた草薙《くさなぎ》航空隊から再転籍し、現在かぐらは地上兵力と航空兵力のさらなる緊密な連携を確立する仕事にいそしんでいる。

若輩には過分すぎると同時に、やりがいのある仕事だ。しかしかぐらの内面にはどうしても、乾いた風が吹きすさんでしまう。

――もはや、なにもかも虚《むな》しい。

秋津連邦の理想はとっくに費《つい》えた。ウラノス、セントヴォルトに対抗するために結束したはずの三つの民族は敗戦を目前にして袂《たもと》を分かち、連邦制以前の三国家分立状態へ戻ってしまっている。

央州民と西方民《せいほうみん》は、かぐらたち東方民を盾《たて》としてセントヴォルトの侵攻を遅らせ、その間に民族内の旧主戦派を吊《つる》し上げ、最終的にセントヴォルトへ降伏する腹だろう。地勢上、央州民と西方民にはそうできるメリットがあるのだ。つつがなく民族内体制の入れ替えが完了したなら、帝国に降伏後、東方民に対して「多島海の平和を乱した帝国主義者」と糾弾《きゅうだん》してくることもありえる。この状況を最小の犠牲《ぎせい》と損失でやり過ごすためならば、そのくらいのことはやって当然だ。

だいたい、他民族をとやかくいえる状況ではない。

現在、東方民も内紛《ないふん》の危機にある。

連邦制の崩壊《ほうかい》を受けて、軍部はすぐさま東方民のみからなる単独内閣を組閣した。新たな首相となったのは軍部の首魁《しゅかい》、久遠寺高虎《くおんじたかとら》である。久遠寺首相は自《みずか》ら残存する連邦軍の大元帥《だいげんすい》に着任し、東方民のみから成る軍の再編成に乗り出しているが、央州民と西方民の軍人がすべて抜け落ちてしまった穴はいかんともしがたく、河南《かなん》方面に構築した防衛陣地はあと半年したら突破されると見込まれている。久遠寺首相の頼みの綱は、半年後に河南野戦陣地が崩壊したのち、慧剣近衛《えけんこのえ》師団が箕郷《みさと》にへばりついてできるだけ長い間、セントヴォルト地上軍の侵攻を遅らせることだった。

黙々と働く近衛師団の兵員たちの狭間《はざま》を行きながら、かぐらの憂《うれ》いは尽きない。

——意味があるのか。

一介《いっかい》の軍人が抱《いだ》いても仕方ない疑念が、どうしても胸中深くから湧《わ》いてくる。

――一度振り上げた拳《こぶし》を、下ろすことができないだけでは。

第二次多島海戦争を主導した軍部はいまだ、マスコミを通じて徹底抗戦を国民へ呼びかけている。ハイデラバード戦役《せんえき》に参戦して以来の約六年間、勝利したあとの賠償金《ばいしょうきん》、領土と新規権益《けんえき》を餌《えさ》にして国家予算の半分を軍事費に投じ、飢え死に寸前の窮乏《きゅうぼう》生活を国民に強いてきた。いまさら弱腰な姿勢を見せることは、軍部のメンツが許さない。ここで降伏するくらいなら、国民を全員巻き込んで砕け散ることを選ぶだろう。

そして久遠寺首相はいま、新たな戦時体制を創設するために、慧剣皇家《こうけ》を利用しようとしている。この窮地にあって、軍と国民が等しく仰《あお》ぎ見ることのできる絶対的な価値として、再び皇家が必要となったのだ。連邦制への移行以来、君臨《くんりん》すれど統治しなかった慧剣皇家に、久遠寺首相は統帥権《とうすいけん》を委譲《いじょう》することを画策《かくさく》しているという。

――めちゃくちゃじゃないか。

かぐらはもう、ため息さえ出ない。連邦制をはじめたころは「多島海に新秩序を打ち立てる」と威勢のよかった軍部だが、敗戦が決定的になると平気で前言撤回《ぜんげんてっかい》し、捨てたはずの旧体制へ戻ろうとする。哀れなのは、そんな政治的茶番のために死んでいく兵士とその家族たちだ。

そしてかぐらはいま、軍部のふざけた内情を知りながら、その手先として兵士たちを励まし死地へ追いやろうとしている。

――違う……。

心が、呻《うめ》く。

――これは、わたしの生き方ではない……。

意識の奥が、そんなふうに嘆く。

セントヴォルトに留学した影響だろうか。かぐらは少し遠くから、東方民の感性を眺めてしまう。短く咲いて散る桜に美しさを見いだすのは東方民独自の情緒だが、あまりにそこに耽溺《たんでき》しすぎていないか。戦って潔《いさぎよ》く死ぬのは簡単だが、もっと難しく、しかし行く価値のある道がほかにあるのではないか。

この道の先が破滅《はめつ》だとわかっていながら、誰もそれを止めようとしない。民族存亡《そんぼう》の分岐点《ぶんきてん》に差しかかっているのに、ほかの道を見て見ぬ振りをする。

おのれの命を差しだしてでも愚《おろ》かな戦いを止める誰かがいま、この滅《ほろ》びゆく秋津《あきつ》大陸に必要ではないのか。

――それができるとしたなら。

かぐらは曇り空を見上げる。

いまにも水滴が降り下りてきそうな、たっぷりとした雨雲が視界を埋める。それから、悲しみだけを細身のうちに蓄えてしまった「幼《おさな》なじみ」のすがたが雨雲に映じる。

――おひとりしか、おられない……。

かぐらは手綱《たづな》を手首に絡めた。馬は寂しげな蹄音《ていおん》を瓦礫《がれき》の原へ響かせる。馬首を「御所」へむけて、鐙《あぶみ》を蹴《け》った。

箕郷《みさと》の中央に位置する「御所」は、この都市で唯一《ゆいいつ》、爆撃《ばくげき》を免《まぬが》れた「聖域」だった。

東方民の精神的支柱である「慧剣皇家《えけんこうけ》」の住居を爆撃したなら、東方民の民族感情を必要以上に刺激する。セントヴォルト帝国軍は象徴的・歴史的建造物を破壊するデメリットをよく理解しており、ほかの街区は完膚《かんぷ》なきまでに焼き払っても、御所だけは一発の爆弾も落としてはいなかった。

だが、爆撃されることはないとしても、さすがにこの最前線に慧剣皇王を住まわすわけにもいかない。皇王をはじめとして皇族ほぼ全員が、央州との国境を為《な》す高山地帯の一都市「京凪《きょうなぎ》」に疎開《そかい》しており、現在、この広大な敷地に住まうのは慧剣近衛《このえ》師団長、大威徳親王《だいいとくしんのう》ただひとりであった。

かぐらは表門前で下馬したのち、御所内へ入る。

御所の警護もまた神明隊《しんめいたい》の仕事だ。経路の屈折をたどりながら、物見櫓《ものみやぐら》に詰めた同僚たちに声をかけつつ、往時と比べたならすっかり物寂しくなってしまった本殿へあがった。

大威徳親王はちょうど朝議を終えて執務室に戻っていた。

内閣府の重鎮《じゅうちん》や大本営の将官たちから現状に関する報告を受けて、今後に関しての心許《こころもと》ない展望を聞き終え、執務机に積み重なった各種書類に判を押していたところに、かぐらが顔を出した。

「皮肉なものだね。国家の形態が溶け落ち、政治が混迷の極みにあっても、戦争はいまだ継続している」

書類から顔を上げて、親王《しんのう》は自嘲《じちょう》するようにそんなことを言う。かぐらは執務机の前に直立して、言葉を返す。

「官僚の努力のたまものです」

連邦制が崩壊《ほうかい》し、内閣を再編しても、軍政（戦争を継続するための行政事務）は陸軍省・海軍省を長とした官僚機構が不眠不休で運営している。軍令（作戦を遂行《すいこう》する命令）に関連する部署は混乱しているが、担当官たちは二か月近くも泊まり込みで再編成に取り組んでおり、これも三か月以内に収束すると見込まれている。

「官僚は優秀だよ。悲しくなるほどに」

親王の言葉の奥に、言いしれぬ感情の固まりがあったが、かぐらは真意を問うことをしなかった。問わずとも、親王の胸中にあるものは伝わってきていた。

誰かが止めぬ限り、責任の所在をうやむやにしたまま、この戦争はつづいていく。官僚がいくら優秀であろうとも、彼らは政治家の意志を実行するための歯車にすぎない。国家の意志の出どころを正さない限り、悲劇は終わらない。

かぐらの脳裏《のうり》に、先ほど鞍上《あんじょう》で爆《は》ぜた思いが舞い戻った。

止められるとしたら、ただひとり。

目の前の「幼《おさな》なじみ」しかいないのではないか。

「京凪《きょうなぎ》で御前会議がひらかれ、国号を『慧剣《えけん》皇王国』へ戻すことに決まった」

親王は夕食の献立を告げるように、無関心な口調《くちょう》でそう告げた。

かぐらは背筋を伸ばして、改変した国名を口の端に転がした。秋津《あきつ》連邦成立以前の、東方民単独国家の名称そのままだった。連邦制以前の体制に戻ったことを国民に告げ知らせるための国号改変なわけだが、特に感慨《かんがい》などもない。沈みゆく国家が最後に吐いた水泡《すいほう》のように、虚《むな》しくわびしい響きが伝う。

「それに伴い、皇王陛下に統帥権《とうすいけん》が委譲《いじょう》された。最後の最後に、皇家《こうけ》がこの国のすべての命《めい》運《うん》を背負い込んだというわけだ」

親王の言葉に、皮肉めいた色は薄かった。かねてから皇家へ政治的実権が戻ることを望んでいた親王だが、喜びはどこにもない。あまりに時期が遅すぎた。もはやこの世界への執着を失い、ただ天上の高みから地上の諍《いさか》いを俯瞰《ふかん》しているような遠い響きが節々にある。

「気晴らしにつきあってくれぬか。箕郷《みさと》を見たい」

「御意《ぎょい》」

親王《しんのう》は積み上がった書類の束に文鎮《ぶんちん》を載せて、椅子《いす》から腰を上げた。かぐらには行き先はわかっていた。親王が御所で最も好きな場所が、本殿の奥にある。

「ここはよい。戦争を忘れられる」

風のなかに、雨の名残《なごり》が薫った。親王は六月の空を見上げて、ひととき、湿気た風に吹かれていた。

かぐらと親王が上ってきたのは、御所で最も高い物見櫓《ものみやぐら》だ。地上二十メートルほどの高さがあり、天井はなく、防御柵を張り巡らせた屋上からは、箕郷《みさと》を一望のもとに見晴らせる。幼《おさな》いころから、親王は暇を見つけるとかぐらを誘ってこの場所へあがり、箕郷を見下ろしながら遠大な夢に思いを馳《は》せた。親王が身分を忘れ、ただひとりの少年に戻ることのできる場所がこの物見櫓だった。

「懐《なつ》かしい場所ですね、ここは……」

かぐらも少女時代からなじみのある屋上だった。親王とは身分違いだが、負けず嫌い同士で競い合い、ここで何度か口論までした思い出もある。

「景色《けしき》も変わり果ててしまった。事物は流転《るてん》する定めとはいえ、言葉が出てこぬ……」

爆撃《ばくげき》の惨禍《さんか》は、ここから一目瞭然《いちもくりょうぜん》だった。商業地区にかつて立ち並んでいた高層建築は無《む》惨《ざん》に瓦解《がかい》し、トタン屋根がびっしりと詰まっていた住民区も焼け野原と化している。

「我々は罪深いな。時代の流れに抗《あらが》いもせず、未知の民を敵と決めつけ、おのれの大義《たいぎ》だけをがなり立ててきた。その結末がこれだ。無知と傲慢《ごうまん》さ、思索《しさく》を怠《おこた》った愚《おろ》かさの代償《だいしょう》が、この人類史上最大級の殺戮《さつりく》だ……」

親王は焼け野原となった箕郷を見渡しながら、重い言葉をおのれへむかってこぼした。はっきりと言葉にすることはしていないが、親王の覚悟が否応《いやおう》なく、かぐらの内面に流れ込んでくる。

――親王は、生き残ることを望んでおられない……。

――いかに死ぬか、それを考えておられる……。

幼い日々から、共に剣術の鍛錬《たんれん》に明け暮れてきた仲だから、言葉にしなくてもわかる。誰よりも民族の行く末を憂《うれ》い、とこしえの繁栄を祈ってきた親王だからこそ、民族存亡《そんぼう》の危機に立ち至った現状に責任を感じている。連邦制となってからは皇家《こうけ》に実権などなく、政治に立ち入ることが許されなかったにもかかわらず、国民の味わった痛みを我が身へ擦《す》り込もうとしている。

伝った痛みが、かぐらの内側で切なさに変わった。

この寂しくて心優しい幼なじみと、最後まで共にいたい。

いまの自分にできることは、親王と共に戦って、共に死ぬことだろう。

かぐらの生まれた紫家《むらさきけ》は、一千年の長きにわたり慧剣皇家《えけんこうけ》を陰ひなたから守護してきた「闇《やみ》の名門」とでも呼ぶべき一族だ。皇家と生き、皇家と死ぬことを宿命としている。帝国軍を相手に箕郷《みさと》を守って親王《しんのう》と死ぬことは、かぐらに課せられた使命からすれば「最上の死に方」といえる。

――それが天命《てんめい》だというなら、受け入れよう。

かぐらは自分の内面へ、そう言い聞かせた。

しかし心の奥深くが、異なる意見をささやいてくる。

――死ぬことは簡単だ。だがもっと難しいのは、生きることではないか。

――国民のために、いま、帝国に降伏するべきでは。

箕郷を巡回して、けなげな兵士たちのすがたを見ている間、ずっとかぐらの心はそんな叫び声をあげていた。

――たとえ醜《みにく》くても、泥を食《は》んででも生きていく道を、わたしたちは選ぶべきでは。

飛空士としての鍛錬《たんれん》を通して磨き上げてきたかぐらの精神が、そんな心の声を紡《つむ》ぎ上げる。

――潔《いさぎよ》く戦って、美しく死ぬか。

――民を救うために、醜く生き残るか。

楽なのは、前者だ。皇家もかぐらもおのれに満足したまま消えていける。数百万人の非戦闘員の命を巻き添えにして。

辛《つら》く苦しいのは、後者だ。生き残ったのち、誰かに責任を押しつけたいものたちからの指弾《しだん》を逃《のが》れることはできず「命惜しさに降伏した卑怯者《ひきょうもの》」の烙印《らくいん》が皇家と親王に生涯《しょうがい》押されることになる。それは許せない。この気高く心優しい青年に、卑怯者の汚名《おめい》を着せることがあったなら紫家の面汚《つらよご》しだ。

皇家に浴びせられる汚水をすべて、自分ひとりで浴びることができるなら、かぐらは喜んでそうする。それこそが闇の名門、紫家の本懐《ほんかい》ではないか。

――とはいえ、どうすればいい？

――即刻、降伏すべしと皇王を説得するのか？　わたしが？

いま、この国の意志を決定するのは、慧剣皇王だ。皇王が決断したなら、国家はそれに従う。しかし実態は、皇王は高齢により健常な判断力を失っており、意志決定を行《おこな》っているのは皇王周辺の重鎮《じゅうちん》たち――軍上層部だ。皇王は彼らからの上奏《じょうそう》を了承するだけで、おのれの意志を提示することはまずない。つまるところ、久遠寺《くおんじ》首相を中心とした軍上層部に戦争継続を諦《あきら》めさせなければ、無辜《むこ》の民の犠牲《ぎせい》は今後も増えつづける。

しかし軍部が戦争を諦めることは、まずありえないだろう。なにしろ「生きて虜囚《りょしゅう》の辱《はずかし》めを受けず」と兵員たちに教え諭《さと》してきた張本人は、軍上層部だ。彼らが自《みずか》ら敵に膝《ひざ》を折るはずがない。生き恥をかくよりは、桜のごとく散ることを誰よりも望んでいるのが彼らである。

――軍部の意志を変えることはできない。彼らはこのまま地獄まで突き進む腹だ。

——ならば、どうする？

かぐらは顔を上げる。

壊れてしまった街を、遠く見下ろす。

——天は、わたしになにを望む？

自問した、そのとき。

脳裏《のうり》になぜか、懐《なつ》かしいひとびとの映像が浮かんだ。

エリアドールの七人。

異国の士官学校で出会った、もう二度と会えそうにない、生涯《しょうがい》の仲間たち。

清顕《きよあき》とイリアは半年前の一騎討ち以来、行方《ゆくえ》不明となってしまった。そう簡単に死ぬわけがない、ふたりとも生きていると信じているが、音沙汰《おとさた》は聞こえてこない。ミオとライナはウラノス陣営に寝返り、セントヴォルトでは裏切り者として認知されている。セシルもきっともう士官学校を卒業したはずだが、いまどこでなにをしているのか、かぐらの居場所から窺《うかが》い知ることはできない。

それから、バルタザール。

囚《とら》われたかぐらと清顕のために、それまで積み上げてきたすべての成果を投げ打って救出に駆《か》けつけてくれた、ひねくれて斜《しゃ》に構えて自分で自分の性根《しょうね》に気づいていない愛すべき青年。

かぐらは遠い空に、牢《ろう》で見たバルタザールの表情を重ねる。

『おれの前で二度とうつむくな。顔を上げていろ』

言われた言葉が、いま、この空に響く。牢に囚われている間、看守に殴られて腫《は》れ上がった顔をバルタザールに見られるのがイヤで、ずっとうつむいていた。バルタザールは力ずくで牢を破ったあと、かぐらを暗闇《くらやみ》から引きずり出し、照明の下で無理やりに顎《あご》をつかんで顔をあげさせ、そんなことを言った。

思い出しただけで、胸が締め付けられる。懐かしい涙が、舞い戻ってきそうになる。

――きっとあのとき、きみに恋した。

かぐらは胸を張った。

まっすぐに、曇り空を見上げる。もう二度と会えないかもしれない愛《いと》おしいひとへ、心だけで呼びかける。

――元気かい、バルタ。

――きっときみはきみらしく、自分の道を歩いているだろうね。

かぐらの胸のなかが、温かさと切なさでいっぱいになる。

ふと、別れ際、バルタザールに告げた自分の言葉が耳元に蘇《よみがえ》った。

『自分の力で世界を変えられるような、偉い人間になってまた会おう』

思い切り背伸びして、大好きなひとへ投げかけた誓いの言葉。

勇気が、湧《わ》いてくる。

──またきみに会うとき、胸を張って会いたい。

──きみに負けないくらい、大きなことを成し遂げて。

ただ、そのために。

──正しいと信じた道を、堂々と行こう。

──その先にきっと、素晴らしい未来があると信じて。

瞳《ひとみ》の奥に、強い光が宿る。

いまこのとき、民族を滅亡《めつぼう》から救い出すために、自分ができることはなにか。

この戦争を終わらせるためにやるべきことは……？

問いの答えは唐突に、かぐらの魂《たましい》の奥から送り届けられた。

──軍事クーデター。

雷鳴《らいめい》がかぐらの脊椎《せきつい》を貫《つらぬ》く。おのれの思考の不遜《ふそん》さに思わず総毛立つ。

しかし魂が、鳴りやまない。

──現政権を、破壊する。

いま箕郷《みさと》に配置された慧剣近衛《えけんこのえ》師団は、軍部の指揮下に入らず、親王《しんのう》の意志に付き従い動く独立戦闘単位だ。そして軍主力は河南《かなん》方面に展開する野戦陣地でセントヴォルト軍と相対《あいたい》したまま動けない。

この状況と、この武力があれば、なにができるか。

——近衛師団が箕郷を押さえ、首都のすべてを掌握《しょうあく》している。神明隊《しんめいたい》が京凪離宮《きょうなぎ》を襲《おそ》えば、政権を取れる。

近衛師団はすでに、首都のすべてを掌握している。軍事施設はもちろん、議事堂、記念公園、護国神社、御所……箕郷のあらゆる象徴的な場所に師団旗を翻《ひるがえ》し、マスコミを強制して民衆に権威を喧伝《けんでん》することが可能だ。そして別動隊として神明隊が京凪を急襲《きゅうしゅう》する。二百五十名の精鋭《せいえい》にとって、京凪離宮の警備態勢など問題にならない。紙を切り破るように離宮内へ侵入し、交通・通信を遮断して皇王と内閣府重鎮《じゅうちん》の身柄を押さえ、皇王の印章「御璽《ぎょじ》」を奪取する。

そして譲位《じょうい》の詔書《しょうしょ》（皇王の命令を伝える文書。国家の大事の際に宣布《せんぷ》される）を偽造して、大威徳《だいいとく》親王を玉座につけたなら、親王の意志が国家の意志となる。

——戦争が、終わる。

夢のような話だ。

だが不可能ではない。

歴史を顧《かえり》みたなら、軍主力が最前線に出払っている隙《すき》に、反乱者が支配地域の内側から軍隊を率《ひき》いて君主の本陣に肉薄《にくはく》し寝首を掻《か》いた事例は存在する。もっとも反乱者も長く政権の座に留《とど》まることはできず、最前線から引き返してきた軍主力に討ち取られてしまったが。

しかし、たとえこの身に反逆者の烙印《らくいん》が押されたとしても。

――この手で、戦争を止められる。

――民族は、救われる。

それなら、よいではないか。

この身ひとつで国家を救えるのなら、安い話だ。


――それがわたしの天命《てんめい》なのでは。


ずっと探しつづけていた、自分がこの世界に生まれ落ちた意味。いま暗闇《くらやみ》から一条の光が差し込むように、かぐらの目の前にその答えが提示されている。

――この愚《おろ》かしい戦いを、止められるというのなら。

――わたしは喜んで、この身を捧《ささ》げよう。

そんな考えがすんなりと、自分を構成するすべての細胞《さいぼう》へ、精神へ、魂《たましい》へ、染みわたっていく。

――喜んで、国賊になろう。

これまでずっと心中でわだかまっていたものが、その考えひとつで、すがすがしく拭《ぬぐ》い清められていく。

けれど。

自分ひとりの力では不可能だ。

近衛《このえ》師団を動かすには、大威徳親王《だいいとくしんのう》の意志が不可欠。

国家反逆罪に、親王を巻き込むことになってしまう。

知らず速くなってしまった鼓動《こどう》を押し隠して、かぐらはなにげなく、親王の横顔をちらりと盗み見る。

「止められぬのか」

まるでかぐらの思考を読んだかのように、親王は突然そんなことを言った。

抑えたはずの鼓動が、大きくはずむ。

親王は箕郷《みさと》へむけていた憂《うれ》いの目線を、かぐらへと流す。

「国家存亡《そんぼう》のいま、わたしにしかできぬことがあるのではないか」

親王は自分と同じことを考えておられる。

かぐらはそう直感する。

「皇王は、健常な判断力を失っておられる」

親王のその言葉で、直感が確信に変わった。一般人がいまの言葉を使ったなら、その場で不敬罪で牢獄《ろうごく》送りだ。しかし親王は危険な言葉をつづける。

「聖断《せいだん》をくだすに、いまの皇王は充分な状態であらせられない。子どもと同等の知性に、民族の命運《めいうん》が委《ゆだ》ねられている。これがまともな国家のすがたといえるのか」

「…………」

「そちは、どう思う」

言葉を失うかぐらに、親王《しんのう》はすがるように真摯《しんし》な表情をむけてくる。

その手に慧剣近衛《えけんこのえ》師団が託されているいま、親王には軍主力の背中と、あまりに手薄な京《きょう》凪《なぎ》離宮の防御態勢がかぐら以上に見えているはず。いまかぐらが考えたことは、もしかするとずっと以前から親王の内側に芽生えていたのではないか。

しかし——言葉にするべきだろうか。

おのれの考えを親王に告げてしまったなら、もう戻れない道へ踏み入ることになってしまうのでは。

躊躇《ちゆうちよ》が沈黙を生む。

返答は、喉《のど》の奥につかえたまま出てこない。さっきのおのれの考えは、軽々しく言葉にして親王に伝えるべきではない。伝えたならその場で、民族の運命が転換してしまう。かぐらの理性が、自制を促した。

「慎重な準備が必要です」

かろうじてそう答えた。親王は表情に熱を保ったまま反応を見せない。手のひらに汗がにじむのを覚えながら、かぐらは言葉をつづけた。

「ねじれた川の流れを強引にまっすぐ正せば、水はあふれ、国を滅《ほろ》ぼしましょう。川の流れを変えるには周到な計算と護岸工事が不可欠」

親王がかぐらと同じ考え——軍事クーデターを胸中に抱《いだ》いていることを前提として、かぐらは用心深く言葉を織った。

「時期を待てと？」

親王もまた、かぐらが自分の胸中を正確に読んでいることを前提として問いを重ねてくる。

「そちにはこの状況が見えていると思うたが」

「河南《かなん》方面の動きを、よく見極めるべきです。山地に入った我が軍の精強さが、帝国に焦《あせ》りを生んでおります」

これは事実だった。首尾よく河南を攻略したセントヴォルト陸軍だが、箕郷《みさと》へつづく狭隘《きょうあい》な山道を突破できずに苦しんでいた。箕郷方面の海岸線は断崖《だんがい》が連続しているため海から上陸することも不可能であり、帝国陸軍が箕郷を攻略するにはこの山道を越えるしかない。装備に劣《おと》る慧剣皇王軍は山岳地帯での夜戦に活路を見いだし、文字どおりに身を挺《てい》して箕郷の防波堤となっている。

だが。

「いずれ突破されよう」

「野戦軍がもたらすこの時間が、我々の味方となります。聞けば、ハルモンディア皇国に不穏《ふおん》な動きがあるとか。セントヴォルトが多島海方面にかまけている間に準備を整え、近々、大動員がかかるとの諜報《ちょうほう》機関の報告があります」

「皇国がククアナ・ラインを突破することは不可能だ。帝国はむしろ、皇国の参戦を歓迎するだけではないか」

「それでも、皇国との戦端《せんたん》が切られたなら、我々との早期停戦を望むはずです。うまくいけばこの戦争を、外交で終わらせることができるやも」

「軍部は交渉を望んでおらぬ」

「そのときこそ、親王《しんのう》の御聖断《ごせいだん》が必要では」

「…………………」

「状況がどうなるか、いまはまだ見えません。いかなる事態が起きようと、対応できる準備を整えるべきです。性急に過ぎれば、おのれの首を絞めてしまいます」

すれすれの言葉で説得をした。親王が軍事クーデターを念頭《へ》に置いていなかったなら通じないはずの言い回しを使い、それに対して長い沈黙を経て、親王は短く答えた。

「わかった」

かぐらの返答に、親王が満足したのかしなかったのか、表情からは判別できない。だが話が通じていることは確かだ。いまはそれで充分ではないか。

「神明隊《しんめいたい》をよく統率《とうそつ》してくれ。少なくともあと三か月以内に、そちの意のままに動くよう鍛《きた》え上げるのだ」

「御意《ぎょい》」

「誰よりもそちを頼りにしている。……わたしを理解できるのは、そちしかいないのだ」

「……はっ！」

背筋を伸ばし、過分すぎる親王の言葉を拝受した。

親王の覚悟と孤独が、かぐらの全身に沁《し》みていた。この国に住まう民をなによりも愛《いと》おしむからこそ、親王は修羅《しゅら》の道を歩もうとしている。

かぐらの心が、親王に共鳴する。

——この方と共に生き、共に死のう。

その覚悟を改めて、かぐらはおのれの中枢《ちゅうすう》に刻んだ。

四

ウラノス王宮をはじめて訪れた観光客は、まずその敷地の広大さに驚き呆《あき》れる。総面積が公称二千八百ヘクタールだから、単純計算で一辺が約五千三百メートルの正方形くらい。王宮の庭園の中心に降り立ってぐるりと見晴らしたなら、敷地と外界を隔《へだ》てる建物や森や石垣は遠い視界の彼方《かなた》、空と庭園に挟まれた段ボール紙に見える。とても一日で見て回るのは不可能だとその場で悟った観光客は、著名な噴水や運河、芸術家たちの住まう芸術区や数々の離宮の訪問を諦《あきら》めて、王宮の入り口に聳《そび》え立つ大建築物「ユリシス宮殿」へむけて長い道のりを歩きはじめる。

徐々に地表面からせり上がってくる宮殿を目指して三十分ほど歩くと、やがて喉仏《のどぼとけ》も露《あら》わに見上げるほどの本殿前へたどり着く。二万五千人の労働者が三十年かけて完成させた宮殿は、現在もまだ拡張中。はじめは上から見るとコの字形をした建物だったが、拡張のために外側にもう一回り大きなコの字の建物が造られ、さらに拡張して鳥が翼を広げるような翼屋《よくや》が建てられ、翼屋の奥にさらに翼屋が重なって、現在では空中回廊で連結された十六棟もの四層建築が内堀と花壇と中庭を編み込んだ「城塞《じょうさい》」とでも呼ぶべきものへ発展してしまっていた。

ウラノス初代王の名前を冠《かん》したこの壮麗な建物内が、ウラノス王侯貴族の住まいだ。ウラノス王府が政治の中枢《ちゆうすう》であるとすれば、ユリシス宮殿はウラノス人すべてに門戸《もんこ》をひらいた王の権威の象徴である。ゆえに宮殿内は、ウラノスが収集してきたあらゆる地上の財貨をこれでもかとつぎこんだ、天空の宝物殿《ほうもつでん》と化していた。

ウラノスの言葉で「ロメーヌ様式」と呼ばれる中世的な内装は、ドーム型の天井に聖堂画や彫刻やステンドグラスを嵌《は》め込んで、吊《つ》り下ろした大シャンデリアには金銀宝玉を惜しげもなく散らして目がくらむほど。鯨《くじら》の肋骨《ろっこつ》にも似た、視界の果てまで一直線につづく長く広い廊下には、壁から天井、床《ゆか》にまで肖像画と戦勝画と彫刻が配されてウラノス二千年の歴史をいまに伝える。

廊下に描《えが》かれたウラノス絵物語によると。

空飛ぶ島プレアデスに生まれた民は、巨大な帆《ほ》を幾百も地表面に張り巡らせて針路を調整し、四年に一度聖泉《せいせん》から産み落とされる「空飛ぶ島」と接触して入植を行《おこな》い、ときに二千メートル級の山に接触して地上へ降り立ち、地上からの奴隷《どれい》を空の島に住まわせて新たな血を取り込んで、いまに至るまで脈々と孤独な空の生活を営んできた。

耕地は狭く水は乏《とぼ》しく、人口も厳密に管理しなければならない。空の民は地上に住みたい一念を抑え込み「いつか我らが天地を領有する」という創世神話の教えを頑《かたく》なに守って、お世辞にも住みよいとはいえない空の生活を二千年近くもつづけてきた。

誇り高くも辛《つら》く厳しい高度二千メートルの営みは、約百五十年前に飛空機械が誕生したころから転機を迎える。地上国家に先駆《さきが》けて「空の交通」を可能としたウラノスは、プレアデスの下部に推進装置を取り付けることに成功し、地上国家を空から威嚇《いかく》または攻撃することで隷属《れいぞく》させはじめる。人的物的資源に乏しい「空の民」にとって、地上国家から上納《じょうのう》される食料や物資や貴金属、そして奴隷がもたらす新しい血はさらなる発展のために欠かせなかった。

つまりウラノスの急激な隆盛《りゅうせい》は、ここ百五十年以内のことである。多島海方面を除く、この星の主要海域においてウラノスの存在が認知されていないのは、飛空機械が発明されるまではずっと「取るに足らない存在」であったことも原因のひとつといえる。

いかにも歴史がありそうなユリシス宮殿ですら、築六十年。飛空機械をもたなかったころのウラノス王侯たちの住まいはペトラ山地中腹の高級住宅地としていまに残るが、造りはいずれもこの宮殿とは比するべくもなくつつましい。翼を手に入れるまでウラノス人が耐え忍んできた艱難辛苦《かんなんしんく》に関して絵物語はなにも語らないが、一部の王侯貴族だけが閲覧できるウラノス正史には「空飛ぶ島を捨て、大地に根ざした生活をしよう」と主張する勢力が内乱を引き起こした事例が数十ほども残っている。先人たちが二千年近くにわたって空を旅しながら、耐えて耐えて耐え抜いた末に手に入れた、いまの繁栄であるのだ。

現在、元老院《げんろういん》議員を務めるウラノス上流貴族たちは全員、このユリシス宮殿に住んでいる。さすがに王侯貴族の居住区には観光客も入れず、訪れたものは宮殿の「外向け」の豪華絢爛《けんらん》な造りと内装を心に刻んで帰路に就《つ》くことになるが、ここに住むものは華麗な外面からはかけはなれた、暗く陰惨《いんさん》な「伏魔殿《ふくまでん》」としての一面を心に刻んでおかねばならない。個々の貴族たちが誰の縁戚《えんせき》でどこの派閥《はばつ》に属していてどの利権が絡んでいるのかを常に把握したうえで会話に応じていないと、ある日いきなり足下《あしもと》をすくわれて追放、幽閉、もしくは断頭台へ送られる。

ウラノス王の権威を象徴するきらびやかさの内側は、権益《けんえき》に取り憑《つ》かれた魑魅魍魎《ちみもうりょう》が跋扈《ばっこ》する魔窟《まくつ》そのもの。その闇《やみ》が最も濃く煮凝《にこご》っているであろう、ユリシス宮殿中央部の二階に、ウラノス女王ニナ・ヴィエントの居室は配されていた。

天宮。

宮殿のなかでも特にそう呼ばれる、歴代王の憩いの間。

夜も更けて、一日の長い務めを終えたニナ・ヴィエントがようやく重苦しい衣装から解放されるそのときに、召し使いミオ・セイラは立ち合っていた。

「はぁ…………」

白銀の付け毛を外し、純白のローブときついボディスーツを脱がせると、ニナは珍しくそんなため息をついた。ミオは心配そうに眉尻《まゆじり》を下げて、

「お疲れですか……？」

ニナは鏡越しにミオを見ると、安心させるように口元だけで笑む。

「この衣装を脱ぐことが、一日の終わりの楽しみです」

冗談めかしてそう言う。

「わたしなら半日でギブアップです。重くて窮屈で動きにくくて……。ニナさま大変だなあ、っていつも思ってます」

「寝間着で仕事したいなあ、とたまに本気で思いますよ」

「あはは。かわいい。見てみたいです」

「ベッドに寝そべって引見《いんけん》できたら楽なのに」

冗談をつづけるニナの衣服をすべて脱がせ、緞帳《どんちょう》で仕切った一角の湯船へ誘う。歴代王が使用してきた大理石の湯船に身体《からだ》を沈め、温かなお湯へしなやかな手足を投げ出して、ニナはもう一度、はあ、とため息をついた。

ミオは緞帳を挟んで、湯浴《ゆあ》みするニナへ声をかけた。

「このあと薔薇《ばら》油はいかがです?」

「ああ。うれしい。お願いします」

「はい。ごゆっくりなさってください」

ほどなくして湯浴みを終えたニナは、寝台へ移動した。ミオは薔薇油を手に取り、うつぶせのニナの背に塗り込む。腰にタオルを巻いただけの剝《む》き出しの背中は、硬く強《こわ》ばっていた。心地よい香りが広がって、ニナは安心したように目を閉じた。

「いい気持ち……」

「凝《こ》ってますね、やっぱり……」

こんなに小さな肩と背中が、石のように硬い。無理もないとミオは思う。まだ二十歳の女の子が、ウラノスというあまりにも重く巨大なものを背負い込んでしまっている。

この重みを少しでも減らしてあげたい。大したことはなにもできないけれど、せめてニナの心と身体《からだ》がこの居室にいる間だけでも安らいでくれたら。

そう思ってミオはできる限り優しく、ニナの身体を解きほぐす。

「もう、ここに来て半年ですね」

ふくらはぎを揉《も》んでいたとき、ニナは思い出したようにそんなことを言った。

「まだ、そのくらいですね……。もう十年くらい経《た》ったような気持ちです」

ミオは正直にそう答えた。召し使いの身分でありながらも、ユリシス宮殿の一日は、途方もなく長いように感じられる。ニナからしたら、きっともっと長く感じられているだろう。

決して愚痴《ぐち》をこぼすようなことはないが、女王ニナの国務がうまくいっていないことは、ウルシラ伯爵《はくしゃく》夫人やイグナシオから伝え聞いている。宮廷に巣くう魔物たちが新参者《しんざんもの》のニナを歓迎するはずもなく、大貴族などは公然とニナを軽視し、ときには楯突《たてつ》くという。

一挙手《きよしゅ》一投足《とうそく》を監視されるような生活のなか、暗殺の危険を常に抱えて、イラストリアリ教皇《きょうこう》や第一王子デミストリ、デミストリ派に属する元老院《げんろういん》議員や軍将校を相手にする日常がどれほど大変か、この硬く強《こわ》ばったニナの身体が教えてくれる。

——わたしには、このくらいしかできないけど。

――でも、せめて、話相手になれたら……。

現状、ニナが気軽に他愛《たわい》ないことなど話せるとしたら、同い年の女の子、ミオしかいない。だからできるだけ、邪魔にならない程度に自分から話しかけたりするようにしている。大口あけて馬鹿《ばか》笑いしてくれ、とは言わないが、せめて笑い声をあげるくらいはしてもいいのではないか。ニナと出会ってもうすぐ一年になるが、いまだニナの朗《ほが》らかな笑い声を聞いたことがない。女王になって以降は、笑顔《えがお》を見せることも少なくなって、いつも張り詰めた雰囲気《ふんいき》だ。しょうもない話でもして、少しでも気分を軽くしてあげたくて、ミオは今日《きょう》の出来事を伝えた。

「新米執事がまた、道に迷ってたみたいです」

悪戯《いたずら》っぽく告げ口すると、ニナは少し言葉に明るいものを織り込む。

「またですか？　あのひと、方向オンチなのでしょうか」

「本殿の配置を覚えきれない、とか愚痴ってました。この建物のどこになにがあって誰がいるのかを正確に把握せねばならない、とか力説して出かけていくんですけど、帰りで必ず迷子になって……。今日の夕食に間に合いませんでした」

「意外ですね。彼とは十数年の付き合いですが、そんな弱点があったなんて」

「この宮殿が広すぎるのも問題なんですけど。新米執事さん、自分で見取り図を作成してるみたいです。他人が作ったものは信用できない、いつか絶対に役に立つ、とか言ってるんですけど……どうなんでしょうね。ニナさまがいない間、ほかにやることないからやってるだけじゃないかな」

「きっと、本当にいつか役に立つのでしょう。イグナはそういうひとです」

「だといいですけど。冷めた夕食、食べてましたよ。ひとりで。この宮殿を設計した人間はいかれてる、とかぶつぶつ言いながら」

ふふ、ともう一度ニナは短く笑った。

ニナの専従騎士イグナシオ・アクシスは、この宮殿に引っ越して以来、執事としてニナに近《きん》侍《じ》することになった。古参《こさん》の王宮衛士たちの反発もあって、新参者《しんざんもの》であるニナの近衛兵《このえへい》は全員、ユリシス宮殿から三キロメートルほども離れた芸術区の一角を警備する仕事を与えられていた。それだけ距離があるとニナを守ることができないとあって、イグナシオは執事へ転職して天宮へ住み込んでいる。

「イグナとライナは仲良くやってますか?」

ニナに問われて、ミオは苦く笑った。

「犬猿《けんえん》の仲、って感じです。会話どころか、目も合わせないですね」

「仲良くしてほしいけれど」

「堅物《かたぶつ》とお調子者の組み合わせですから、性格的に無理っぽいです。ライナは器用だから、従者の仕事もこなせてますけど、イグナからするとそれがまた面白くないらしくて」

ライナ・ベックもまた、イグナシオと同じ理由から従者に転職して天宮に住んでいる。本職がスパイだから従者の仕事などお茶の子さいさいらしく、食事、掃除、修繕、消耗品《しょうもうひん》の交換・管理から馬車の手配までそつなくこなし、侍従長《じじゅうちょう》ウルシラからはイグナシオ以上に重宝《ちょうほう》されている。

「ふたりで買い物にでも行けばいいのに」

ニナの言葉に、ミオは笑った。あのふたりが仲良く外出するすがたを想像するだけで、吹き出してしまう。

「ニナさまに時間ができたら、みんなでピクニックにでも行きたいですね」

「……素敵ですね。みんなでピクニック……」

ニナの返事に、淡い憧《あこが》れが香った。本当にそれができたら楽しいだろうな、とミオは思う。だが企画しただけで周辺からよってたかって止められるだろう。なにしろニナの命を狙《ねら》うやからは宮殿の内外に大勢いる。戴冠《たいかん》以前に一度だけ、イグナシオと案を練ってニナをプールに連れ出したことがあるが、戴冠したいまとなっては不可能だろう。

でも。

「ニナさまも気晴らしは必要でしょう」

そう問いかけると、ニナは首を振り、少しだけ言葉を柔らかくした。

「わたし、出不精《でぶしょう》なので。宮殿のなかが好きです」

ウソだ、とミオは思う。ニナがお忍びで出かけるならば、周辺の人間の労力は大変なものになる。それを推し量《お》ってこのひとはこんなウソをつく。そんなニナがミオは大好きだから、せめて少しでも安らげる時間をつくってあげたい。心からそう思った。

オイルマッサージを終えて、ニナの寝室を辞し、ミオは召し使い用の食堂へむかった。天宮に住み込んでニナの身の回りの世話をする執事や従者や召し使い、料理人は総勢二十二名。食堂は休憩室のようなもので、侍従長《じじゅうちょう》のウルシラ伯爵《はくしゃく》夫人にその日の業務の報告をする場でもあった。

食堂にはウルシラとイグナシオがふたりでなにやら話し込んでいた。ミオが入っていくと、ふたりの話がぴたりと止まった。

「ニナさまはお休みになられました」

報告すると、いつも神経質そうなウルシラの目線が、ミオに刺さる。

「女王に、いつもと変わった様子は見られましたか？」

尋問《じんもん》するようなウルシラの口調《くちょう》にも、もう慣れた。はじめのころは陰謀《いんぼう》でも疑われているのかと思って不愉快だったが、このひとはこういう話し方なのだと気づいてからは、なんとも思わなくなった。

「いえ、特に」

印象を正直に伝えると、イグナシオとウルシラは顔を見合わせる。ミオは椅子《いす》を引いて腰かけた。

「なにか問題でも？」

問いかけるが、ウルシラはつれない。

「女王がお変わりないなら、問題はなにもありません」

話はきっぱりと断ち切られる。おそらくは昼間にサロンあたりでなにかあったのだろう。ミオの身分では綺羅星《きらぼし》のごとき貴族高官が居並ぶサロンには入れないため、召し使いたちの噂《うわさ》レベルのものしか情報は入ってこないが、彼らのニナに対する態度は目に余るものがあるらしい。

もはや王ひとりが絶対的な権力を握る時代ではない。戴冠時《たいかんじ》に託された権限は古式ゆかしい儀式に則《のっと》っただけのこと、紙の上だけのものであり、実態は元老院《げんろういん》議員たる大貴族が政治を動かす。王の仕事は元老院決定を承諾するだけであり拒否などありえない……。魑魅魍魎《ちみもうりょう》たちのそうした声が、ミオの立ち位置にまで聞こえてくる。

女王として、そうした反発には威厳と実力を以《もっ》て立ちむかうべきだが、なにしろニナには血縁がいない。高貴なもの同士、近親婚も当然なほど強力な血の結びつきでつながった貴族たちは、政治的基盤をもたないニナを完全に侮《あなど》っていると聞く。

ニナが教皇《きょうこう》イラストリアリの傀儡《かいらい》なのは、大貴族たちの知るところだ。そして教皇の息のかかったものたちはニナに敵対こそしないが、しかし味方かというとそうでもない。隙《すき》あらばニナに恩を着せて、ややもすると年長者の威厳を用いてニナの行動を批判したりもする。彼らが関心をもつのはいかにニナを利用して自《みずか》らの利権を拡大するか、その一点のみ。そのためには「自分は女王と対等の立ち位置だ」と周辺にアピールしたほうが都合がいいから、彼らもますます女王を軽《かろ》んじてしまう。

中世期の専制君主であれば、こうした大貴族たちには断固たる決意を以《もっ》て次々に追放もしくは断頭台送りにしたことだろう。しかしニナにそれができるかというと、絶対にできない。威厳と恐怖を臣下の骨の髄《ずい》まで叩《たた》き込んではじめて王の政治的手腕は発揮されるのだと、頭では理解できても実行できない。教皇《きょうこう》イラストリアリはそこまで見越して、ニナを自らの傀儡《かいらい》としたのかもしれない。王座に据《す》え置く人形として、心優しく他人の立場を思いやるニナは酷薄《こくはく》で自意識過剰《かじょう》な第一王子デミストリより遙《はる》かに扱いやすいだろう。

「女王の話し相手となるのも、あなたの大事な役目ですよ、ミオ。務めは果たしていますか?」

ウルシラに詰問《きつもん》されて、ミオは返事に窮する。うまくできているとは思えない。

「このところずっと、お疲れのご様子なもので……。あまり無理やりに世間話に付き合わせるのも気後れしますし」

言い訳すると、ウルシラは気に入らなそうに瞳《ひとみ》に冷たい色を浮かべてみせる。ミオもややいたたまれない。

努力はしている。ミオだって、ニナと友達のように会話できたら楽しいだろうな、とは思う。

けれどもやっぱり、自分は異分子なのだ。

なにしろウラノス情報部局長ゼノン・カヴァディスから送り込まれた召し使い、というだけで充分うさんくさい。ミオもゼノンから天宮の様子を尋ねられたなら正直に内部事情をすべて伝えるしかないし、ゼノンの手のものであることは間違いないのだ。信用してくれ、と頼んでも、ニナの昔からの側近であるウルシラやイグナシオからすれば「ゼノンのスパイなど信用できるか」と思うに決まっている。

だからどこかで、イグナシオもウルシラも、ミオと一線を引いているのがわかる。いまこの部屋にミオが入ってきたとき、ふたりの話がぴたりと止まったように。

それはニナも同じだ。仲良くなろうと歩み寄っても、ニナはある一定のところでミオからすっと距離を置く。そう感じる。

——仕方ないよ。わたし、スパイだもんね……。

悲しい気持ちになるが、事実は事実だ。

ミオがスパイになったのは、家族を救うためだ。いまだ行方《ゆくえ》が知れない義父母と義兄妹を見つけ出すために、ゼノンの助力を請《こ》うている。ゼノンは実際にこれまで、ミオの兄を敵の手から救い出すこともしてくれたし、家族の捜索はつづけてくれているのだ。ゼノンの命令を聞かなければ、家族を見つけ出す道が閉ざされてしまう以上、ミオはニナよりもゼノンの意志を優先せねばならない。

——だから、わたしは、このひとたちとは友達になれない……。

そのことを自分に言い聞かせる。それでいいと思う。嫌ったり憎んだりする理由はないし、毎日一緒にいて不愉快でないなら充分ではないか。下手《へた》に友達になって、その結果「エリアドールの七人」と同じことになってしまったら、あまりに悲しすぎる。もう友達を傷つけるのはこりごりだから、できれば、あまり他人に深入りせずに生活していたい……。

「……そんな感じです。では、『習いごと』に行ってきます……」

ライナと毎晩つづけている対人戦闘訓練のために部屋を辞そうとしたとき、そのライナがいつもの軽薄な半笑いを浮かべたまま食堂に入ってきた。

「ちぃーっす。ウルシラさん、例の新入り、連れてきましたー」

へらへらしながら、背後の女の子を紹介する。

「キリアイいいます。厨房《ちゅうぼう》とかどっかそのへんでてきとーにやってますんで、あんま気にせんとってください」

いかにも世慣れしていそうな、背の低い女の子だった。活発そうな赤い瞳《ひとみ》をくりくりさせて、あけすけにものを言う。

「ハチドリとそこの女と同じ、ゼノン局長の部下ですんで、お互い邪魔にならんようによろしくやりましょ」

ニナの古参《こさん》の部下であるウルシラ・イグナシオらと、ゼノンの部下であるミオ・ライナ（ハチドリ）・キリアイが同じ天宮に住み込んで働いているから、軋轢《あつれき》も生まれるだろうと見越した発言だ。今日《きょう》来た人間がいきなりずけずけこう言うと驚いてしまうが、しかし下手に互いの顔色を窺《うかが》って過ごすよりはストレスは小さいかもしれない。それより、初対面の自分を「その女」扱いしたことが、ミオにはカチンときていたが。

ウルシラは眼鏡《めがね》のつるを指で押し上げて、不遜《ふそん》な物言いは脇《わき》に置いて質問した。

「ゼノン氏から、毒のスペシャリスト、と聞いています。あらゆる毒を嗅《か》ぎ分ける、とか……。そんな能力が本当にあるのでしょうか」

いわれてキリアイはけらけら笑った。人格の一部が欠損しているのではないか、と疑わせるような、どこかいびつなものを孕《はら》んだ笑い方だった。

「てーかもう仕込まれてますわ。この部屋に、毒」

「……なに？」

はじめてイグナシオが口をひらく。あからさまに気に入らなそうな表情だ。

キリアイは片目でイグナシオを見やり、口元に嘲笑《ちょうしょう》をたたえる。

「うわさの新米執事くんか？　ハチドリから聞いてるわ、融通《ゆうずう》利かんらしいなあ。イケメンやのにもったいないなあ」

イグナシオの目線に殺気がこもった。憤怒《ふんぬ》をこめかみに映して、抑えた声を床《ゆか》へ落とす。

「……見せろ。どこに毒が仕込まれている」

へらっ、とキリアイは薄笑いで答えて、食堂の隅の棚に歩み寄る。

棚に並べられた生活用品のなかから、キリアイが取り上げたのは白粉《おしろい》だった。毎日、ニナの化粧に使っているものだ。

「これが、毒や」

イグナシオは訝《いぶか》しげな表情をするのみ。ミオもライナも意味がわからず顔を見合わせる。

ウルシラはしばらく考えて、キリアイから白粉の瓶《びん》を受け取って蓋《ふた》をあけた。固形状の中身を指ですくって、匂《にお》いを嗅《か》ぎ、ミオを振りむく。

「この白粉は、どこで手に入れました?」

「あ、えぇーっと……確か、ウラド家から提供されたものです。肌《はだ》が白くなるとか……」

ウラド家は教皇派《きょうこうは》に属する名門だ。宮殿生活について知識の乏《とぼ》しいニナ一門のために、必要な生活用具を提供してくれるので助かっていた。

「使用をやめるように。新しい化粧用品は、わたしが選別します。ウラド家に悪意がないと信じますが」

ウルシラは冷たく言い放った。ミオは驚く。

「白粉に、毒が……?」

「水銀が入っています。肌に塗っても危険だし、微量を食事に混ぜることもできるでしょう」

ウルシラから白粉を受け取って、ミオも中身を見てみた。言われてみれば、わずかなきらめきがなきにしもあらず。ウルシラの言うとおり、毎日の食事の際、手に白粉を塗ってニナの食器に混ぜつづければ、ゆっくりと時間をかけてニナの体内に水銀を蓄積させることが可能だ。

致死性《ちしせい》の毒物がこれほど身近にあったというのに、気づいていなかった。ニナの身を守るものとして、毒には最も警戒していたつもりだが、こんな簡単に裏をかかれるなんて。ウラド家は教皇派ではあるが、貴族というのは日和見《ひよりみ》主義だし、派閥《はばつ》をまたいでいる家も多くある。簡単に他家を信用することは危険だと肝《きも》に銘《めい》じた。贈り物にはすべて毒が混ぜ込んである、と思っていたほうがよさそうだ。

キリアイは慣れた様子で、暗い笑みを目元にたたえる。

「まー、そーゆーわけで。ニナさまの食事は毎回必ず、うちがチェックするいうことでよろしゅう。毒に関しては、信用してください。あとのことは気にせんといて」

ウルシラはキリアイを見やり、相変わらず事務的に告げる。

「不要な行動は控えていただきます。あなたがゼノン氏の配下であっても、天宮で働く間は、わたしの指示に従うように。よろしいですね？」

「あいあい、了解ですわ」

「返事はひとこと」

「了解～」

キリアイは辟易《へきえき》した様子で答え、イグナシオからの冷たい目線にはおどけたウインクを返した。

　それからミオは食堂を出て、ライナと一緒に練兵場《れんぺいじょう》へと赴《おもむ》いて、日課となっている格闘訓練に励んだ。

　プレアデスへ来て以来の二年近く、毎日この訓練をつづけてきたおかげで、最近はかなりの戦闘技術が身についたことを実感する。

「マシにはなってきた」

　教師役のハチドリも、珍しくそんな言葉でミオを褒《ほ》める。訓練の際は副人格ライナから意識の座を乗っ取ってミオの前に現れ、血も涙もない激烈な訓練を課す鬼教師だが、弟子の上達は喜ばしいらしい。

「光栄ですこと」

　ハチドリの上段蹴《じょうだんげ》りを右腕でガードして、ミオは身体《からだ》を回転させて足払いを返す。いつも相手がハチドリだから、どれほど上達しているのか、一般兵を相手にどれほど戦えるのか、ミオ自身もわからない。

　昼間は衛士やニナの近衛兵《このえへい》たちが訓練に明け暮れてやかましい練兵場も、夜はミオとハチドリの貸し切りだ。篝火《かがりび》の明かりを頼りに、満天の星空の下、ミオは人間を殺すための技術に磨きをかけていく。

「キリアイって子、前から知り合い？」

ハチドリの背後に回り、両手で閂《かんぬき》を作って彼の首を締め上げながら、ミオは質問した。

「お前たちの言葉でいえば同僚だが、そんな易《やさ》しいものでもない」

渾身《こんしん》の力で締め上げているというのに、ハチドリはいつもと同じ調子で返答する。

「エリート特殊工作員仲間ってやつですかね」

「仲間、と思ったこともない」

「ドライですこと。すごい子なのに」

「毒の扱いに関しては天性のものがある。だがいまはニナの味方だが、局長の指先ひとつで毒を盛るほうにも回る。局長はキリアイを天宮へ送り込んだことで、ニナを生かすも殺すもおのれの意のまま、というわけだ」

ミオは息を呑《の》んだ。確かにハチドリの言うとおり。キリアイは毒からニナを守ることができると同時に、いつでもニナの食器に毒を盛れる位置についている。

「それ、大丈夫なのかな」

「政治の潮目《しおめ》次第だ。貴様《きさま》が心配しようがどうすることもできん。それよりはウルシラのほうが気にはなった」

「ウルシラさん？」

ハチドリの意外な返答に首を傾《かし》げた瞬間、左手の手首をつかまれて中指を取られ、強引に曲げられた。

「痛い痛い痛いっ!!」

簡単に両手の閂《かんぬき》を外されて、逆に組み敷かれ、ハチドリの肘《ひじ》がミオの喉首《のどくび》にのしかかる。

「非常な博識だ。ニナの家庭教師を任されるだけはある。そのうえ実に用心深い。伯爵《はくしゃく》夫人だそうだが、ここに来る以前にかなり宮廷で揉《も》まれているのではないか?」

ミオは答えたくても、苦しくて答えられない。右手で地面を叩《たた》いて降参を告げるが、ハチドリはミオのことなど眼中にないかのごとく、疑念を呈《てい》する。

「ニナが半年も無事でいることがその証左《しょうさ》だ。命の危険がかかる状況を巧みに回避しているのはウルシラの差配が大きい」

「……っ……っ……っ!!」

独り言をつづけるハチドリへ、窒息《ちっそく》寸前のミオは顔を歪《ゆが》め、両手で地面を必死に叩く。

「今日《きょう》はここまで」

ようやく肘が外れ、顔を真っ青《さお》にして激しく咳《せ》き込む。いつもいつもやられっぱなしなのでこういう扱いはすっかり慣れてしまった。ハチドリは首を絞めるのはやめたが、相変わらずミオに馬乗りになったまま、質問をつづける。

「伯爵を置いたまま、空飛ぶ島にウルシラが乗った事情はなんだ? 答えろ」

なぜか知らないが、ウルシラの素性《すじょう》を知りたがる。ミオは懸命《けんめい》に語気を強めて、

「ひとを組み敷いたまま質問するのやめなさい……! 降りなさいよ!!」

「これは質問ではない。尋問《じんもん》だ」

ハチドリの指が伸びてきて、ミオの鼻の穴を上方に押し広げる。

「わたしに命令した罰だ。面白い顔のまま答えろ」

「やーめーてー」

変な顔にされて、ミオは必死に顔を左右に振ってハチドリの指から逃《のが》れようとするが、ハチドリは絶対に放さない。

「こ、近衛兵《このえへい》のケビンから聞いた話ならあるけどっ！　でもほんとかウソかわかんないよ!?」

「話せ」

「指、放してっ!!」

ハチドリはゆっくりと、嫌がらせの指を抜いた。しかし馬乗りにはなったままだ。降りたくないらしい。仕方なく、ミオはハチドリを見上げたまま伝聞した内容を伝える。

「旦那《だんな》さんが気性が激しかったらしくて。子どもを産まない、っていう理由だけで、二十代だったウルシラさんを修道院送りにして三十年以上も放ったらかしにして、自分は浮気してたんだって」

「ふむ」

「ウルシラさんの博識と教養の高さは有名だったから、そんな扱いを受けるのがもったいないっていう声が宮廷で起きて、ニナさまの家庭教師になったみたい。幽閉されてる間にずっと本を読んでらしたから、ますます知識には磨きがかかっていたんだけど、やっぱり、辛《つら》い目に遭《あ》わされたことで心が荒《すさ》んじゃってた、っていうか……。はじめのころは、ニナさまにも冷たく接してたみたい」

「イスラの旅とは実質、ただの島流しだったと聞くが、さらにウルシラはプレアデスにまでニナに同行している。たかが教え子ひとりのためにそこまでする事情はなんだ？　ほかの目的があるのではないか？」

「あんたさ、いちいちひとの行動疑うのやめなさいよ。本当にわからない？　長い時間ニナさまと一緒にいたら、たいがいのひとはニナさまのこと好きになるよ。わたしだって好きだし」

「全くわからん」

「ケビンに聞いた話だと、ニナさまは子どものころ、魔女扱いされて母親に捨てられた、とかなんとかで……家族がいないんだって。ウルシラさんも子どもができなかったから、だからきっと……ふたりで足りないものを補ってる、とかそんな感じじゃないかな」

「傷の舐《な》め合いだな」

「そういう言い方やめなさいよ。質問終わったんならさっさと降りて。わたし、あんたのソファーじゃありませんから」

ハチドリは鼻を鳴らしてようやく立ち上がった。ミオは安堵《あんど》のため息をつくと、機嫌悪そうに背中の土を払ってから星空を仰《あお》ぐ。

「あー疲れた。あとは、天測《てんそく》しないと」

ミオの日課はこれで終わりではない。ニナが王座に就《つ》いて以来、ウルシラに頼まれてつづけている天体観測の時間だ。星を見て自機の現在位置を割り出す天測航法の技術をミオが士官学校で身につけていると知ったウルシラは、ウラノスで使用されている六分儀《ろくぶんぎ》と天測暦、天球図、天測計算表、それに王だけが閲覧できる多島海方面地図をどこからか入手してきて「プレアデスの現在位置を常に把握していてほしい」とミオに頼んだ。なんの役に立つのかはわからないが、それ以来ミオは毎晩、訓練が終わったあとに天測をして、空飛ぶ島プレアデスの位置を割り出している。

六か月にわたる測定の結果、プレアデスの移動速度と現在地が正確につかめるようになった。ミオの観測によれば、プレアデスは現在、ハルモンディア皇国の首都アルカセルド上空にこの二週間ほど留《とど》まっている。

「はい、お願いします、助手さん」

記録帳を手渡すと、ハチドリは苦い顔を浮かべて目を閉じた。次の瞬間、ライナ・ベックに特有のへらへら笑いが顔の上に広がる。ハチドリが面倒な作業はいつもライナが引き受けるのだ。

「おれ、できれば訓練のほうがいいんだがな。おいしいとこだけ旦那《だんな》がもってくから」

「あんたとは絶対イヤ」

格闘訓練は性質上、どうしても身体《からだ》を密着させることになる。ライナが相手だったら絶対に変なところを触るに決まっている。その点ハチドリは、そういうところに関しては紳士と言ってよい。手加減はないが、純粋にミオの戦闘力を向上させるための容赦《ようしゃ》のなさであり、鬱憤《うっぷん》晴《ば》らしや嫌がらせとは違う。

月と星、それに不動星エティカの天球座標を六分儀で測定してライナに口頭で伝える。得た一連の数字を天測《てんそく》計算表にかけると、プレアデスが皇都アルカセルド西方五十キロメートル地点に浮遊していることがわかった。

しかしあくまで紙の上のデータなので、できれば地表面を目視《もくし》して計算に間違いがないか確かめる必要がある。一週間に一度、プレアデスのうしろ縁にあるマルティオス軍港に出かけて、下界の様子を撮影、確認するのもミオの仕事だった。地文《ちもん》航法と天測航法を合わせることで、数字がより正確になる。

測定を終えて、道具を片づけながらライナに尋ねた。

「明日《あした》の午後は軍港に行って、そのあとオラトリオ地区行ってくる。局長に業務報告しないといけないの。なんか買ってくるものある？」

「明日か。おれも非番なんだよな。どうすっかな」

「一緒に行く？　荷物持ってよ」

「あー……。いや、ひとりでぷらぷらするわ。たまの休みだし、仕事のこと忘れたいし」

「あ、そう。ならいいや。気が重いけどひとりで行きまーす」

ウラノス統合情報局局長、ゼノンへ一か月に一度、ニナの様子を伝える仕事もあった。ニナが女王になったことで、彼女をプレアデスへ連れてきた功績が認められ、ゼノンは現在、ウラノス情報局の最高位に君臨《くんりん》している。天と地上のあらゆる情報を独占し、それらを解析《かいせき》、精錬《せいれん》して軍司令部へ伝える重要な立ち位置だ。

ゼノンとの謁見《えっけん》は正直、毎回、気が重い。

ミオの家族の情報を握っているので逆らうわけにもいかず、意図のわからない変な質問にも答えなければならない。ゼノンの表情はいつも穏やかだが、底のない沼のような瞳《ひとみ》の色をしていて、彼の質問に答えているだけで全身を毒蛇《どくじゃ》に巻き付かれてちろちろした舌で頬《ほお》を舐《な》められているような不快感を覚える。ライナが一緒にいてくれたら少しは気が楽だし、誘えばついてくると思ったのにあてが外れた。ほかに大事な用でもあるのだろうか。

帰路、ふたりで連れだって歩きながら、夜のユリシス宮殿を遠く眺めた。同じ王宮内だというのに、練兵場《れんぺいじょう》からだと歩いて二十分ほどもかかる。篝火《かがりび》の照明が青白く浮かび上がらせた宮殿のありようは伏魔殿《ふくまでん》にふさわしく、なんだか禍々《まがまが》しい。あの不気味で壮大な宮殿が、いまのミオの住処《すみか》なのだ。

「あそこに住んでるんだよねー……。なんだか不思議」

なんとなくそんなことを隣にこぼしてみると、ライナは頭のうしろに両手をやって星を見上げ、へらへら笑った。

「流れ流れてこんなとこに着いちゃったんだよなー。士官学校にいたころは考えもしなかったよ、お前とこんなとこでこんなことしてるとか。これからどうなるんだろ」

「だねー……。流されるまんま、だね……」

ここにたどり着いた経緯を振り返ってみると、そんな感じだ。外から襲《おそ》いくる様々な事情に翻弄《ほんろう》され、まともな選択肢すら与えられず、ただ家族を助け出したくて仲間を裏切り、この天空の王宮へたどり着いた。そして新たなひとびとと知り合い、交流するうちに、そのひとたちのことが大切になっていく。

星空を仰《あお》いだ。

いまここにいない「エリアドールの七人」の顔が、星の川に覆《おお》いかぶさる。

――みんな、がんばってるんだろうな……。

ライナから伝え聞いた各人の様子がミオの胸に重く積もって、羨望《せんぼう》とも嫉妬《しっと》とも未練ともつかない感情に変わっていた。みんなそれぞれが目標をもち、それぞれの場所で一生懸命《いっしょうけんめい》、立派な仕事を果たしているというのに。

――なにもしてないな、わたし……。

そんな自嘲《じちょう》が芽吹いてしまい、目を閉じて首を左右に振った。彼らと自分を比べることがおこがましいと思う。

――裏切り者のくせに。

そう自分を叱《しか》りつけて、ミオは余計な感情を自分のうちから締め出すよう努めた。


翌日、清潔な白のシャツにスリムジーンズを合わせ、外出の支度を終えたところで不意に、キリアイが話しかけてきた。

「ミオ、出かけるんやろ？　ちぃっと、ええかな」

天宮の隅にある、召し使い用の大部屋が、いまのミオの自室だ。木製ベッドが六台と作業机がふたつ、衣装棚がふたつあるだけで歩くスペースもほとんどなくなる粗末な部屋に、キリアイも一緒に寝泊まりすることになったのだが。

「なに？」

「お見舞い持ってってほしいひと、おんねん。ステファノ地区の療養所におるんやけど、外出ついでにこれ届けてくれへん？」

キリアイはにこにこ笑いながら、小さな手提げの紙袋を差しだしてくる。

ミオは少し困る。ステファノ地区はプレアデス左岸前方にある、庶民の生活区域だ。スラム街などもあって治安はここよりよくない。今日《きょう》、ミオが用事があるのはオラトリオ地区であり
ステファノ地区は通り道ですらない。

つまり、面倒くさい。

「え――……。ちょっと遠いなあ」

キリアイに手渡された療養所の住所を見て、さらに渋る。ペトラ山地の奥のほう、交通の便の悪いところだ。

キリアイは笑顔《えがお》を保ったまま、視線に悪意を孕《はら》ませる。

「ええやん。ルックスだけで局長に気に入られとるんやろ？　訓練代わりに遠回りしてや」

ゼノン子飼いの八名のS級工作員「パトリオティス」の序列でいえば、キリアイはハチドリよりも上位なのだそうだ。スパイとしては見習い身分のミオからすれば、自分より背の低いこの少女は、天上遥《はる》かに仰《あお》ぎ見る存在ではある。

しかし、面とむかって「ルックスだけ」と言われてしまうとカチンとくる。スパイとしての序列は確かに遥かに上だが、天宮では自分のほうが先輩なのだ。

「ごめんなさい。局長に報告があるから、回り道してる余裕なくて」

断《ことわ》ると、キリアイは相変わらず笑顔を保ったまま、視線と語調だけをこのうえなく冷たくするという技を披露してくれた。

「下段の民はいややわあ。もしかして頼み事やと思うてんの？」

「…………………」

「序列って知ってるかな？　あ、まだそこらへん躾《しつけ》られてないんか。偉いさんにひいきされとると世間の常識も関係なくなるんかなあ、うらやましいわあ」

不遜《ふそん》な台詞《せりふ》を、快活な笑顔を保ったまま言い放つ。ちなみに「下段の民」とは、ウラノス人が地上人に対して使う蔑称《べっしょう》だ。

ミオはキリアイを睨《にら》みつけた。これは頼み事ではなく、S級工作員キリアイから工作員見習いへの命令なのだと理解する。

キリアイは感情の波すら見せず、底知れない悪意を秘めた笑顔のまま、紙袋を差し出す。

「午前中や。いますぐ出な、間に合わんで」

「…………………」

キリアイを睨みつけたまま、ミオは黙って紙袋を受け取った。療養所の住所と患者の名前を書いたメモを渡されて、返事もせずに背をむけ、大部屋のドアノブをつかむ。

「患者さん、寂しがっとるから、ついでに話相手もしてやってなあ。いろいろ、おもろいことがわかるかもしれんで」

ドアを叩《たた》きつけるように閉めて、キリアイの言葉を遮断した。廊下の側壁に背中を預け、天井を見上げて感情を沈めてから、ミオは余計な仕事をさっさと終わらせることにした。

乗り合い馬車に二時間ほど揺られてステファノ地区の奥で降り、そこから徒歩でペトラ山地を二十分ほど登って、ようやく目的の療養所にたどり着いた。

深閑《しんかん》とした木立が、山の清涼な大気に洗われていた。辻《つじ》馬車でくぐりぬけたスラム街の悪臭もここまでは届かない。丸太を組み合わせた山小屋風の建物は堂々としていて、入院しているのは富裕層の患者のようだ。

ミオは託された紙袋を提げて、受付で「ナターシャ・ベロア」と患者の名前を告げた。個室の番号を教えてもらい、二階へつづく階段を上がる。

どうやらここは心に変調をきたした患者の専用病棟らしいことがわかった。キリアイの家族か知り合いが入っているのだろうか。しかしそれなら自分で見舞えばいい話だ。なぜわざわざミオを指名してここへ来させたのか、キリアイの意図が見えない。

告げられた二〇一号室のドアをノックする。返事はない。もう一度ノックしたが、沈黙が返るのみ。留守だろうか。紙袋だけ置いて帰ろうと思い、ミオはドアをあけた。

清潔で広い部屋には誰もいなかった。

瀟洒《しょうしゃ》なベッドがひとつ。継ぎ板を張った床《ゆか》に大きな窓から差し込んでくる日の光が反射していて、丸太が剝《む》き出しの側壁には、額縁に入った家族写真と、子どもひとりの写真が幾つも掛かっていた。

ミオは無人の室内に入り、写真を一枚一枚眺めた。家族の集合写真は、父母と五歳くらいの子どもが写っていた。父母ともに明らかに大貴族の服装をして、子どもも嫡子《ちゃくし》らしい澄まし顔でぴんと背筋を張ってこちらを見つめている。

その子どもの顔に見覚えがあった。

「ライナ……？」

間違いない。ライナの顔の特徴が、子どもながら鮮明に見て取れる。すると入院しているナターシャ・ベロアとは、ライナの……。

「!?」

いきなり側頭部に軽い衝撃《しょうげき》が走って、ミオは驚いてベッドを振り返る。

白髪の老婆《ろうば》がひとり、ベッドの陰にうずくまるように隠れて、正気を逸《いっ》した瞳《ひとみ》だけをミオへむけ、くしゃくしゃに丸めた紙を投げつけていた。

「帰れ……っ!!」

しわがれた声には心神を喪失《そうしつ》した響きがあった。呆然《ぼうぜん》とするミオへ、老婆は歯茎《はぐき》を剝き出しにする。

「トマスは渡さぬっ!!　貴様《きさま》ら下郎《げろう》の好きにはさせぬぞ!!」

髪の色は落ち、顔も皺《しわ》にまみれ、眼窩《がんか》も落ちくぼんでいるが、この老婆が額縁のなかの母であることもわかった。ただならぬ事情が、この家族写真の背後にあることを直感する。

「あ、あの、わたし、お見舞いに来ただけで……」

老婆を落ち着かせようと、ミオは紙つぶてを浴びながら事情を説明する。しかし悲鳴まじりの罵声《ばせい》はやまない。

「出ていけっ!!　ベロア家は無実ぞ、貴様《きさま》ら下郎《げろう》の奸計《かんけい》になぞ屈さぬ!!」

どうやら没落貴族なのは間違いなさそうだ。魑魅魍魎《ちみもうりょう》の争いに巻き込まれて敗れた貴族の成れの果てだろうか。哀れみと痛ましさがミオの胸を灼《や》く。

「はい、出ていきます、出ますから、これだけ置かせてください……」

ミオは持参した紙袋をベッドの脇《わき》に置いて、部屋から逃げようとした。紙袋の中身は知らないし、知りたいとも思わない。老婆《ろうば》の金切り声に背をむけてドアノブをつかもうとしたとき、いきなりドアがこちら側にひらいた。

「!?」

見ひらいた目の先――現れたのは私服のライナ、いや、ハチドリだった。

「…………っ!?」

ハチドリも珍しく、驚いた様子でミオと目を合わせる。

しかし一瞬の硬直を経《へ》て、ハチドリの動きはさすがに素早かった。

いきなり手首をつかまれ、部屋の外へ引きずり出される。

それから側壁に背中を叩《たた》きつけられて、喉首《のどくび》を鷲《わし》づかみにされた。

「なんのつもりだ……!!　なぜ貴様がここにいる……っ!?」

訓練のときよりもよほど殺気走ったハチドリの双眸《そうぼう》が、間近からミオに突き立つ。押し殺し

た声に憤怒《ふんぬ》は明らかだ。下手《へた》にウソを言えば殺される、と直感し、ミオは慌《あわ》てて説明する。

「キ、キリアイに命令されたのっ!!　ここへお見舞いを持っていけって……!!」

「キリアイだと!?　なぜあいつがこの場所を知っている!?」

「し、知らないよっ!!　わたし、荷物を頼まれただけで……!!」

「荷物とはなんだ、なにを運び込んだ!?」

喉《のど》にかかった手に力がこもる。このままだと本当に絞殺《こうさつ》されるのではないか。これほど激昂《げきこう》を露《あら》わにするハチドリを見たことがない。

「見てない！　興味ないし！　わたしはただ、頼まれたものを持ってきただけ!!」

悲鳴じみた言い訳を送ると、喉をつかんでいた手からようやく力が抜けて、ミオは慌ててハチドリから距離を置き、激しく咳《せ》き込んだ。

ミオをその場へ残し、ハチドリは荒々しく室内へ足を踏み入れる。

老婆《ろうば》はハチドリに対しても、怒りを露わにした。

「来るな、下郎《げろう》!!　トマスに手出しはさせぬ!!」

ハチドリは唇《くちびる》を噛《か》みしめて、ミオが持参した紙袋を見つけて中身をつかみ出す。菓子の包みがひとつと、宛名《あてな》も差出人もない封筒が一通。

罵声《ばせい》を背中に浴びながら、ぞんざいに封を切って便せんを取りだした。文面は短い。

『うちの大将《たいしょう》、全部お見通しやで』

ハチドリのこめかみに血管が浮かび上がる。煮えたぎる感情が、悪態となって迸《ほとばし》る。

「警告のつもりか、クソ眼鏡《めがね》……!!」

手紙を握りつぶし、菓子らしい包みをゴミ箱に叩《たた》き込んで、ハチドリは悔《く》やしそうに老婆を一《いち》瞥《べつ》したのち、荒ぶる感情を抑えつけて告げた。

「また参ります、母上」

久しぶりの休みだからゆっくり介抱したかったが、こうなったら仕方ない。どうやらハチドリの秘密《ひみつ》裏《り》の行動をつかんでいるらしいゼノンへ、早急に言い訳する必要がある。

部屋を出た。

廊下ではミオが、居心地悪そうな目をハチドリへむけている。

「あの……なんか、ごめん。来ちゃいけないとこだったみたいね……」

申し訳なさそうに、詫《わ》びる。ハチドリは苦々しい表情で受け流し、

「貴様《きさま》はこれから、局長に会う予定だったな」

「あ、うん」

「同行する。わたしも局長に報告ができた」

「へ、あ、そうなの？　あー、うん、まあ、いいけど……」

拒否もできず、ミオは頷《うなず》く。ライナと人格を替わってくれたら質問攻めにするところだが、ハチドリもそれを警戒しているらしく、珍しくミオとふたりきりなのに意識の座を譲《ゆず》ろうとし

ない。ハチドリとふたりでお出かけというのも気疲れしそうでしんどいが、今日《きょう》は運の悪い日ということで諦《あきら》めるしかなさそうだ。

——まあS級工作員《パトリオティス》だし、いい給料出てるだろうから、交通費くらい出してくれるかな。

そんな淡い期待を抱《いだ》いて、ミオは療養所を出た。


甘かった。

「あんたさ。もしかして貧乏?」

「…………………」

ハチドリは仏頂面《ぶっちょうづら》で、ミオから金を借りて辻《つじ》馬車代を払い、イスラ右岸最後部、マルティオス軍港へ降り立った。

「お財布も持たないでよく遠出するね。エリート工作員ってそんなひとばっかりなの?」

「……当初、ここに来る予定がなかった。……それだけだ」

ハチドリは言い訳めいたことを口にするが、それにしても懐《ふところ》に余裕をもって出かけてもよさそうな身分なのに。馬車代が足りずに御者《ぎょしゃ》の冷たい目線を浴びるすがたは、なんだか滑稽《こっけい》ですらあった。

「いいけどさ。お金返してね。わたしだって貧乏なんだから」

「……来月返す。今日は立て替えてくれ」

来月まで待たないと辻馬車代さえ返せないということは、蓄えはほぼゼロということだ。呆《あき》れた息をこれみよがしに鼻から抜いて、ミオは地上を観測するために埠頭《ふとう》まで歩いていった。

歩きながらなんとなく、ハチドリの懐事情が芳《かんば》しくない理由に思い当たる。

――あの療養所、高そうだったな……。

ウラノスには健康保険制度などなく、ああした設備の整った施設で真っ当な診療を受けるには、庶民の数年分の稼《かせ》ぎが必要となる。S級工作員《パトリオティス》の給料であの施設の入院費を払えば、手元にはほとんど残らないだろう。

――お給料、全部、お母さんの入院費に使ってるのかな……。

そんな推測が浮かんだが、ハチドリに問いかけることはしなかった。他人がずけずけと踏み込んでいい話ではなさそうだ。

それから。

――本名は、トマス？

ライナ・ベックでも、ハチドリでもなく、トマス・ベロア。

それがこのひとの本当の名前だろうか。

軍港入り口の検問に許可証を示し、埠頭まで歩きながら、ミオは写真で見たあの身なりのよい子どもがどういう過程を経《へ》てS級工作員《パトリオティス》となったのか、気になった。

埠頭《ふとう》には飛空艦艇が六隻《せき》、繋留《けいりゅう》されていた。

重巡《じゅうじゅん》一、軽空母一、軽巡二、駆逐《くちく》艦二。このところプレアデス上空を行き交う飛空艦艇の数は増える一方、なんらかの大きな作戦の前触れを思わせる。

ミオは、埠頭から遙《はる》か眼下の地上を見下ろし、地図と照らし合わせながら写真を撮影した。天測《てんそく》航法は成功していて、計算したとおり、プレアデスは皇都アルカセルド西方五十キロメートルに留《とど》まっている。東に目をむけると、アルカセルドの摩天楼《まてんろう》が真昼の日差しを淡くはじき返していた。地上から訪れたことはないが、大きな都市だな、と感心した。セントヴォルト帝国帝都セルファウストとそう変わらないくらい、三十階以上の高層建築が建ち並ぶ先進的な大都市という印象。もしもハルモンディア皇国がセントヴォルト帝国へ宣戦布告したなら、第二次多島海戦争をしのぐ未曾有《みぞう》の大戦争となるだろう。

「よし、終了。天測、かなり当たってた」

カメラと地図をバッグに戻して、ハチドリに告げる。ハチドリはアルカセルドのさらに東の彼方《かなた》を見つめて、ぽつりと言った。

「飛空要塞《ようさい》がふたつ来ている」

ミオもハチドリと同じ空域へ目を送ったが、大気のかすみのせいでなにも見えない。

「全然見えない」

ハチドリは花でも眺めるように、目を細めもせず、独り言をこぼす。

「レオンとジゴス……。多島海方面から回頭したのか。道理で見つからなかったわけだ」

相変わらずミオにはなにも見えないが、士官学校で勉強した名前だから知っている。

ウラノス第十飛空要塞「レオン」と第十二飛空要塞「ジゴス」。

シエラグリード沖海戦で敵に鹵獲《ろかく》された「バルセノス」「カルキノス」と共に多島海方面に派遣されていたはずだが、セントヴォルト軍が血眼《ちまなこ》になって探しても発見できなかったふたつの不沈空母。多島海を制圧する任務に就《つ》いているはずなのに、なぜハルモンディア皇国に来ているのか。

「大作戦の予兆だな。楽しみだ」

「全然、楽しくないし。ニナさま、止められないのかな」

「ニナに権力などない。あれは教皇《きようこう》イラストリアリの人形だ。本物の権力は教皇と元老院《げんろういん》議員が握っている。連中が望めば、ニナの意志など関係なく、ウラノス軍が地上を焼く」

ハチドリの言葉どおり、おそらく軍の総指揮権を実質掌握《しようあく》している第一王子デミストリが、ニナの承認を経《へ》ることなく勝手に進めている作戦だろう。

ニナが女王になるにあたって、継承権一位であるデミストリの面子《めんつ》を立てる必要もあり、元老院は特別に「ウラノス統合艦隊司令長官兼作戦本部長」という役職を新設し、デミストリを任じた。大元帥《だいげんすい》に比べるとなんということもない響きだが、ウラノス統合艦隊とはウラノスが元々保有する艦隊と地上の支配国家の海上・空中戦力をすべて統合した戦力を指し、つまりウラノスの陸・海・空における全戦力である。デミストリは現在、ウラノス全軍を動かすすべての権限を自分ひとりで掌握《しょうあく》しているのだ。

ニナ・ヴィエントは玉座に座っているだけのお飾り女王。

デミストリは国軍の最高司令官――つまり、実質的な王。

それが現在のウラノスのすがただ。

なぜ元老院《げんろういん》はそんなことをしたのか。

ニナは民衆に人気はあるが、戦争に対して否定的である。玉座に就《つ》いた目的は明白に、ウラノスに戦争をやめさせるためだ。そのことは元老院にも知れている。

だがウラノス二千年の悲願を考えたなら、ニナには「天地領有」のために動いてもらわないと困る。ならばニナに敵対するデミストリに軍の総指揮権を委《ゆだ》ね、地上を制圧してしまえばよい。ニナは抗議するだろうが、所詮《しょせん》は宮廷に血縁ももたない根なし草、政治的実力の伴わない抗議はただの言葉でしかない。ニナの後ろ盾《だて》である教皇《きょうこう》イラストリアリが「天地領有」を望んでいる以上、ニナの意志など無視していればよい。ウラノスを実質的に支配しているのは大貴族の寄り合い――元老院であり、ニナはただ重税にあえぐ民衆をなだめてあやすためのお飾り、天地領有に必要なマスコットキャラクターでいてくれればよいのだ。

ニナも愚《おろ》か者ではないから、即位前からこうなることは覚悟していたはずだし、ないがしろにされたまま終わるつもりもないだろう。毎日、少しずつ宮廷の勢力図を観察し、徐々におのれの存在を浸透させようとしている。気の長い作業だが、それを積み重ねることでしか現状を変えることはできない。そんなニナをミオは心から応援している。

しかし宮殿に住まう大半の人間の見方は、ハチドリと同じだ。

「血縁も派閥《はばつ》もないまま玉座に就いたところで、なにも変えられない。地上の人間たちはきっと、ニナを戦争好きの血まみれ女王として認知するだろう。皮肉なものだな。本人は戦争を終わらせるために戴冠《たいかん》したというのに、非力《ひりき》であるがゆえに地上侵攻を加速させている。これからますますウラノスは、地上支配への動きを活発化させるぞ」

酷薄《こくはく》なハチドリの言葉を受けて、思わずミオは拳《こぶし》をぎゅっと握った。

ウラノスに焼かれた故郷メスス島の情景が思い出される。ユリシス宮殿のサロンに集《つど》う元老院議員……大貴族たちが、あの虐殺《ぎゃくさつ》をやったのだ。

――戦争をなくすために。ぼくは、空の一族《ウラノス》をぶっ潰《つぶ》す。

十四歳だった坂上清顕《さかがみきよあき》が、最愛の父母と姉を殺され、焼き払われた故郷を見下ろしながら誓った言葉が、ミオの脳裏《のうり》に甦《よみがえ》った。清顕が討ち果たすべき敵たちは、いま、ミオと同じ宮殿で暮らしている。そしてミオはいまや、その貴族たちの仲間なのだ。

――清顕の仇《かたき》が目の前にいるのに……なにもできない。

自責するだけで、叫びそうになる。やまない痛みが、ミオの内側に充《み》ちて表情からあふれてくる。あまりに不甲斐《ふがい》なく、清顕に対して申し訳がない。

——清顕《きよあき》と一緒に誓ったのに……。

——わたしは、交わした約束をひとつも果たせない……。

ミオの足下《あしもと》に、不可視《ふかし》の血だまりが広がっていく。清顕との別離から何年経《た》っても、痛みは薄らいでくれない。

ハチドリは片目でミオの様子を眺め、舌打ちすると、急《せ》かす。

「ぐだぐだするヒマはない。さっさと動け、局長のところに行くぞ」

「……命令やめてよ。馬車代、持ってないくせに」

ミオは我に返り、さっさと歩きはじめたハチドリの背を追った。今日《きょう》最後の訪問地はオラトリオ地区の統合作戦本部ビルだ。建物の七階で、ミオの上司が報告を待っている……。

ウラノス統合情報局局長、ゼノン・カヴァディスはにこやかにミオを執務室へ迎え入れ、傍《かたわ》らのハチドリに対してはフンコロガシの転がしているものを眺めるような目をむけた。

「きみの報告を聞いたのち、わたしが椅子《いす》から転げ落ち、床《ゆか》をのたうち回って笑うすがたを想像できるかね？」

「いえ」

「では帰りたまえ。いまは笑い話以外、聞きたい気分ではない」

「早急に、局長に説明すべき案件があり、参上した次第です」

ふーん、とゼノンは鼻で返事をし、執務机に両肘《ひじ》を置き、手の甲に顎《あご》をのっけて楽しげに眼鏡《めがね》の奥を光らせ、もしかして、と呟《つぶや》いてから、ひといきに言った。

「きみの個人的な活動をすべてわたしが知っていることを知ったのかな」

謎《なぞ》かけみたいな言い回しだが、おそらくさっきの病院の件だろうとミオは類推した。ハチドリはひるむことなく、

「ユリシス宮殿に暮らしている利点を生かし、情報収集の一環として、元老院議員《げんろういんぎいん》の身辺について調査していた。それだけです」

「きみの任務はニナの護衛と、ミオの教育だ。妖怪の裾《すそ》の内側を覗《のぞ》く仕事は頼んでいないけれども」

「……先の失敗を挽回《ばんかい》したく、焦《あせ》りがあったかもしれません。わたしが独断で行動したために余計な心配をおかけしたことを心よりお詫《わ》びいたします」

ゼノンは明らかにハチドリの弁明を聞き流し、指の先で万年筆をくるくる回した。

そんな上っ面《つら》の言い訳でわたしを騙《だま》せると思っているのか。そんな無音の言葉が、ゼノンの表情から伝わってくる。

「まさか、とは思うがハチドリくん。いまこの現代文明最盛期において、きみは前時代的な復讐《ふくしゅう》譚《たん》を実行に移そうとか、そんな原始人みたいなことを考えてはいないよね？」

「毛頭《もうとう》、考えておりません」

「それはよかった。改めて確認しておくが、きみの父親の頭と胴体が切り離されたのは、長年の横領《おうりよう》のせいだ。国民の血税を十数年にわたって愛人につぎ込んでいた。そんな無能なバカは死んで当然だと思わないかね」

「…………………」

傍《かたわ》らのハチドリから、一瞬、熱のようなものが伝った。ミオは思わずハチドリの横顔を見やる。外見に変化はない。いつもの冷淡な表情だ。

「父の浅はかな行動を、恥じております」

いつもと変わらぬ口調《くちよう》で、言ってのける。しかしさっき伝った熱はきっと、ハチドリの内面にうごめく怒りだろうとミオは思った。

「それがわかっていればいい。無能なバカの息子のことだから、存在しない黒幕を無理やりつくって復讐《ふくしゆう》、などというバカなことをしそうに思えて警告しただけだ。心配しなくても、黒幕などいないよ。きみの父上は、自分で自分の首を絞めて死んだバカ。以上、終わり。親子共々、くれぐれもバカな行動は慎《つつし》むように」

「……はっ。肝《きも》に銘《めい》じます」

ハチドリはしおらしく答え、ゼノンは相変わらず万年筆を回しながらハチドリの様子を観察していた。ふたりの言葉の背後でどんな思惑が交叉《こうさ》しているのか、ミオには見えない。しかし一連のふたりのやりとりで、だいたいの状況は理解できた。

おそらくハチドリはユリシス宮殿で、自分の家族を追い落とした元老院《げんろういん》議員を突き止めようと、個人的な調査活動を行《おこな》っていたのだろう。それをゼノンが察知し、キリアイを介してハチドリに警告した。ミオがもたされた紙袋は、ゼノンからハチドリへの遠回しなメッセージだったわけだ。それを受け取ったハチドリは慌《あわ》ててこうして上司のもとに赴《おもむ》いて、必死に言い訳している……と。

——この眼鏡《めがね》、性格悪すぎ。

ミオはしみじみそう思う。ハチドリに代わって「クソ眼鏡」と悪態をつきたい気分だ。明らかにゼノンは仕事に有益だから、という理由ではなく、面白いから、という理由で部下に意地悪をして喜んでいる。

——すっごい、腹立つ……！

ハチドリのことは好きではない。どちらかといえば苦手な部類に入る。訓練に容赦《ようしゃ》はないし口汚く罵《ののし》るし、勝手に肩を外されたこともある。だがしかし、傍らでこうして黙って苛《いじ》められるところを見ていると、ゼノンに対して無性《むしょう》に腹が立ってくる。

気づいたら、口が勝手に動いていた。

「あの……横から失礼します。彼の活動は、ニナさまのお役にも立っているのです」

ほう、とゼノンの片方の眉尻《まゆじり》が上がる。面白そうに、つづきを促す。

やってしまった。

後悔したがあとの祭りだ。ミオは覚悟を決めて、言葉をつづけた。

「ニナさまの毎日の努力により、元老院議員《げんろういん》の顔と名前はお覚えになられたのですが、彼らの家庭環境をよりよく知ることでさらに、円滑《えんかつ》な交流が可能になる、ということで……。彼はニナさまに調査内容を教えて、女王としての務めがうまくいくようサポートしていました。個人的な事情もあったかもしれませんが、女王の役に立っていた側面もあるのです。ですから、どうか、ご容赦《ようしゃ》いただければ……」

これは、ウソだ。ハチドリがニナをサポートしたことなどない。なんとなくかわいそうになって、擁護《ようご》してしまった。それだけだ。

ゼノンは相変わらず、面白そうにミオを見つめる。

頰《ほお》と口元は笑っているが、眼鏡《めがね》の奥の瞳《ひとみ》は爆笑している。

口をひらいていないというのに、ゼノンの内面にうごめく言葉が表情を通してミオへ伝ってくる。

（お前、それはまさか、わたしを騙《だま》そうとしているのか？）

気のせいだ。そう信じたい。だがゼノンは無言で笑顔《えがお》を保ったまま、わずかな口元の吊《つ》り上がりや、眉《まゆ》の下げ方や、頰の痙攣《けいれん》で、内面にどんな言葉が詰まっているのかを視覚効果で伝えてくる。

（いつのまにそれほど思い上がった。お前ごときの浅はかな考えでわたしをコントロールできると思っているのか）

ゼノンの不気味すぎる笑みが、ミオの意識のうちでそんな言葉に変わる。

気のせいだ。そうであってほしい。言葉にせずに祈るが、つづけざまに放たれた朗《ほが》らかなゼノンの笑みは、ミオの内面でこんな言葉に変わった。

（お仕置きが必要だな）

背筋を凍《い》てついた繊毛《せんもう》のごときものが撫《な》でた。もしかして自分は、取り返しのつかない失敗をしてしまったのかもしれない。

「ミオは優しいね」

ゼノンは小犬を愛《め》でるように、そう言った。それから執務机に前屈《かが》み気味になり、怯《おび》えるミオの表情を覗《のぞ》き込む。

「家族想《おも》いで、友達想い。本当にいい子だ。明るくて、聡明《そうめい》で、美しくて……存在そのものがパーフェクト。欠点が見当たらない」

「あ……はい。そう……だといいですね」

かろうじて返事するが、不気味すぎていますぐこの執務室から逃げ出したい。しかしゼノンは穏やかな微笑《ほほえ》みをむけたまま、優しい言葉をつづける。

「わたしもひとの子だから、そういう完璧《かんぺき》な人間を目の当《ま》たりにすると、どうしても欠点探しをしたくなるのだよ。平均より劣《おと》った部分や、足りない部分を見いだして、安心したい。凡人とはそういうものだと思わないかね」

「あ、いえ、あの……わたしそんなに完璧、とかでは……欠点ばっかりです」

「ほう、それは驚いた」

「はい。自分でもいやになるくらい」

「確認してもいいかな。きみの欠点を」

「確認……ですか？　は、はあ……どのように？」

「服を脱ぎたまえ」

「………………」

「全部だ。いまここで、すっぽんぽんになるんだ」

「……あ、あの……？」

「ひとりで脱げるかね？　必要なら、ハチドリに手伝わせるが」

ミオのこめかみを、冷たいものが流れ落ちた。

冗談ではなく、ゼノンは本気で言っている。

「あ……えぇっと……おっしゃっている意味が……」

「きみのありのままのすがたを観察し、欠点探しをすると言っているのだ、家族想《おも》いで友達想

いのミオ・セイラくん」

　顔は笑っているが、語調は笑っていない。

　ミオは半歩、うしろに下がった。ゼノンの笑顔《えがお》が、追いかけてくる。

（家族がどうなってもいいのか？）

（わたしの機嫌を損ねたなら、家族の救出の望みは絶たれる。それでも構わないかね？）

　ミオの両脚が、震える。ゼノンは本気だ。本気で、ここで、服を脱がそうとしている。

「無事にきみの欠点が見つかったら、ハチドリくんが女王に活動内容を報告することを認めよう。わたしの機嫌がよくなることで、きみの家族の救出もいまよりもっとはかどる。いいことずくめだね。きみこそ本物のラッキーガールだ、実にうらやましい。では、服を脱いで素《す》っ裸《ぱだか》になりたまえ」

　ウラノス創世神話に登場する双頭《そうとう》の蛇《へび》を思わせる笑顔で、ゼノンは命令を突きつけてくる。

　善と悪、光と闇《やみ》、聖者と悪魔。両方を兼ね備える双頭の蛇は、ミオへその長い舌を巻き付けようとしている。

「気に入らないなら観察日記にしようか？　定期的にきみがいかにしておのれの欠点を克服していくのか、その過程を記録してもよいが」

　すがるように、傍《かたわ》らのハチドリを振りむいた。

　ハチドリはいつもの冷淡な表情を崩すことなく、ゼノンの少し上の壁をまっすぐ見ている。

しかし――。

（ごまかそうとすると、命令はエスカレートする）

そんなハチドリの小声が、ミオに届いた。口を一切ひらいていないのに、指向性をもったささやきが、ミオの耳にはっきりと届く。

（局長の癖《くせ》だ。無茶な命令を部下に遂行《すいこう》させることで快感を得る）

よく見たなら、閉じたハチドリの唇《くちびる》の左端が、針の穴ほどもひらいていた。ハチドリはそのわずかな隙間《すきま》から、ミオへこの場の最善の逃《のが》れ方を教え諭《さと》している。

（逆らうな。いまは耐えろ）

針のごとき隙間から放ち出されたハチドリのささやきが、頭蓋《ずがい》のうちで遠く響いた。

「早くしてくれないかな。こそこそされると機嫌が悪くなる性質でね」

神話の蛇がそう告げて、ハチドリのささやきを封じ込めた。ミオの絶望だけが、その場に残った。


天地領有。

地上のあらゆる国家を一掃《いっそう》し、天空から地上を統治する支配体制の確立。

遠大すぎるウラノスの教義《テーゼ》は、もはや風土病のようにウラノス人の精神深くに根を下ろし、宗教的信仰にまで高まってしまっている。その是非《ぜひ》を問う行為そのものが、神に対する反逆と同義だ。

天空に住まう優等民族《ウラノス》が、地上に住まう劣等《れっとう》民族を支配し導くことでのみ恒久《こうきゅう》平和が可能となる。いつの日にか充分に飛空機械が発達し、地上のあらゆる防御施設を破壊できるだけの攻撃力が準備できたなら、ウラノス王はすぐにでも地上支配に乗り出すだろう。苦しく不便な天空の生活に二千年以上も耐えしのいできたのも、いつかあまねく天地を領有するため。

先人たちの偉大な忍辱《にんにく》と堪忍《かんにん》に報《むく》いるその日が、もう間近に迫ってきている。

なによりも「創世神話に予言された救世主」ニナ・ヴィエントの戴冠《たいかん》が、待ちに待った聖戦のはじまりを告げ知らせている。

あとは女王ニナ・ヴィエントが号令をくだしさえすればよい。

その瞬間、この日のために準備を整えてきた三つの方面艦隊が解き放たれる。

いまだウラノスの存在さえ知らない国家も、抵抗をつづける国家も、この世界に点在するあらゆる地上国家がニナの天雷《てんらい》に焼かれるだろう。人類史上最大級の戦火がこの星を覆《おお》い尽くし、やがてウラノスの足下《あしもと》にすべての地上国家が屈して、大地の恩恵はあまねくウラノスのものとなる……。

——子どもの夢。

ウラノスの教義《テーゼ》を俯瞰《ふかん》して、そんなふうにニナ・ヴィエントは思う。

――幼《おさな》い夢を、二千年間、空をさまよいながら抱《いだ》きつづけている。

それがニナの、誰にも言えないウラノス評だった。

――軍備は発達しているけれど、もつものの思想が偏狭《へんきょう》すぎる……。

空飛ぶ島という環境は、なんらかの理由で社会を追放されたものたちが森深い場所に切りひらいた隠れ村に似ている。村人は里との交流を拒《こば》み、村のなかだけで婚姻関係を結んで、何百年、何千年という時間のなかで閉鎖的な価値観を発酵《はっこう》させ、一般社会とは隔絶《かくぜつ》した奇形的信仰をもつに至る。ウラノスの場合は、二千年にわたって空から地上を見下ろしてきたためか、地上への蔑視《べっし》と、自《みずか》らの優秀性に関する信仰が病的なほど強い。

――この教義を変えねば、戦争は終わらない……。

その道の険《けわ》しさに、ニナは途方に暮れる。

自分が玉座に就《つ》けばすぐに戦争を止められる……と思っていたわけではない。いくら女王でも、新参者《しんざんもの》がいきなりそんな大なたを振るえるわけがない。しかしとにかく、即位しなければ権力をもつことさえできないのだ。カルエル率《ひき》いる第二次イスラ艦隊との戦闘を避けるためにあらゆる努力をしよう……そう決意して戴冠した。

だが思った以上に、なにもできない。

政治の機会そのものが、与えられない。

玉座に就いて半年間。ニナがやったことは、毎日行《おこな》われる祭典だの音楽会だの演劇会だのに参加させられ、そのたびごとに延べ一千人以上の貴族高官に引見《いんけん》することだ。

今日《きょう》一日を振り返ってみると。

起床して着替えを終えたのち、三十人の高級貴族と引見。朝食後、先の三十人よりは少し階級の低い百人の貴族と引見。終わるころには正午を回っていた。午後、宮殿内の音楽会に参加。演奏前に二百人の平均的な貴族と引見。三十分、音楽鑑賞。終了後、百五十人の地方貴族と引見。終わったころには夕食の時間だった。広すぎる食堂で午前中に会った百三十人の貴族と共に夕食。食後、百三十人ひとりひとりと朝と同じように引見。すべて終わって天宮に戻ったら午後十一時。就寝の時間だ。

――貴族に挨拶《あいさつ》しかしてない……。

この半年間、ほとんどこの繰り返しだ。合間に第一王子デミストリや軍上層部の将官と会談したりもしたが、形式だけの実のないやりとりで終わるのみ。残りの時間、ニナがやってきたことは挨拶だけといっていい。

何度も何度も、王としての務めを果たしたい、と教皇《きょうこう》イラストリアリや元老院《げんろういん》議員たちに言ってきた。返答は、もはや王が政治に口を出す時代ではない、の一点張りだ。それよりも貴族たちが常に女王に忠誠を誓えるよう、毎日毎日彼らの顔を眺め、お声をおかけになり、励ますことが重要なのだと言いくるめられる。

なにもさせてもらえない。

ただの人形。

風の革命のときと同じだ。民衆に人気があるから据《す》え置かれているだけで、自分の意志と世界の在《あ》り方に相関関係はない。風呼びの力を失ったいま、ニナは宮殿内に頼るもののない、ひとりの少女でしかない。

第二次イスラ艦隊の消息さえ、わからない。

ウラノス全軍の最高司令官であるデミストリはニナに上奏《じょうそう》することなく、勝手に全軍を動かしているという。一応、ニナが国軍の大元帥《だいげんすい》であるから明かな統帥権干犯《とうすいけんかんぱん》である。女王としては厳罰を以《もっ》て処さねばならないが、いざ第一王子を拘束《こうそく》しようとしたなら各所から抗議があがるのは明白だし、大混乱がウラノス王府にもたらされることになる……と教皇イラストリアリに止められるためなにもできない。それに実際、王子を幽閉するという断固たる決意をもつこともニナには腰が引けてできない。

まともな神経の人間に、王は務まらない。

偉大な王は、ほぼ例外なくエゴイストだ。

自《みずか》らの信念に狂信的であり、おのれの道に立ちはだかるものは断罪を以て排除する。陰湿な謀略《ぼうりゃく》は当たり前だし、反抗的な大貴族には所領没収のうえ一族郎党《ろうとう》を処刑することも厭《いと》わない。ときに親兄弟でさえ殺しあいを演じる。そうした、ある種の枷《かせ》が外れた人間でなければ、臣下たる大貴族に恐怖と畏敬《いけい》の念を与えられず、国家を統率《とうそつ》できない。

だからいまニナがやるべきは、王の威厳を以《もっ》て統帥権干犯《とうすいけんかんぱん》したデミストリを一族郎党《ろうとう》皆殺しに――つまりは延々とつづいてきたウラノス王の血筋を根絶やしに――することだ。

そしてそれがニナにできるかというと、できない。

――わたしは、王にむいてない……。

いまさらそう実感し、自分に幻滅《げんめつ》する。

しかしへこたれていても仕方ない。現状を挽回《ばんかい》するためには、自分の存在価値を宮殿内で高めて元老院《げんろういん》議員の支持者を増やすことが必要だ。このところ、千名を超える貴族たちの顔と名前も一致しはじめたし、彼らの個人的な事情についても理解できてきた。引見《いんけん》の際、ただ挨拶《あいさつ》するだけでなく、両親の病気の具合や裁判沙汰《ざた》、子息の学業の成果について二言三言足すだけで、貴族たちは非常に喜ぶ。大勢のライバルに注視されるなか、王にこうした声をかけられることが、彼らのステータスにつながるのだ。端《はた》からみると馬鹿《ばか》らしいし、王の仕事としても地味だが、こうした個人的なつながりがやがて王への信頼となり、支持となり、王の意志を実行する力となる。これを積み重ねるしかない。

――それしか、できない。

自分を励まして、ニナは夜遅くまでくたくたになるまで貴族たちの顔を見て声をかけて、天宮に戻ってミオの手で大仰《おおぎょう》な衣装を脱がせてもらい、ようやく一息をつける。就寝前、自室でミオとふたりきりで過ごす時間が、いまのニナにとって唯一《ゆいいつ》、心の安らぐひとときだった。

そのはずなのだが。

今晩はどうもミオの様子がおかしい。

「……ミオさん？　ご病気ですか？」

湯浴《ゆあ》みを終えて、寝間着に着替えて、問いかけてみる。ミオは真っ青な顔《さお》をして、うつむいたまま、返事がない。

明らかに変だ。いつもなら宮殿で起きた面白いことや、ちょっとした世間話などを着替えの際に持ちかけてきてニナの気持ちを和らげてくれるのだが、今日《きょう》はひとことも言葉を発していない。

ミオの表情を覗《のぞ》き込んでみる。血の気がない。死にかけのウサギみたいに瞳《ひとみ》が暗く翳《かげ》っていて、いつもの潑剌《はつらつ》とした色が失われている。

「ミオさん、具合が悪いのでは？　そういうときは休んでも……」

ミオはうつむいたまま、首を左右に振って、かろうじて返事する。

「……大丈夫です……。では……お休みなさいませ」

絶対に大丈夫ではない口調《くちょう》で、ボロ雑巾《ぞうきん》を絞るようにして答えると、ミオは頼りない足取りで居室を出ようとする。

思わずニナは細い背中を呼び止める。

「なにかありましたね？　誰かにイヤなことをされた？」

ニナは直感的にそう思った。この表情と態度は病気によるものではない。なにか大きな悲しみや苦しみに打ちひしがれた人間が示す反応だ。これまでに何度も、こうした表情に接してきたニナにはわかる。

ミオは少しだけ振りむき、唇《くちびる》を噛《か》んで、真っ青《さお》な顔を左右に振った。

「……なんでもないです。……平気ですから」

言葉とうらはらに、ミオの痛みが伝った。なにが起きたのかはわからないが、ミオの心が健常さのぎりぎりで踏みとどまっていることはわかった。思わずミオのもとへ小走りに寄って、正面に立ち、両手を握りしめた。

「平気に見えません」

ミオはクレアの視線から逃《のが》れるように、ますます下をむく。

「……大丈夫です。ニナさまを煩《わずら》わせるようなことでは……」

握ったミオの手は、弱々しい。生気そのものが薄い。

ニナは記憶をたどり、ミオを変調させたものを推理する。確か昨日《きのう》が休みで、マルティオス軍港での天測《てんそく》とゼノンへの日常報告のために出かけたはず。ゼノンとの謁見《えっけん》の際になにかあったのではないか。

「ゼノン局長に、なにかされた？」

ゼノン、という言葉に、ミオの背中が一瞬、びくりと強《こわ》ばった。はっきりと怯《おび》えている。握った手のひらの震えから、ミオが味わった恐怖が伝わってくる。

なぜだかニナは泣きたくなった。理由は見えないというのに、言いしれぬ悲しみが心を丸ごと焼いて焦《こ》がす。

「ミオさん……」

呼びかける。しかしミオは、震える両足を踏ん張るようにしてかろうじて立ち、うつむいたまま返事しない。

「ミオさん」

呼びかけて、両手をミオの背中に回した。どうしてそうしたかはわからない。ただ怯えるミオを抱きしめてあげたかった。

震える背中に両手を当てた。そうすると、ミオの絶望までも直接自分の内面へ流れ込んでくるように思えた。

——ひどい。こんなにいいひとが、こんなに怯えて、傷ついて……。

——誰がいったい、こんなことを……。

「なんでも言ってください。これでも一応、女王ですから」

「………………」

「身の回りのひとのことくらい、できることはあります。辛《つら》いことは、なんでも言ってほしいの」

「……ニナさま……。……もったいないです」

ミオの言葉は、かろうじて涙をこらえていた。ミオが自分自身に、泣いてはいけない、と言い聞かせているのがわかった。

「誰が、あなたに、ひどいことを?」

「……平気……。平気ですから……」

ミオは抱擁《ほうよう》に感謝を告げながら、静かに両手に力を込めて、ニナを離そうとする。

「ミオさん………」

「……わたしなんかのこと……お気にかけていただいただけで……充分です」

泣きたい気持ちで、ニナは両手を解いた。ミオはこちらへ顔を上げることなく、逃げるようにして居室のドアノブへ手をかける。

「わたしは……なんともないです。どうか、お気を煩《わずら》わすことなく……」

以前の彼女とは別人のようなか細い声でそう告げて、ドアは閉ざされた。

ニナはひとり、居室に残ってミオの消えていった方向を見ていた。いたたまれない気持ちが押し寄せてきて、ひどく痛い。

かつてラミア離宮に住んでいたころ、ずっと離宮内に引きこもっていたニナのために、ミオは自《みずか》ら企画してプールやショッピングに連れ出してくれた。とても楽しくて、鬱屈《うっくつ》していた気持ちが消えていったことを覚えている。

そういえば、ミオはみんなでピクニックに行きたい、と言っていた。ニナも、行けたら素敵だなと思った。

——ミオを元気にしたいな。

——お忍びでなら、出かけてもいいよね……。

秘密の外出の相談のため、ニナは意を決して、ウルシラ伯爵《はくしゃく》夫人の部屋へと足をむけた。

「なりません」

突然の訪問に一瞬驚いたのち、女王としてではなく私人クレア・クルスとしての相談ごとを持ちかけられて、ウルシラは即座にそう返答した。

眼鏡《めがね》のつるを持ち上げながら話す例の癖《くせ》を披露したのち、言葉をつづける。

「ミオはゼノン氏のスパイです。確かによく働きますが、完全に信用を置くわけには参りません。我々のすべての行動を、ミオがゼノン氏に報告していることをお忘れなく」

クレアはいまでも、ウルシラにこう言われると身がすくんでしまう。幼《おさな》いころからウルシラの教育を受けてきたため、自然に受容する姿勢ができてしまっているのだ。

けれど、今夜は言いたいことがあった。

「そうかもしれません。ですが……ミオは、ゼノン氏よりもわたしたちのことを大事に思っているような……そんな素振《そぶ》りがあります」

「根拠《こんきょ》は？」

「……ありません。そう感じるだけです」

出来の悪い生徒のように答えると、ウルシラはため息をついた。

「おかけなさい」

立ったままのクレアに、木製椅子《いす》に座るよう促す。おとなしく座ると、首筋の血管を青く浮き立たせながら、ウルシラは説教した。

「ミオが、お嬢さまにそう信じ込ませるために演技している、とは考えないのですか？」

「…………」

「お嬢さまは、ウラノスの頂点に君臨《くんりん》されておられます。命を狙《ねら》うやからは大勢いる。わずかな油断が、取り返しのつかない失態となるでしょう。ミオと一緒にお出かけする計画を立てたとして、それをミオがゼノン氏に伝え、ゼノン氏がデミストリ派に日程を教えたなら、お嬢さまの命が危険にさらされます。そんなリスクを冒してまで、ミオのご機嫌をとることになんの意味があるのです？」

ひといきに、そうまくしたてられる。

ウルシラの言うことに道理がある。それはわかる。しかし、道理だけでいまクレアの内に渦巻く感情は収まらない。

「ミオさんを、信じたいのです。彼女は、なにか……普通のひとと違う。特別なものをもっている。いつかきっと彼女が、わたしたちの力になる……。そんな予感が、わたしの内側から消えません」

「根拠に乏《とぼ》しすぎます。お嬢さまの直感に、ご自身の命をかけると？」

「……はい」

「なぜそれほどミオに固執《こしつ》するのです？　ただの召し使い、代わりはいくらでもおります」

クレアは自分を励ましながら、ウルシラを直視した。思っていることを正直に、伝える。

「アリー……。アリエルに似ています。顔も性格も違いますが……心根の部分がとても、ミオはアリーに似ていて……」

アリエル・アルバス。かつてイスラに乗っていたころ、まともな人間の心を失っていたクレアに、笑顔《えがお》と自信を取り戻してくれた生涯《しょうがい》の親友の名前だった。

「ミオと話していると、まるでアリーがここにいてくれるような……そんな気持ちがして。とても強い気持ちになれるのです。そばにいてくれるだけで、辛《つら》くても、がんばれる。だから……ミオに元気になってほしいのです。わたしのためにも」

久しぶりに、正直な自分の気持ちを他人に伝えている気がした。クレアはすがるようにウルシラを見つめる。

「デメリットは大きいかもしれません……。ですが、女王としてのこれからの活動のために、ミオが必要なのです。お願いします」

ウルシラは分厚いレンズ越しに、クレアを観察していた。しばらく眺めてから、ふぅ、と息をひとつ抜く。

「……元々、お嬢さまの気晴らしのために、ミオを採用したわけですから……。お嬢さまがそれほどミオを必要とするなら、検討する価値はあります」

クレアの表情が輝《かがや》いた。

「……はい！　必要です！」

ウルシラは少しだけイヤそうに顔を歪《ゆが》めて、

「……女王なのですから。そういうときは公人として命令なさればよいのです。私人だなどと言い出すから、わたくしの小言が増えてしまう……」

「伯《はく》夫人の率直《そっちょく》な意見をお聞きしたかったもので。では計画を立てないと。イグナシオと相談しますね。彼もきっと嫌がるでしょうけど」

朗《ほが》らかなクレアの笑顔《えがお》を、ウルシラは仕方なさそうに眺め、ほんのわずかに頬《ほお》を緩《ゆる》めた。


さすがに今日《きょう》は来ないだろう、と思いながらも、日課となった夜の練兵場《れんぺいじょう》でハチドリはひとり、星空を見上げて佇《たたず》んでいた。

ちぎれ雲が足下《あしもと》をさらっていく。大気は湿っている。高度二千メートルを飛翔《ひしょう》するプレアデスだから雲が身体《からだ》の近くを流れていくのも珍しいことではない。篝火《かがりび》とガス灯、電気照明によってライトアップされたユリシス宮殿を、赤や橙《だいだい》、青に染まった雲たちが絶えず撫《な》で過ぎてゆく。

夢幻《むげん》の色彩に埋もれて、ハチドリは昨日《きのう》の出来事を思い返していた。

ミオが、理解できない。

——なぜ、あんなことを言った。

ハチドリの言い訳を聞き流していたゼノンにむかって、ミオは突然「彼が元老院《げんろういん》議員を調査していたのはニナに報告するためだ」などというウソを言い放った。そんな付け焼き刃なごまかしが通じるはずもなく、ゼノンの逆鱗《げきりん》に触れて、あんな屈辱《くつじょく》を強いられることとなった。

——バカな女だ。

心中で吐き捨てる。しかしミオへの蔑《さげす》みが、どうしても自分の内から湧《わ》いてこない。逆になぜか、腹の底に悔いと痛みが沈殿《ちんでん》している。その澱《よど》みの正体が、見えない。

——わたしに影響はない。あるはずがない。

おのれの意識へ、確認する。だが痛みは減ってくれない。ゼノンの遊戯が終わった帰り道、ひとことも言葉を発さずうつむいたままのミオのすがたが脳裏《のうり》に浮かび、悔恨《かいこん》がまた舞い戻ってくる。

それに。

——なぜわたしはここに来ている。

いまのミオの状態では、夜の訓練に出られないことは明らかだ。なのに、来ないとわかっているミオを自分はなぜかこうして待っている。

——日課だからな。夜ここに来ることが身体《からだ》に染みついてしまっている。

言い訳を自分に対してこぼしたそのとき、真っ青《さお》な雲のなか、人影がひとつ、こちらへ歩いてくるのが見えた。

どくん、と心臓がひとつ脈打つ。

ミオだ。

淡い橙色《だいだいいろ》を孕《はら》んだ雲が足下《あしもと》を流れゆくなか、ミオはとぼとぼした足取りで、まるで幽霊みたいに練兵場《れんぺいじょう》へ歩いてくる。

「バカか」

思わず声が出て、駆《か》け寄りそうになった自分を慌《あわ》てて押しとどめる。

——なにか、言ってやるべきだ。

そんな心の声が、響く。

——ミオが屈辱《くつじょく》に耐えたから、わたしは調査をつづけられるのだから。

ゼノンは遊戯の交換条件として、ハチドリがユリシス宮殿で元老院《げんろういん》議員の過去を調査することを承認した。ミオを人柱《ひとばしら》にして、調査の自由を得たようなものだ。

しかし、それをどうミオへ伝えればいいのか、わからない。

感謝の伝え方を、知らない。

近づいてくるミオを眺めながら、ハチドリはわずかに唇《くちびる》を噛《か》んで、逃げることに決めた。

「替わってくれ」

――旦那《だんな》が自分で励まさないと。

「ふざけるな。替われ」

――あいよ。

ハチドリは目を閉じた。

すぐに目をひらき、ライナ・ベックは後頭部を掻《か》いた。

「おれも対処の仕方なんかわかんねーッスけどねえ……」

――好きにしろ。ミオを煮るなり焼くなり、お前次第だ。

「煮てどうするんスか……。ちくしょう、いやな役だな……。なに言っても知らねーッスからね」

――任す。

内面のやりとりを終えたとき、ミオはうつむいたまま、ライナの目の前に立っていた。

ライナは首を左右に振って、

「今日《きょう》は訓練休みだってさ。さすがにその状態じゃ、無理だろいろいろ」

「…………………」

「お前、真面目《まじめ》すぎ。サボっていいんだよ。旦那《だんな》なりに、気ぃ遣ってんだから。おれもびっくりだよ。旦那が他人に気ぃ遣うなんて前代未聞《ぜんだいみもん》だ」

ハチドリが抗議の声をあげるかと思ったが、うんともすんとも言わない。最近はこういうことがよくある。内面の奥深くに沈み込んで、ライナに対して完全沈黙を決め込むのだ。まあそのほうがやりやすくはあるので、ライナは勝手に言葉をつづける。

「ええ——っとな。うん、まあ、ショックではあるわな。しばらくふさぎ込んでも仕方ない。でも女のS級工作員《パトリオティス》の訓練過程だと、もっとんでもない目に遭《あ》わされることがあってな……。キリアイに聞くと詳しく教えてくれるだろうけど……あいつもそれで人格ぶっ壊れちまったからなあ。まあ、昨日《きのう》のアレは、局長にしてはかなりおとなしいほうだった。こんなこと言ってもお前の気休めにはならねーだろうけど、お前の人格をぶっ壊すつもりはないいんだろうな、みたいな。壊れるぎりぎりで寸止め、みたいな。そんな感じ」

「………………」

「おれ、慰《なぐさ》め方下手《へた》だねー。自分でもびっくりだわ。どうすっかな。なんて言えばいいんだろうな。どうしたらお前、また元気になるんだろ」

「…………………」

「これが慰めになるかわかんねーけど……ひとつだけ言っとく。旦那はあのとき、お前のほう、一回も見なかった。ずっと壁見てた」

「…………………」

「おれに替わってくれたら、見たけどな、絶対。自信がある。凝視《ぎょうし》したかもしんねー。しょうがないじゃん、隣にそんなんあったら、見るよ、男だし。すっげー替わりたかったけど、旦那は絶対替わってくれなくて、最初から最後まで壁ばっかり見てた」

「…………………」

「旦那なりに、申し訳なかったんだよ。お前が旦那のためにウソついたこともわかってる。そんなこと言っても、お前の慰めにはならねーだろうけどさ。でも……旦那なりにお前に感謝してんだよ」

ミオは動かない。橙《だいだい》や青や黄色を孕《はら》んだ水蒸気の筋がミオの前後を流れすぎて、お伽話《とぎばなし》に出てくる妖精の羽衣《はごろも》に見えた。立ちすくむミオは色彩の透過した薄衣をまとって、いまにも空間に散じて消えそうなほど頼りない。

ライナはひとりで喋《しゃべ》る。

「ひどい目に遭ったときの対処法教えてやる。道歩いててウンコ踏んだと思え。踏んだウンコのこといつまでも覚えててぐじぐじしたって意味ねーだろ？　忘れろ。わたしはウンコ踏みましたが忘れました。以上、おしまい」

「……………………」

「……うん。……あとは……そうだな。誰もいないとこで、大声出すといいかもしんない。いろいろ溜《た》まってるもん、大声にして身体《からだ》のなかからぶっ放すんだよ。たとえば誰もいない夜の練兵場《れんぺいじょう》とかで好きに喚《わめ》けば、ちっとはすっきりするかもな」

「……………」

「……つーわけで。おれ、帰るわ。お前はもう少し、残っていいぜ。こんなだだっぴろいところに誰もいないし、お前ひとりだ。歌ったり踊ったり泣いたり喚いたり、自由に使えてラッキーだな」

言うだけ言って、ハチドリはミオに軽く手を振って、両手をポケットに突っ込み、ちんたら歩いてその場を離れた。

ミオはひとり、練兵場に佇《たたず》んでいた。しばらく歩いて、振り返ると、ミオのすがたは雲のなかに埋もれていた。

顔を前へ戻し、ライナは歩いた。ライトアップされたユリシス宮殿が徐々に夜のなかに聳《そび》え立ってきて、視界前面のほとんどを埋めたとき、後方から細くて高い響きが聞こえた。

怒りと、やるせなさと、悔《くや》しさと、悲しみと——強度に圧縮されていた感情が大気へ解き放たれた、切なく高い響きだった。

響きは二度、星空を突きあげて風へ消えた。あとには静寂だけが残り、灯火を帯びた雲たちがもつれあい星へ舞い上がっていく。

どうしようもない痛みと疼《うず》きが弾丸となって体内に掃射《そうしゃ》され、ライナの意識の内壁へ幾千万の破孔《はこう》をひらいた。

抑えつけようとしても、やるせなさと怒りが、脊椎《せきつい》を握りつぶす。

――ゼノン・カヴァディス。

上司の名前がなんらかの感情を伴い、焼き付くほど熱く、意識の中枢《ちゅうすう》に刻印された。

五

ハルモンディア皇国内で大動員が行《おこな》われている、との一報を受けた瞬間、セントヴォルト作戦司令本部は快哉《かいさい》に沸《わ》き立った。いったいどう刺激すれば戦争をはじめてくれるのか思案に暮れていた相手が、なにもしていないのにいきなりむこうからケンカを売ってきてくれた。セントヴォルト参謀《さんぼう》総長、ラファエル・ドナウアー大将《たいしょう》は意気揚々《ようよう》と身支度を整えると、信頼する二名の参謀将校を従え、ククアナ・ライン行きの輸送機に飛び乗った。

事実上、セントヴォルト軍の頭脳であるラファエルは、輸送機内で自《みずか》らの両腕として任じたふたりの参謀へ告げた。

「秀才を百名連れていくより、天才を二名連れていくほうが有意義だ」

約一年前にオペレーション・鋼鉄の雷《サンダースティール》を立案し、ハイデラバード戦役《せんえき》を勝利へ導いたヴィクトール・カーン少将と、ヴィクトール本人に兵棋《へいぎ》演習で完封勝利を収めたバルタザール・グリム少佐は、ラファエル大将の過分な賛辞に恐縮を返す。

特にバルタザールは、今回の大抜擢《だいばってき》に内心では奮い立っている。

——ここが、セントヴォルト軍の中枢《ちゅうすう》だ。

——目の前のふたりの頭脳が、実質的に全軍を動かしている……！

ラファエル大将とヴィクトール少将。

階級を問わず、全士官、全兵員が仰《あお》ぎ見るふたつの綺羅星《きらぼし》が、バルタザールの能力を認めて直接進言することを許可した。内心の興奮を押し隠し、バルタザールは殊勝顔《しゅしょうがお》をこしらえて、

求められない限りは賢《さか》しらなことを言わない。これは出発前、少尉候補生時代からの上司であるアンディ・ボット准将《じゅんしょう》に忠告されたことだ。

『きみの内心は表情や言葉の端々に出やすい。恐ろしいのはその自覚がきみにないことだ。老婆心《ろうばしん》から忠告するが、決して出しゃばらず、参謀総長に意見を求められた際にだけ、できるだけ簡潔に、案件だけを話したまえ』

その説教癖《へき》があなたの欠点だ、と内心やや呆《あき》れながら話半分に上司の説教を聞いた。この内心が表に漏《も》れ出ているはずはないが、もしも勘づかれたなら即刻この場から排除されるだろう。なんといってもバルタザールの野望の標的は、いまラファエルが座っている「参謀総長」の椅《い》子《す》なのだから。

——いまはいい気でいろ。いつかその椅子から蹴落《けお》としてやる……。

ろくでもない考えを抱《いだ》きつつも、バルタザールは理知的な無表情を崩すことなく参謀総長の言葉に耳を傾ける。

「作戦本部ではハルモンディア皇国との戦闘を『ミッテラント戦線』、秋津《あきつ》大陸での戦闘を『多島海戦線』と呼称することにしたい。戦争は東西二方面に分かれるが、秋津連邦軍はすでに崩《ほう》

壊《かい》しているし、ミッテラント方面の守りはククアナ・ラインがある。思う存分、皇国に出血を強いて戦備を整え、逆襲《ぎゃくしゅう》に転じればよい。時間が経《た》つほど情勢はこちらに傾く」

ラファエルの大方針を聞きながら、バルタザールは輸送機の窓の外を見晴らす。

帝紀一三五〇年、十月、セントヴォルト帝国北東部、ククアナ・ライン――。

どこまでもつづく平坦《へいたん》な赤土の大地。視界の果てにうっすらと、コンクリート構造物が散在している。ククアナ・ラインの鱗《うろこ》型トーチカ群だろう。あの陣地帯には死角が存在せず、浸透してくる敵兵に対し正面と左右から機関銃《きかんじゅう》を掃射《そうしゃ》できる。半地下構造であり、コンクリートは分厚く、生半可《なまはんか》な砲撃《ほうげき》では破壊も不可能。あれだけでも充分な防御力だが、さらに何重もの塹壕《ざんごう》と鉄条網《てつじょうもう》、重戦車を収めた掩体壕《えんたいごう》と敵戦車の進撃を妨《さまた》げる戦車壕が組み合わさっているため、正面突破は不可能といってよい。

この防御力を相手に戦争を仕掛けることを、よくも皇国は思い切ったものだとバルタザールは不審に思う。自分が皇国軍の参謀《さんぼう》総長であったとしたら、いくら帝国が多島海方面にかかりきりだとはいえ、絶対にケンカは売らない。

「皇国が思い切った理由は、例の『ウルトラ』だろうね」

ラファエルの言葉に、バルタザールとヴィクトールは賛同を返す。ウルトラ、とは軍上層部だけに閲覧を許された超一級品の極秘情報だ。情報部がハルモンディア皇国の暗号解読に成功した結果、皇国はククアナ・ラインを攻略するための「秘密兵器」を完成させ、国境付近に配備しているという。

超巨大列車砲《ほう》「アデム」。

重量千三百トン、全長八十メートル、口径はあろうことか、超弩《ど》級戦艦の主砲の倍近い八十センチ。一時間に三〜四発、全長五メートル、重量五トンもの砲弾《ほうだん》を五十キロメートルの彼方《かなた》へ撃ち込むことのできる怪物兵器だ。二重の線路を敷設《ふせつ》しながら移動し、運用に四千名を必要とする。厚さ七メートルのコンクリート装甲を貫通《かんつう》できるというから、ククアナ・ラインのトーチカも直撃を受けたなら跡形《あとかた》残らず消滅《しょうめつ》するだろう。

「ずいぶん時代遅れな兵器に、国の命運《めいうん》をかけたものだ」

ラファエルの呆《あき》れた声と共に、輸送機はククアナ・ラインの後方、戦闘機隊の専用飛行場へ着陸した。タラップを降りると、現場の高級将校たちが整列して参謀総長一行を出迎える。

慌《あわ》ただしく装甲車に乗り込んで、要塞《ようさい》司令本部へと移動する。道すがらに垣間《かいま》見る兵士たちの様子は活気にあふれており、皇国がのこのこと攻撃を仕掛けてくるのをいまや遅しと待ち構えている。

これまでずっと退屈な後方勤務だったが、もうすぐここは最前線となり、ようやく日ごろの訓練の成果を発揮することができる。押し寄せるハルモンディア軍を機銃掃射で皆殺しにし、追撃して戦車のキャタピラで踏みつぶせるのが楽しみで仕方ない様子。列車砲《ほう》アデムの脅威《きょうい》など、誰ひとり感じていない。

「機動力を伴わない火力など、意味がありません。制空し、航空攻撃を加えたなら、二十分でアデムは鉄屑《てつくず》に変わるでしょう」

車窓越しに要塞《ようさい》を眺めながら、ヴィクトールがそう述べた。戦端《せんたん》が切られたと同時に帝国戦闘機隊はアデム周辺を制空し、後続の爆撃《ばくげき》機隊が鈍重《どんじゅう》な列車砲を跡形《あとかた》も残らず破壊するだろう。大艦巨砲主義と同じく、陸上巨砲主義もとっくに前時代の遺物なのだ。

一行は要塞司令本部にたどり着き、ククアナ・ライン司令長官へ挨拶《あいさつ》を済ませ、作戦会議室で現状に関する詳細報告を受けた。皇国の大動員が開始されてからすでに二週間が経《た》っており、ようやく敵兵力は集合と移動を終えたようだ。概要《がいよう》は総勢二百万名、五十四個師団からなる地上部隊だそうだ。

「ずいぶんのんびりしているな」

「皇国もこれだけの規模の軍隊を動かすのははじめてですから。単純に、慣れていないのでしょう」

ラファエルとヴィクトールの言葉には余裕が窺《うかが》える。ずっと多島海方面で戦闘を繰り返してきた帝国軍と、北方で安穏《あんのん》としてきた皇国軍では経験が違う。航空機、戦車、艦艇――幾多の最新兵器がもたらした新戦術に精通しているのは帝国軍だ。前時代の戦争しか知らない皇国軍など恐るるに足りない。そんな意気込みが、将官からも兵からも伝わってくる。

「おそらく一週間弱で攻撃が開始される見込みです。こちらは手ぐすね引いて待つだけ、といったところですかな」

要塞司令官は満足げにそう言って、おそらく一点突破で攻め寄せてくる皇国軍をある程度ラインの内側へ引き込み、秘密裏《ひみつり》かつ迅速《じんそく》に予備兵力を地下鉄で移動させ、突進する敵軍を左右から包囲するプランについて熱弁を振るった。麾下《きか》の参謀《さんぼう》将校たちもいかにも楽しそうに、あれやこれやと皇国軍に出血を強いるプランを提示してラファエルに自分の頭脳を売り込もうとする。一通りの虐殺《ぎやくさつ》計画を聞き終えてから、ラファエルはバルタザールに顔をむけた。

「きみの意見も聞きたいところだが、グリム少佐」

待っていたぞ。

心中で舌なめずりをしながら、バルタザールはずっと胸にわだかまっていた意見を開陳《かいちん》する。

「個人的に、ククアナ・ライン方面よりも、ウンロン山脈方面のほうが気がかりです」

「ふむ」

ラファエルは片方の眉《まゆ》をあげた。居並んだ参謀将校連中たちから「出しゃばりな若造が」と無言の侮蔑《ぶべつ》が伝わってくるが、構わず意見をつづける。

「情報部局にて通信諜報《ちようほう》を行《おこな》った結果、ズウンジン朝方面の通信量が増大しつつあります。なんらかの動きがあるものと」

再び参謀《さんぼう》連中から「そんなことはわかっている」と空気が伝わってくる。彼らもその事実は知っているが、問題ないと見なしているのだ。なぜか。

「ウンロン山脈を大部隊が越えるのは不可能だ。軽装の山岳部隊なら越えてくるだろうが、こちらには重戦車がある。平地で戦えば問題はないよ。三千メートル級の高峰山脈は、ククアナ・ライン以上の天然の要塞《ようさい》だ。警戒の必要はない」

ヴィクトール少将《しょうしょう》がバルタザールの意見を先読みして反論する。バルタザールもそれはわかっているのだが、しかし。

「通信パターンが気がかりなもので。ジュデッカ作戦の際に、似た傾向を感じ取りました」

バルタザールの口からジュデッカ作戦について言及《げんきゅう》されると、参謀たちの渋面《じゅうめん》はますます深くなる。約二年前、エアハント島の新型艦隊がウラノス飛空要塞によって全滅《ぜんめつ》させられ、軍港施設も壊滅《かいめつ》的な被害を受けたジュデッカ作戦。台風に紛《まぎ》れて接近してくる飛空要塞の存在にただひとり気づいたのが、当時まだ少尉《しょうい》候補生だったバルタザールだった。

そしていま、似た傾向の数字がズウンジン朝方面から読み取れる。

「通信諜報《ちょうほう》に関して、きみの能力は信用に値する。あれは職人の技術と天才的な発想がなければできない仕事だ。つづけたまえ」

ラファエルの言うとおり、通信諜報とは「敵の暗号を解読して文書を盗み読む」というものではなく、「通信量の変化、周辺の状況、過去に集積したデータ等々を俯瞰《ふかん》して、敵の傾向を読み取る」という仕事だ。地道な積み重ねと、一瞬のひらめきが必要とされる。ふたりの情報将校に同じ通信データを渡して、全く異なる解析《かいせき》が成されることもざらにある。

——つまりラファエルの言うとおり、おれのような天才でなければできない仕事だ。

——こいつらの頭では、読めない。

参謀連中の敵意は増す一方だが、ラファエルが好意的なのが救いだ。バルタザールはおのれを励ましながら意見をつづけた。

「ウラノス飛空要塞が、ズウンジン朝上空を航過してくる可能性があります」

そのひとことに、作戦会議室が静まり返る。

「多島海方面に派遣されていた飛空要塞は四つ。バルセノスとカルキノスは鹵獲《ろかく》されましたが、残るふたつ、レオンとジゴスの行方《ゆくえ》はいまだ杳《よう》として知れません。このふたつがハルモンディア皇国領内で物資の積み込みを行《おこな》い、ズウンジン朝側から迂回《うかい》してくることが考えられます」

ズウンジン朝は古代から、ふたつの峻嶮《しゅんけん》な山脈によって他国から隔《へだ》てられた、大陸内の孤島のような地勢にある。その空軍力は脆弱《ぜいじゃく》であり、いまだ主力は複葉機という。皇国の地上軍が相手であればゲリラ戦に持ち込んで補給線を脅《おびや》かすこともできるだろうが、空を航過する飛空要塞に関しては指をくわえて見つめるしかない状況だ。

「飛空要塞とは、移動する策源地《さくげんち》（補給基地）のようなもの。山脈を越え、我が国領内で積載している陸上部隊を下ろしたならば、ククアナ・ラインの側背《そくはい》が危険にさらされるかと」

静まり返った作戦会議室内に、バルタザールの声だけが響く。

飛空要塞《ようさい》の運用に関して、帝国にはノウハウがない。ここにいる参謀《さんぼう》たちは飛空要塞を「不沈空母」としての側面しか見ていないフシがある。しかし最も恐るべきは「制空能力」ではなく、その広大な地表面を生かした「輸送能力」ではないか。

「残念なことに、ウンロン山脈方面には警戒レーダー網《もう》が存在しておりません。機械化部隊の踏破《とうは》が不可能であること、またズウンジン朝が領土拡大意欲をもたないことから、レーダー設置はククアナ・ライン方面に集中しております。飛空要塞が接近してきたならば目視《もくし》で確認するしかない状況を、ウラノスが見逃《みのが》してくれるとよいのですが」

バルタザールに答えたのは、ヴィクトールだった。

「飛空要塞の高度は二千メートルで一定と聞くが。ウンロン山脈を越えるには、高度三千メートル以上を飛ばねばならない」

その問いは、バルタザールの想定内にあった。即座に答える。

「飛空要塞の運用法に関して、我々はまだ研究中であります。もしもウラノスが、たとえば飛空戦艦の揚力《ようりょく》装置を要塞下部に大量に取り付けたなら、高度三千メートルを越えてくる可能性も否定できません」

参謀たちの渋面《じゅうめん》は、傍目《はため》にも露《あら》わなものになっていた。不機嫌そうに互いに顔を見合わせたのち、ひとりが口をひらく。

「きみの意見を聞いていると、まるでアキレウスの作戦参謀のような口ぶりだね」

ウラノス参謀総長、アキレウス・カラマキオン。

ウラノス全軍の頭脳であり、ラファエル大将《たいしょう》のライバルの名前だ。

「そうなったつもりで、我が軍の盲点を研究しました」

「だが皇国は二百万人を動員し、二週間以上かけてククアナ・ライン方面に開進しているのだぞ。列車砲《ほう》アデムの砲口もこちらをむいている。皇国がどちらに重点を置いているかは明らかではないかね」

「むしろ、そう思わせることがウラノスの……アキレウスの狙《ねら》いではないかと。大動員とアデムを囮《おとり》としてククアナ・ライン方面へ我々の目を釘付《くぎづ》けにしたところで、無防備な側背《そくはい》から飛空要塞の槍《やり》を突きつけてくる……。わたしはそれを憂慮《ゆうりょ》します」

バルタザールが冷静な口ぶりでそう答えると、参謀のこめかみに血管が浮き出て、怒号が迸《ほとばし》った。

「ウラノスにそんな頭はないっ!!　あれは空に住む蛮族だっ!!」

辟易《へきえき》としたものが表情に出ないよう、バルタザールは努めた。

別の参謀が、怒気を露わに告げる。

「来ることもない飛空要塞を警戒し、貴重な戦力をウンロン山脈方面へ差しむけ、その結果来なかったなら責任は取れるのか!?　ここは子どもの遊び場ではない、国家千年の命運《めいうん》を決する場だ!! 来ませんでしたすみません、で済む話ではないっ!!」

責任を取るのは最終的に決断をする最高司令官の仕事であり、おれが気に病む必要はないだろうが、バカ。そんな言葉をかろうじて呑《の》み込み、バルタザールは無表情を保って答える。

「繰り返しますが、こちらの盲点を挙げたまでです」

「これは舞台演劇や絵巻物ではない。現実の戦争だ。そんな子どもじみた作戦が現実に遂行《すいこう》されると本気で思っているのかっ!!」

どこまでバカなら気が済むのだ。お前の言葉のどこに論理がある。バルタザールは口腔《こうこう》から迸《ほとばし》りそうになったそんな言葉をかろうじて呑み込んで、かなりの注意深さを以《もっ》て慎重に言葉を紡《つむ》いだ。

「ジュデッカ作戦の際も、そう言われました」

言ったあと、失敗したことを悟った。そのひとことで、作戦室内に敵意があふれ出たのがわかった。あのとき、ここにいる参謀《さんぼう》たちがバルタザールの報告書を真剣に検討したならば、新型艦隊の全滅《ぜんめつ》という事態は避けられたかもしれない。

だが正論にも「言い方」がある。言い回しに配慮を欠いてしまったがために、いまやヴィクトール少将《しょうしょう》さえも、バルタザールへ感情的な目線をむけてくる。

「面白いアイディアだが、やや現実離れの感があるね。飛空要塞《ようさい》の限界高度は二千メートル、ウンロン山脈の山容は一律三千メートル以上。一千メートルの高度差を、地表面に軍事施設を満載した飛空要塞が越えようとするなら、相応の揚力《ようりょく》が必要になる。足りない一千メートル分に必要な揚力を開発するだけで、国家予算に匹敵《ひってき》する金が必要になるだろう。なにより、ウンロン山脈を航空部隊が越えて奇襲《きしゅう》した前例がない」

前例がないことをやるのが奇襲攻撃だ。

「現実に、我々の目前で二百万もの地上部隊が展開し、陸の超弩《ど》級戦艦というべきアデムが開進している。これがすべて囮《おとり》というのは考えにくい」

主力に見せかけてこそ囮なのだ。

バルタザールは口から出そうになる考えを二度も呑み込み、答えた。

「確かに、夢物語じみた構想です。しかしわたしの憂慮《ゆうりょ》が尽きません。ウンロン山脈方面へ、視察に出たいと考えております。どうか許可をいただきたく」

せめてラファエルだけは、まともな頭をもっていてくれ。祈るように返事を待つこと数秒、セントヴォルト帝国の頭脳が口をひらいた。

「今日《きょう》中に出発したまえ。必要な人間はきみが見繕《みつくろ》って構わん。あいているテオドーラを用意させよう。目についた点はすぐに連絡したまえ」

よかった。こいつはどうやら、脳細胞《のうさいぼう》が壊死《えし》していないらしい。

「感謝します。すぐに出発いたします」

踵《かかと》をそろえて胸を張り、バルタザールは応答した。あとは一刻も早く、このバカの集まりから抜け出すまでだ……。

ラファエルの手配はさすがに早く、ウンロン山脈方面の視察を許可する委任状をもらって、バルタザールは主計兵と通信員を一名ずつ選び、胸中で参謀《さんぼう》連中へ罵詈雑言《ばりぞうごん》を浴びせながら飛行場の滑走路を歩いていた。視察に使う大型爆撃機《ばくげきき》テオドーラが駐機場に一機、四発排気タービンを唸《うな》らせて離陸準備に入っている。

タラップの前に、軍人がひとり佇《たたず》んで一行を待ち受けていた。バルタザールが近づくと、大柄なその男は満面の笑みを浮かべ、片手をあげながら馴《な》れ馴れしく声をかけてくる。

「久しぶりだな、バルタザール。おれがここにいて驚いたか」

筋骨隆々《きんこつりゅうりゅう》の男はいかにも知人のようなことを言うが、バルタザールは見覚えがない。肩章《けんしょう》は少尉《しょうい》を示している。いくらなんでも、少佐にむかってこんな口をきく少尉は普通ではない。

訝《いぶか》しげに眉根《まゆね》をくゆらせるバルタザールへ、男は鷹揚《おうよう》な笑みを浮かべたまま、

「おれが機長を務める。頼もしいだろう？　ウンロン山脈方面は出むいたことはないが、なあに、おれに任せておけば問題はない。おれの操縦技術については、お前も痛いほどわかっているだろうからなあ」

全然知らない。そもそも、お前は誰だ。いや、というより、お前なんかどうでもいいからさっ

さと出発しようぜ。出かけた言葉を直前で呑《の》み込んで、バルタザールは見覚えのない大男の顔を見つめる。記憶の棚を漁《あさ》ってみるが、こんなゴリラみたいな人間に出会った覚えは全くない。しかし筋肉男は全く意に介することなく、バルタザールの背中を気安くばんばん叩《たた》きながら、後方に控えた一行へと顔をむけた。

「機長を務める、オバンドー・エズモ少尉であります。バルタザールとはエアハント士官学校時代からの親友でして、階級は違いますが気心の知れた仲です。道中、昔話に花が咲くこともありましょうが、心配は無用、任務も完璧《かんぺき》に遂行《すいこう》してみせます。どうぞよろしく」

オバンドー・エズモ……？

聞き覚えのない名前だ。どうやらエアハント士官学校の同窓生らしいが、こんな人間がいた記憶などない。しかもいつのまにか、このゴリラの親友にされてしまっている。怪訝《けげん》な気持ちを抱えたまま、しかし正体を問いただすのも面倒くさいし、いまは視察のことだけを考えていたいので、バルタザールは反論することなく機内へ足を踏み入れ、航法士用の窓際の席に腰を下ろした。

オバンドーは当たり前のように前方の機長席に座ると、背もたれに腹をくっつけてこちらを振り返り、バルタザールへ親しげな言葉をつづける。

「お前とこうして飛空機に乗るのははじめてか。学生時代は単座だったからな。覚えているだろう、あの模擬《もぎ》空戦決勝の熱狂を。おれはいまだに、あの興奮を思い出すよ。坂上《さかがみ》たちを相手にやりあったよなあ」

模擬《もぎ》空戦決勝……坂上《さかがみ》とやりあった？　もしかして四回生時代のあれか？　たしか、おれとイリアが編隊を組み、坂上・かぐら・ライナ組と決勝戦を戦った。坂上とイリアの対決を新聞が煽《あお》り立てたせいで、島内に大勢の観客が集まってきた。それははっきり覚えている。

いや、だがおかしい。坂上たちが三機編隊で、おれとイリアが二機編隊では数が釣り合っていない。もうひとり、おれの編隊に誰かがいたはずだが……思い出せない。どうやらおれにとって心底、どうでもいい人材だったのだろう。

思考している間に、テオドーラは離陸滑走に入り、大空へ高々と舞い上がった。帝国が誇る最新鋭爆撃《ばくげき》機は一路、機首をウンロン山脈へむけて飛翔《ひしょう》する。飛んでいる間も、オバンドーの自分語りは終わらない。

「おれが真っ先に坂上に墜《お》とされたが、おれの操縦技術がお前たちより頭ひとつ抜きん出ていたのは否《いな》めない。おれが坂上を引き付けたから、最終的におれたちの勝ちになったわけだ」

オバンドーは満足げに、手前勝手な理屈を並べる。しかし言葉を聞いていてなんとなく、あの模擬空戦のとき、こちらのチームにそういうのがいたような気がしてくる。鬱陶《うっとう》しくて汗臭い、脳内シナプスまで筋繊維《きんせんい》でできている人間がいたような……。

「おれがこうして出世街道を歩んでいるのも、あの模擬空戦決勝を戦ったからだよなあ」

お前、少尉《しょうい》だよな？　出世街道を歩むどころか、出だしから一歩も動いていないよな？

そういう指摘をしてやろうかと思ったが、面倒くさいのでやめた。

「懐《なつ》かしいなあ。思い出すたびに胸が熱くなる。思えば、紫《むらさき》とおれが結婚を誓ったのもあの空戦のときだったなあ。紫は秋津《あきつ》連邦に戻ったらしいが、まだおれを待っているのは間違いあるまい。早く戦争が終わるといいなあ」

「なんだと?」

バルタザールははじめて、オバンドーの言葉に反応した。鋭《するど》い視線で睨《にら》みつけ、

「紫と貴様《きさま》がどうした。もう一度言ってみろ」

いきなりの詰問《きつもん》に、オバンドーは最高の笑顔《えがお》で答える。

「知らなかったか? 婚約しているんだよ、おれたち。お前も祝福してくれるよな」

言われた瞬間、バルタザールの頭脳に閃光《せんこう》が走る。

わずか一瞬にして、紫かぐらに関するあらゆる記憶が日時まで正確に迸《ほとばし》り出て、そのついでに、目の前の大男の行状《ぎょうじょう》が浮かび上がってきた。

そういえば学生時代、他人の話を一切聞かない筋肉ゴリラがかぐらに付きまとっていた記憶がある。激昂《げきこう》したかぐらが斬《き》り捨てようとして剣の柄《つか》に手をかけ「人の話を聞けっ!!」と怒鳴りつけていた先に、朗《ほが》らかな笑みを浮かべた大男が確かにいた……。

思い出した。

あれが、こいつだ。

思い出した途端、猛烈にムカついてきた。

嫌がるかぐらに執拗《しつよう》につきまとい、あろうことか婚約しているといまだに思い込んでいる脳《のう》筋野郎《きんやろう》が、身の程知らずにもおれのことを親友だなどとのたまいやがった。

「おいオドンバー。ひとつだけはっきりさせておく。紫《むらさき》は、お前と、婚約などしていない」

「婚約していない……？　なにを言っている？　したさ、確かに。紫のためにスケスケのウエディングドレスまで用意してある」

その下劣《げれつ》な物体はいったいなんだ、紫にそんなものを着せてなにをしようというのだ、という怒号をかろうじて押し込み、理性を振り絞って諭《さと》す。

「……頼むから、これだけ理解しろ。紫は、貴様《きさま》を、骨の髄《ずい》から嫌っていた。わかったか？　いまおれが言ったことを復唱してみろ」

命令すると、オバンドーはふんぞり返り、口元に傲慢《ごうまん》な笑みをたたえて復唱した。

「紫は貴様を骨の髄から嫌っていた！」

「なんだと貴様!!」

「復唱しろってお前が！」

「貴様にだけはそんなことを言われたくない!!」

「おい落ち着けバルタザール。言っていることがむちゃくちゃだぞ」

よりによってオバンドーからそんな指摘を受け、バルタザールは自身が激しく動揺していることにようやく気づいた。なぜなのかわからないが、オバンドーの口からかぐらの名前が出るだけでどうしようもないほど頭に来るのだ。なんとか冷静さを振り絞って頭を醒《さ》まし、呼吸を整えてから告げた。

「頼む、紫の名前を口にするな。この視察旅行において、その名前は禁句にしよう。重要な任務の最中に、わけのわからんことで口論しているヒマはない」

「ふむ。そうなのか？　おれは一向に構わんが……。む？　もしかして、それはあれか？　バルタザール。その提案はまさか、そういうことなのか？」

いきなりオバンドーはにやにやしながら、頬《ほお》を赤く染めてバルタザールの表情を覗《のぞ》き込んできた。このまともな思考力をもたないゴリラがなにを言い出すのか知りたくもないが、暑苦しく鬱陶《うっとう》しい表情から紡《つむ》ぎ出された言葉は、バルタザールのこめかみに血管を浮かび上がらせるに充分な破壊力があった。

「お前、好きなんだろう、紫のことが。好きなんだろ～。この～」

座席から巨体をのしあがらせ、にやにや笑って鼻の下を伸ばしながら肘《ひじ》でバルタザールの胸をつついてくる。

「なんだ～。三角関係か～おれたち～。なあ～。紫をめぐって恋の火花を散らすのかあ～？」

ブチイ。

そんな音がこめかみから聞こえた。

バルタザール自身もこれまで経験したことがないような、直情的な炎のごときものが、ラファエル大将《たいしょう》に「天才」と称された脳細胞《のうさいぼう》を焼き尽くす。言葉のキャッチボールにも支障を来《きた》す類人猿《るいじんえん》の分際《ぶんざい》で、あろうことかこのおれと三角関係になろうとするなど万死《ばんし》に値する。

バルタザールはオバンドーの胸ぐらを片手でつかむと、おもむろに座席から立ち上がり、近くに座っていた航法士に命じた。

「搭乗口をあけろ」

「……は？」

「機体を軽くしたい。余分な荷物を捨てるのだ」

「よ、余分な貨物は機内にありません。すべて必要な……」

「算定が甘い。最も余計なものを詰めこんでおいてなにが帝国軍人だ。わかったおれがあける、貴様《きさま》は黙って座っていろ」

バルタザールはオバンドーを引きずりながら搭乗口まで歩いていく。しかし命の危険にさらされながら、オバンドーは満面の笑みでうっとりと、

「なんだ〜？　紫《むらさき》をめぐって殴り合いか〜？　勝ったほうが紫と結婚するのか〜？」

「しょ、少佐、ダメです、いけません、冷静に!!」

搭乗口の開閉ハンドルに手をかけたバルタザールを、偵察員が止めにかかる。バルタザールは本気でハンドルを回そうとする。偵察員が伝声管をつかんで叫んだ。

「副機長!!　お願いします、おふたりを止めてください……!!」

機体前方、隔離壁《かくりへき》のドアがひらいて、副機長が慌《あわ》てて駆《か》け込んできた。必死の表情でバルタザールを押しとどめ、にやにや笑うオバンドーに「どこその街の酒屋の娘が少尉《しょうい》どののことを好きだと言っていた」だの「どこぞの村の修道会に少尉どののファンクラブがある」だのうさんくさい話を吹き込んで注意を引きつけ、その隙《すき》に偵察員がバルタザールを着席させて、神妙な態度で詫《わ》びる。

「申し訳ありません、少佐。少尉どのに悪気はないのですが、配慮を欠くことが多く……」

副機長がオバンドーをあやしながら隔離壁の扉《とびら》をあけて操縦席へ連れていくのを見届け、ようやくバルタザールは我に返った。

「……いや。……わたしも、我を忘れていた。……こんなことはめったにないのだが」

「ここだけの話ですが、機長は他人の話を聞いていません。そこだけご理解いただけたなら、交流もスムーズにいくかと」

「……なるほど。それを交流と呼んでよいのか疑問だが、覚えておこう」

心から悲しそうな顔をする偵察員をねぎらい、バルタザールはようやくひとごこちついて、窓の外を眺めた。ウンロン山脈まではあと数時間かかる。それまでオバンドーが操縦席から出てこないのを願いつつ、束の間の休息を取った。

高峰の連なりは、すでに中腹まで雪を抱《いだ》いていた。兵士たちが鯨波《げいは》とともに突き上げる剣のごとき、銀光りする三千メートル級の岩山の群れ。

高度四千メートルから、バルタザールは窓の外の山容を見下ろす。

荒れた海原を一瞬切り取り静止させたような、白銀のタペストリー。深い渓谷《けいこく》と切り立った尾根が葉脈《ようみゃく》さながら混じり合い、山肌《やまはだ》の銀光りが網膜《もうまく》を射貫《いぬ》く。平時ならば荘厳《そうごん》な景観を楽しんでいるかもしれないが、戦時のいまは本当にこの山脈が飛空要塞《ようさい》で突破可能なのか、その見極めを行《おこな》わねばならない。

——機械化部隊の通行は、不可能だ。

この峻嶮《しゅんけん》な山容と、峰と峰の密度の高さを俯瞰《ふかん》したなら、戦車部隊がここに足を踏み入れるのは自殺行為だとわかる。燃料だけを大量に食らった挙げ句、エンジンオイルが凍結して行動不能となり、部隊は一度も戦うことなく山中で全滅《ぜんめつ》するだろう。

——だが飛空要塞なら、これを越えてくるのではないか。

山脈は広く、濃密で、剣のごとく尖《とが》った山頂部から中腹に至るまで傾斜は厳しく、高度二千メートルくらいで山麓《さんろく》同士が結びあい、岩肌の城壁とでも呼ぶべきものを形成している。飛空要塞が縫《ぬ》って飛べるような綻《ほころ》びはなく、少なくとも高度二千五百メートル以上を飛ばない限り突破は不可能だ。

熟慮する。

飛空要塞による山脈越えを、参謀《さんぼう》たちが「子どもの夢想」と一蹴《いっしゅう》した気持ちがわからなくもない。視界の果てまでつづく、神の造形のごとき高峰の連なりは、ククアナ・ラインを遙《はる》かに凌駕《りょうが》する天然の要害だ。ここへ挑《いど》むこと自体が、神への挑戦のごときものかもしれない。

しかし。

――現代兵器の技術水準を鑑《かんが》みたなら、踏破《とうは》不可能なのは過去の話ではないか。

その懸念《けねん》が消えない。航空機械の技術は日進月歩《にっしんげっぽ》であり、昨年までの常識が今年通用しなくなることが多々ある。もしもウラノスが揚力《ようりょく》装置の革新に成功し、飛空要塞の飛翔《ひしょう》高度をあと五百メートル上げることができたとしたら、ウンロン山脈を大部隊が越えることは不可能ではなくなる。

バルタザールは山脈から空へと目を移した。

澄んだ青のなかに、飛空機械は影もかたちもない。ズウンジン朝の空軍は脆弱《ぜいじゃく》であり、大型爆撃機《ばくげき》が国境付近を飛んでいるというのに警戒に出てくることもない。極めて安穏《あんのん》とした平和すぎる情景は、ともすればバルタザールの憂慮《ゆうりょ》を鼻で笑っているようにも思える。

だがどうしても思考の端々に不安の茨《いばら》がちくちく突き立つ。

――おれがウラノス参謀総長なら、技術開発予算の大半を新型揚力装置へ投入する。

――ここを越えさえすれば、皇国の勝利なのだから。

踏破《とうは》不可能、と決めつけているために、ウンロン山脈方面に帝国軍は一切配置されていない。レーダー基地もないし、航空隊も配備していない。山を越えて、要塞《ようさい》から地上への「上陸」を迅速《じんそく》に行《おこな》えば、あとは無人の野を突っ走ってククアナ・ラインの横腹を襲《おそ》えばよい。飛空要塞がこの場に留《とど》まって兵站《へいたん》（燃料、弾薬、食料などの補給システム）を支えるならば、皇国地上軍は敵地であろうと行動を継続できる。

——帝国は、滅《ほろ》びる。

わずかな油断と、敵を見くびる傲慢《ごうまん》さが、取り返しのつかない未来を呼び込む。そういう種類の戦争を、我々はいま戦っている……。

視察を終えて、バルタザールはウンロン山脈に最も近いアルベール飛行場へ降り立った。飛行場といっても滑走路は均《なら》した地面に誘導灯をふたつ置いただけで、木造の掘っ立て小屋が管制塔だった。列線に並んでいるのは複葉機で、整備されておらず、非常時にまともに動くようには見えなかった。

退屈そうな管制官が出迎えて、宿を提供してくれる地元の名士をバルタザールに紹介した。事前に主計兵が手配していた地主は、いかにも珍しそうに作戦本部の参謀《さんぼう》将校を歓待する。

「新聞で何度もご活躍を伺《うかが》っています！　かの高名なグリム少佐がこんな辺鄙《へんぴ》な村に来てくだ

さるなど、村のものも大勢喜んでおりまして、さっそく宴の席を設けました！　今夜はどうぞごゆっくりなさってください！」

車に乗せられて二十分ほども走ってアルベール村にたどり着き、ありったけの田舎《いなか》料理で歓待された。遊びに来たわけではないのだが、有名人の訪問がよほどうれしいらしく、五十人ほど集まった村人たちは放してくれない。

視察はこれからしばらくつづく。ここに張り込んでなにも動きがないか見張る目的だ。無事にククアナ・ライン方面で戦端《せんたん》が切られ、ウンロン山脈方面に動きがなければ作戦本部に戻れるが、そうならなかったら滞在は長くなる。腰を据《す》えるためには、地元のひとびとと良好な関係を築く必要がある。だから面倒くさいが、こうした場にも付き合わねばならない。

「わーははは！　うぇーははは！　楽しいなあバルタザール、この村は最高だなあ！　おれはこのまま、アルベールに住んでも構わないぞー!!」

村娘を両脇《わき》に配置して肩を抱き、歯茎《はぐき》を剝《む》き出しにしてオバンドーは泥酔《でいすい》している。こうした付き合いをあいつに全部丸投げして静かに寝たい。げんなりしながらも根気よく村人に付き合い、民家のベッドに横になれたのは深夜近くだった。

――これでなにも起こらなかったら、本当の笑いものだろうな、おれは……。

いまごろ戦意を沸騰させているであろう最前線を思い、その熱狂から遠く離れた辺境の村でひとり寂しく眠りを待ちながら、バルタザールはそんなことを思った。

そののち一週間、バルタザールは毎日、ウンロン山脈上空を飛びつづけた。

空は全くもって平穏だった。その代わりにククアナ・ライン方面からは、毎日のように増強されていく皇国軍の様子が報告されてくる。あとは攻撃開始を待つだけであり、帝国軍兵士たちは手ぐすねひいて皇国の突撃を待っているという。

日が経《た》つごとに、同行者たちと爆撃《ばくげき》機乗組員たちの不満が募《つの》っていくのが肌身《はだみ》に沁《し》みる。

待ちに待った皇国との決戦が間近に控えているのに、こんなになにもないところで毎日毎日なにもない空を見張っていることに疑問を感じているのだ。彼らだって、日ごろ鍛《きた》え上げてきた戦闘技術を宿敵にむかって発揮したい。これまで積み重ねてきた努力は敵兵を倒すためであってこんな田舎《いなか》の空を無為《むい》に飛び回るためではない。そんな無言の声が、彼らの表情やなにげない振る舞いから伝わってくる。

なかでも特に、あからさまなのがひとりいる。

「退屈だなーバルタザール。おれはもう帰りたいぞー。ヒマだー。帰りたいぞー」

「うるさい黙れ貴様《きさま》の意見など聞いていない」

「娘も飽きたぞー。食い物も同じもんばっかりだー。やはり田舎はつまらんなあ、おれのようなシティボーイはやはり都会におらんと腐ってしまうぞー」

ここに来た初日に「一生住みたい」とのたまっていたが、一週間で考えが変わったらしい。しかしまあ、なにも言わないよりは不平をはっきり口にするほうが、やりやすいといえばやりやすい。それにオバンドーのいなし方も、わかってきた。

「退屈なら操縦桿《かん》でも握っていろ。機長役はおれがやる、貴様はおれの言うとおり飛べ」

「うほっ、いいのかあ？　おれも本当は操縦士がやりたいんだよなあ。機長ってのはなんで操縦したらいかんのか、わからんよなあ」

オバンドーを主操縦席に座らせ、悲しそうな顔をする操縦士には後部銃座《じゅうざ》を任せて、バルタザールは副操縦席に座って監視に専念する。たまに乗組員の配置を変えて気分転換したなら、不平も少しは和らぐ。それにオバンドーは人間的に破綻《はたん》しているが、操縦桿をつかむとそう悪くないことがこの何日かでわかった。知性の欠落分をすべて直感で補っているのだろうか、機体の扱いは実に繊細《せんさい》だし風をよく読む。

部下たちの不満は、わかる。はじめは自信満々だったバルタザールも、日が経《た》つにつれて確信が揺らぎつつある。参謀《さんぼう》連中の言うとおり、夢想に走りすぎただろうか。進言をラファエルに認められて、こうして意気揚々《ようよう》と辺境までやってきたのはいいが、これでなにもなかったなら間抜けもいいところだ。あの気にくわない参謀どもがククアナ・ラインで皇国軍を撃退しようものなら、これまで積み重ねてきたバルタザールの名声も地に落ちる……。

不安を覚えながらも、バルタザールはもはや見飽きたウンロン山脈の青くかすんだ景観をただじっと見据《みす》える。ここまで来てしまったものは仕方ない。腹を据えて、自分の信念を貫《つらぬ》くのみ。これで飛空要塞《ようさい》が来なかったら、敵参謀《さんぼう》総長アキレウスが自分よりも思考能力の劣《おと》る凡将ということだ……と自分を励ます。

窓の外は今日《きょう》も、ただ冷たい青があるのみ。

透明でけがれない空と、光り輝《かがや》く雲と、世界の果てまでつづく白銀の尾根の連なり。地上の争いの馬鹿《ばか》馬鹿しさを山と空と太陽があざ笑っているようにも思える。霊妙ともいえるこの景観に比べたなら、人間の業《ごう》など実に矮小《わいしょう》なものだ……。

柄にもなくそんな感傷が爆《は》ぜた、そのとき。

通信士の声が、伝声管に鳴った。

『地上基地より入電！　一三〇〇、帝国は皇国と戦闘状態に至れり！　ククアナ・ライン航空隊は列車砲《ほう》アデムを攻略すべく、全機発進せり！』

機内の空気が凍り付く。

ついにククアナ・ライン方面で戦端《せんたん》が切られたらしい。帝国軍兵士たちはいまごろきっと無《む》我夢中《がむちゅう》で、押し寄せる哀れな皇国軍兵士を蜂《はち》の巣にしていることだろう。参謀連中たちが大喜びで戦況に聞き入っていることも容易に想像できる。

それなのに自分たちは、こんな田舎《いなか》の空をのんびり飛んでいる……。

焦《あせ》りとも後悔ともつかない複雑な感情が腹の底を撫《な》でたとき、隣のオバンドーが北東方向を遠視しながら、呑気《のんき》な声で言った。

「なんだありゃ。戦艦？」

「……!?」

バルタザールも同じ方向を見やる。なにも見えない。

「なにが見える、飛空艦か？」

「わからん。もしかしたらあれかもな。なんつったか、ほら、あの……」

「飛空要塞《ようさい》？」

「おう、それだ。遠すぎてわからんが」

探し物の名前くらい覚えておけ、という言葉を呑《の》み込み、命じる。

「近づけ。おれに見えるまで近づくんだ。偵察員、レーダーを一度だけ照射してくれ。通信士、なにか聞こえるか？　お目当てを釣り上げたかもしれんぞ……！」

「戦艦か要塞がふたついるな」

オバンドーが楽しそうに呟《つぶや》く。相変わらずバルタザールにはなにも見えない。

――こいつ、本当に見えているのか？

疑問が口から出そうになったとき、機上レーダーを注視していた偵察員が叫んだ。

『反射波、出ました!!　巨大な飛翔体《ひしょうたい》です、おそらく島影……!!』

バルタザールの二の腕に鳥肌《とりはだ》が走る。

「よくやった。もういいぞ。撮影の準備をしてくれ」

『はっ』

いまのレーダー照射でこちらの存在がバレた可能性も高いが、ともかく、なにかがいることがわかった。

間違いなく、巨大ななにかがウンロン山脈を越えようとしている……!!

オバンドーが空域の一点を指さして、

「もう見えねえか？　ほら、あそこらへん」

懸命《けんめい》に凝《こ》らした目線の先――。

オバンドーの言うとおり、うっすら、空に浮いている影がある！

ぎゅっ、と喉《のど》の奥が締まった。鼓動《こどう》が速くなる。

「ふたつ……だな。通信士、なにか拾えたか」

『全周波数当たりましたが、ノイズだけです。電波通信管制を敷いているものと』

「よほどの作戦行動中ということだ。目標を確認したのち、緊急電をアルベール飛行場へ入れてくれ。敵に発見されてもいい、報告を優先するんだ」

『はっ！』

機上から地上基地へ無線電信を入れれば、敵に傍受《ぼうじゅ》されてこちらの存在がバレる。だがそのリスクを引き受けてでも、迅速《じんそく》な連絡を入れねばならない。いまの場合、一分一秒の報告の遅れが、戦局を大きく左右する。

「おいバルタザール、まだ近づくか？　そろそろむこうからもこっちが見えるぞ」

「頼む。細部まで確認したい。発見されるのは覚悟しよう」

「おう」

オバンドーは文句ひとつ言わず、楽しそうに前方を注視する。

バルタザールは覚悟を決めた。

もしかしたらここで死ぬかもしれない。だが正念場《しょうねんば》だ。命をかけてやり遂げるべき仕事がある。伝声管をつかみ、各員に告げた。

「総員よく聞け、ここが帝国の運命の分岐点《ぶんきてん》だ。飛翔体《ひしょうたい》の全容を確認後、全速で離脱する。おそらく敵戦闘機の追尾を受けるだろう。いつでも脱出できる準備を整えろ」

命令をくだしながら、バルタザールも落下傘《らっかさん》を背負った。これからの十数分、なにが起こるかわからないが、こんなところで死ぬわけにはいかない。

「うしろの雲に紛《まぎ》れて高度を上げよう。面白くなってきやがった。あれがウラノスの本隊なら、おれたち大手柄じゃねえか……」

オバンドーの声にも、ようやく昂《たか》ぶるものが紛れてきた。平時には弛緩《しかん》していた態度がもはや微塵《みじん》もない。

オバンドーは慎重に来た道を戻り、一度通りこした雲を突き破り、雲のついたてを利用して機速を上げ、上昇をはじめた。高い位置から見下ろすほうが発見されにくいという判断だ。

「接近方法は貴様《きさま》に任せよう。偵察員が地表面構造物を撮影するまででいい。終わったら全速離脱」

「任せろ。テオドーラは頑丈だ、ちょっとやそっとじゃ落ちねぇよ」

高度六千五百メートルまで上がり、再接近を試みる。眼下に幾つか雲があるがこちらの機影を隠すほどかというと心許《こころもと》ない。見つかれば追尾をくらう危険は多分にあるものの、ここはリスクを冒すべきところだ。

水蒸気に身を隠しつつ、バルタザール一行は目標へ忍び寄っていく。

徐々に飛翔体《ひしょうたい》は、その輪郭《りんかく》を露《あら》わにしてくる。

「間違いない、飛空要塞《ようさい》……っ！」

喜びと恐怖が同時に爆《は》ぜる。

水平距離二万メートルほどを置いて、「空飛ぶ島」の扁平《へんぺい》な地表面が日差しをはじくのを見た。

おそらくはレオンとジゴス。

副操縦席から身を乗り出し、細部を確認する。

拡大されて網膜《もうまく》に飛び込んできた飛空要塞地表面には、砲台《ほうだい》と飛行場、軍港と幹線道路がありありと見えた。さらに、全周にわたって銀の延べ板に似た見慣れない構造物が張りだしている。はじめは軍港から突き出た埠頭《ふとう》だろうかと思ったが、よく観察したなら、揚力《ようりょく》装置らしいことが見て取れた。

「……新型揚力装置！」

快哉《かいさい》が、思わず声に出る。

――おれの読みは完璧《かんぺき》なまでに当たった。

敵将の思惑と、その実行手段をここまで正確に看破《かんぱ》するとは、さすがはおれ……といったところか。しかし読んでいながら、作戦本部を動かすことはできなかった。それでは意味がない。いまは一刻も早く、この事実を告げ知らせねば、帝国は滅《ほろ》びる。

「通信士、基地へ緊急電！　一三三五、飛空要塞二発見。ウンロン山脈方面、作戦座標二〇四――一〇七八。進路南東、速度十五ノット、目的地はアルベール方面と思われる」

通信の文面を口頭で伝え、つづけて偵察員に問う。

「撮影開始。いいと言うまで撮りまくれ」

『はっ』

作戦行動中の飛空要塞を上方から航空写真に収めた前例は少ない。のちの貴重な研究につながるから、いまのうちにできるだけ撮影しておきたい。

バルタザールは目標を睨《にら》みつつ、飛空要塞へ接近していく。

護衛の飛空艦隊はいない。ウラノスは敵内陸部へ飛空艦隊を派遣するような愚《おろ》か者ではない。侵攻作戦に飛空艦隊を使ったなら、急降下爆撃《ばくげき》と高射砲《こうしゃほう》群の餌食《えじき》となって、腹のなかの国家機密を敵の地面にぶちまけるだけだ。

敵はすべて、ふたつの飛空要塞《ようさい》に詰まっている。

要塞の形状を観察して、帝国軍極秘資料に収められていた十二飛空要塞の特徴と記憶のうちで照らし合わせ、結論した。

「レオンとジゴス。ククアナ・ラインの戦闘は陽動で、こっちが本命というわけだ。あれは……揚力《ようりょく》装置付きの上陸用舟艇か」

双眼鏡のうちで、おそらくレオンと思われる飛空要塞の地表面に並んだ数十もの大型上陸用舟艇が見て取れた。芥子粒《けしつぶ》のごとき兵列と戦車の車列が続々と飛空舟艇内部へ入っていく。遠目すぎて判別は難しいが、おそらくは駆逐《くちく》戦車だろう。あの大きさの飛空舟艇であれば戦車五～十両、兵員五百名は詰め込めるはず。アルベール方面であれらを飛空要塞から降下させたなら、ほぼ無傷で敵地への上陸が完遂《かんすい》される。

飛空要塞からの敵地上陸が前代未聞《ぜんだいみもん》なのは、飛空舟艇での上陸作戦が危険すぎるせいもある。要塞を飛び立って、敵地に降りるまでの高度差二千メートル、陸地の砲台や航空機からは撃たれ放題に撃たれるし、一発でも被弾したなら大勢の戦闘員や戦車と共にそのまま地面に叩《たた》きつけられる。アルベール方面にはなんの防備施設もないからこそ可能な作戦であり、ウラノスがこの作戦のためだけに新型揚力装置と上陸用飛空舟艇を開発したことがわかる。

――なんという、入念な作戦計画……。

おそらくは十年単位で作戦を練っていたのではないか。でなければこれほどの用意はできない。そして時間と手間と金をかけたからこそ、見事にセントヴォルト軍の裏をかいて、こうしていま致命的な打撃を与えようとしている。

「上陸まで見届ける余裕はない。通信士、敵軍の詳細を打電しろ。敵にバレても構わん、できるだけ詳しく正確に頼む。それから、アルベール村の非戦闘員に逃げるよう伝えろ。皇国軍は略奪を許可している、出会ったらなにもかも奪われて殺されるぞ」

敵地に侵入した軍は、収奪しながら前進するのが普通だ。いつ補給路を断たれるかわからないため、糧食を自前でまかなえる場合はためらわずそうするし、略奪行為そのものが兵への最上の報酬《ほうしゅう》でもある。通り道となった町や村は食料も財産も根こそぎ奪い尽くされ、人間の尊厳を踏みにじられる。

そんな地獄が、帝国領内で現実になろうとしている。

「いまの通信で見つかっただろうな。そろそろ来るぞ……」

飛空要塞レオンの飛行場から、幾つかの影が飛び立ったのが見えた。列線からも次々に、待機していた戦闘機が滑走を開始している。

敵戦闘機。

イドラでもアイオーンでもメテオラでもない、全く未知の形状……！

「最新鋭戦闘機らしい。逃げるぞ。退避方向はククアナ・ライン方面。うまくいけば、応援の戦闘機隊が差しむけられるかもしれん……」

その望みは薄いことはわかっているが、乗組員を励ますためにそう言った。現在、ククアナ・ラインの全戦力は囮《おとり》の皇国軍にむけられており、とてもアルベール方面へ回頭する余裕はあるまい。

「はえーな。めちゃくちゃはえーぞ、なんだありゃ」

オバンドーは追ってくる敵戦闘機隊を横目に眺めて、いかにも楽しそうに舵《かじ》を切った。バルタザールもちらりと傍目《はため》で、敵機が非常な高速であることを視認した。

厄介《やっかい》なことにウラノスにもベオストライクや斑鳩《いかるが》に匹敵《ひってき》する最新鋭戦闘機が配備されているらしい。

「全速離脱だ、急げ、悪い予感がする……！」

「テオドーラは墜《お》ちねーよ、焦《あせ》んな」

「秋津《あきつ》連邦軍の斑鳩は一撃でテオドーラを墜としたというぞ。あれに三十七ミリ機銃《きじゅう》があったら大変なことになる！」

「心配性だな。禿《は》げるぞ。こっちのほうが高いし爆弾も積んでないから軽い。高高度を逃げれば単発じゃそうそう追いつけねーよ」

オバンドーは高度を上げる。四発排気タービンが唸《うな》りをあげ、馬力だけで高度を獲得《かくとく》していく。こちらも「空の要塞《ようさい》」と謳《うた》われる最新鋭大型爆撃《ばくげき》機だけあって、かなりの上昇性能だ。少なくとも従来型の戦闘機では追尾すらできまい。

わずかな安心は、次の瞬間、尾部銃座《じゅうざ》の副機長の絶叫で破られた。

『敵機、追いついてきます!!』

「なんだと!?」

『高度上げてください、距離が、みるみるうちに……!!』

声のなかに、二十ミリ機銃の発射音が紛《まぎ》れ込んだ。副機長が撃ったらしい。敵機との距離が射撃すべきところにまで縮まっているということだ。

ほぼ同時に、右側面動力銃座も銃撃を開始した。すさまじい発射音が機内に反響し、足下《あしもと》へわずかな震動が伝う。

まずい。

バルタザールの直感が、盛大に警鐘《けいしょう》を鳴らす。空域を通して、これまで経験したことのない巨大な脅威《きょうい》が迫ってきているような……。

「ほんとかよ。バケモンか」

オバンドーですら呆《あき》れた声で、思わずうしろを振り返る。うしろには隔壁《かくへき》しか見えないのだが、その気持ちはわからなくもない。

『右っ!!』

副機長の絶叫が届いた瞬間、オバンドーは機体を右へ滑らせる。

プロペラの高い唸《うな》りが混じり合い、機体の左側面を、焼け爛《ただ》れた投げ槍《やり》のごときものがうしろから追い抜いていった。

その直後、投げ槍を追いかけるように、高いいななきをあげてテオドーラを追い越していく機影がひとつ。

速い。恐ろしく速い。

バルタザールは敵機の形状へ目を凝《こ》らす。

機首の長い、バッタにも似た胴体。丸みを帯びた風防。戦闘機としては長い翼から、不気味なほど野太い機銃《きじゅう》が突き出ている。

情報本部が調べ上げていたウラノス最新鋭機種の記憶をたどり、当該《とうがい》する機体名を思い出す。

「アリスアクトゥス……!!」

斑鳩《いかるが》やベオストライクと同じく、ターボプロップエンジン搭載。諜報部《ちょうほうぶ》の調査によれば、武装は確か、三十ミリ機関砲《ほう》二門、十七ミリ二門。

「まずいぞ、三十ミリを積んでいる」

「いまの槍みたいなのがそうだな。あれ当たったらヤバイなおれたち」

「ここで死ぬのは勘弁だ、必死で逃げろ」

オバンドーは高度八千八百メートルまで上がったところで機体を寝かせた。

四発エンジンを唸らせて逃げる。

だが。

『まだ追ってきます……四機!!』

副機長の叫びが絶望を届ける。四発排気タービンを唸らせて、テオドーラがこの高高度を全速で離脱しているというのに、それに追いついてくる単発戦闘機とはいったいどういうバケモノだ。

「くそっ、なんだあれは、ベオストライクより速い!!」

「ウラノスが本気だしてきたな。多島海方面には旧式機でごまかして、こっちに本物の新型機をそろえてやがった」

「全速で逃げろ」

「もうやってる!!」

オバンドーの叫びが、バルタザールの見切りを読んだ。この空では判断の一瞬の遅れが、致《ち》命傷《めいしょう》となる。

「搭乗口をあけろ。機を捨てるぞ」

「まだ戦ってねえだろ」

「戦わずとも負ける。一発でこいつは火の球になる。諦《あきら》めるんだ」

「やだね。おれの愛機だぞ」

「だが」

言いかけた言葉が、機体を包み込んだ衝撃《しょうげき》に呑《の》まれた。

「うおっ!!」

機体が激しくがぶる。オバンドーが慌《あわ》てて操縦桿《かん》を押し込む。機体は急速に高度を下げる。

被弾したらしい。

『二番エンジン被弾!! 火を噴いています!!』

『尾部で火災発生!! 消火が間に合いません!!』

致命傷には至らないが、ほとんど絶望的な被害が発生している。

「ほんとかよ。二十ミリでも墜《お》ちねえんだぞ、こいつは」

「これまでの常識は通用しない。本物のバケモノに追われているんだ、諦《あきら》めろ」

バルタザールは伝声管をつかみ、乗組員たちに告げた。

「当機を捨てる。搭乗口をあけろ。落ち着いて逃げるんだ」

オバンドーを飛び越えて命令をくだすと、伝声管から乗組員たちのホッとした応答が届いた。

「おれたちも逃げるぞ」

「…………」

「犬死には馬鹿《ばか》げている。おれは行くからな」

バルタザールは席を立ち、隔離壁《かくりへき》の扉《とびら》をあけて、オバンドーを振り返った。

「意地を張るな。お前が死んだら泣く人間もいるだろう」

諭《さと》すが、オバンドーは操縦桿《かん》を放さない。窓の外を見たなら、すでに二番エンジンは炎に包まれ、いまにも爆発しそうに見える。乗組員たちはすでに落下傘《らっかさん》降下したらしく、機内には見当たらなかった。

「たとえば、紫《むらさき》がな」

口にしたくない名前を口に出し、バルタザールは酸素マスクをあてがって、搭乗口から空へと身を投げた。

雲を突き破って落下しながら見上げると、テオドーラは長い炎の尾を曳《ひ》きながらいまだ一心不乱に逃げていく。追尾する四機のアリスアクトゥスは、まるでウサギ狩りを楽しむように上下左右から獲物《えもの》を弄《もてあそ》ぶのに夢中だ。

「逃げろ、バカ野郎《やろう》が……」

地上を目がけて一直線に落下しながら、視界の果てに消えていくテオドーラを見送って、バルタザールは舌打ちした。頭脳まで筋肉にひたされているような男だが、目の前で死なれると気分が悪いし、格好つけた死に方をされるとさらに胸くそ悪い。

高度千メートルほどで落下傘をひらいた。

眼下、どこまでも広がる赤土の大地を眺めながらゆらゆらと空中を遊泳する。ウンロン山脈方面へ目を凝《こ》らすが、飛空要塞《ようさい》の影はもう見えなくなっていた。

作戦本部は、先ほどの緊急電を受け取っただろうか。

内容を信じるかどうかわからないが、こちらが消息を絶ったことには気づくはずだし、偵察機くらいは出すだろう。そして皇国地上軍がククアナ・ラインの側背《そくはい》を目がけて群れなして進撃する様子を見て腰を抜かす、というわけだ。

あわてて迎撃《げいげき》戦闘機を差しむけるだろうが、制空戦でアリスアクトゥスに勝てない。ベオストライクはまだ充分な数が配備されておらず、おそらくいまごろククアナ・ライン上空もウラノスに制空されているはず。地上軍は空からの掩護《えんご》を受けられず、横合いから突入してくる皇国軍に太刀《たち》打ちできない……。

——この戦争は、負けるぞ……。

なにもかも、ウラノスの綿密な計画のもとにあった。

もしかするとハイデラバード戦役《せんえき》と第二次多島海戦争でさえ、ウラノスの消耗《しょうもう》戦略に多島海列強が引っかかった結果ではないのか。

多島海方面でハイデラバード連合共同体を使って秋津《あきつ》連邦とセントヴォルトの戦争を発生させ、ふたつの大国が消耗したところでハルモンディア皇国を使い背後から襲《おそ》いかかる。二十年以上もの時間をかけて綿密に練り上げられ、いま完成しようとしている天地領有のための長期戦略。ククアナ・ラインが崩壊《ほうかい》したなら、帝国の二正面作戦は大いなる仇《あだ》となって敗戦を加速させるだろう。虫の息の秋津連邦も息を吹き返しかねず、統治下に入ろうとしているハイデラバード群島も帝国に反旗《はんき》を翻《ひるがえ》しかねない……。

この先に待ち受ける地獄を想像し、バルタザールは慄然《りつぜん》とする。皇国軍の軍靴《ぐんか》に踏みにじられて焦土《しょうど》と化した帝国本土の情景が目に浮かんでくる。長い戦いの末に勝ち取った多島海方面の島々から、断腸の思いで撤退《てったい》していく帝国軍のすがたが情景に覆《おお》いかぶさる。

暗澹《あんたん》たる思いで見上げた空に、ひとつ、白い花が咲いているのを見つけた。花ははるか上空をゆらゆら漂《ただよ》いながら、ゆっくりと地上目がけて落ちている。

「賢明な判断だ、オドンバー」

最後のひとことが効いたかな、と思いながら、バルタザールは口の端だけでわずかに笑んだ。鬱陶《うっとう》しいことこのうえない男ではあるが、愛機と一緒に死ぬよりも、生き延びて戦うことを選んだ判断は悪くない。

――希望を捨てるな。生き延びて、戦わなければ……。

バルタザールは彼方《かなた》のククアナ・ラインへと目を移し、おのれを駆《か》り立てた。地上に降り立ったなら、なんとかして司令室まで戻らなければならない。帰路のことを考えるとさらなる絶望を覚えるが、泣き言を言っていても仕方ない。

光明《こうみょう》があるとすれば、ひとつ。

――またしても参謀《さんぼう》連中に見抜けなかったことをおれだけが見抜いた。

――もはや帝国作戦本部は、おれの意見を無視することはできない……。

悠久の青を睨《にら》みつけ、これからの運命を思う。

――おれの頭脳が、帝国軍の頭脳となる……!!

望んだ未来が、すぐそこへ来ている。

帝国が地獄の底へ叩《たた》き込まれようとしている状況ではあるが、おれにとっては僥倖《ぎょうこう》といえるかもしれない。

――おれの意志が、帝国軍を動かす。

決意をおのれの中枢《ちゅうすう》へ刻み込み、行く手に待ち受ける絶望の未来を睨み据《す》えた。

六

テルマ・クルマン。

その名前で呼ばれても反応できないことが、いまだある。

まるきり、どこか遠い、知らない場所で育った自分とは全く関係のない人物の名前……。

「テルマ、ほら見て！　できたよ、あたしのドーナツ！」

朗《ほが》らかな声に間近から呼びかけられ、イリアは一度、目を大きくしばたいてから傍《かたわ》らを見下ろした。

浅黒い肌《はだ》をした現地の少女が、木のプレートに並べたドーナツを三つ、イリアにむかって差しだしていた。

「食べて食べて！　テルマみたいに上手じゃないけど……」

「あ、うん」

ひとつつまんで、口に含む。香ばしく揚がった小麦粉と卵の薫りが鼻に抜ける。

「おいしい。上手だね、ラティファ。立派に売り物になるよ」

褒《ほ》めると、ラティファは得意そうに笑った。

「うちの店の新商品！　お客さんいっぱい来るといいなあ！」

まだ十二歳だが、ラティファは露店の女主人だ。店は構えておらず、軍が捨てていった携帯コンロを地面に置いて、魚の揚げ物を作って生計を立てている。知り合ったのは三週間ほど前、海辺をバイクで流していてこの市場にたどり着き、おいしそうな匂《にお》いに惹《ひ》かれてスタンドを地に着けたときから。幼《おさな》い女の子がひとりで商売をしていることに心を痛め、イリアは休みの日にはラティファの露店に立ち寄って、揚げ物を買うようになっていた。

「材料費、絶対、返すから！　お金がいっぱい儲《もう》かったら、テルマにも分け前あげるからそれまで貸しててね！」

「返さなくていいよ。いつもおいしいもの食べさせてくれるお礼だから」

「いや、ダメ、絶対返す！　こんなおいしいお菓子、みんな食べたことないから、絶対売れるってあたしわかる！」

ラティファは大きな目をいっぱいにひろげて、厚ぼったい唇《くちびる》に自分で作ったドーナツを押し込み、にこにこ笑う。

「そうだといいね。ラティファにいいことがたくさんありますように」

身を屈《かが》めて、ラティファのちりちりした短い髪を撫《な》でながら、イリアは微笑《ほほえ》みかけた。連戦に次ぐ連戦で、ともすれば荒《すさ》んでしまう内面が、素朴《そぼく》な少女との交流のうちで柔らかく解きほぐされていく。

帝紀一三五〇年、十一月、ヴェステラント大陸シオンダル協商同盟領ラダト――。

昼下がり、海辺の卸売市場には数百人の現地人が集まって、今日《きょう》の夕食の品定めに余念がない。ラダト沖で採れた魚にスパイスたっぷりの衣をつけて揚げるのがこの近辺の名物料理であり、同じものを商《あきな》うライバル露店もそれぞれ工夫を凝《こ》らしたスパイス配合で道行くお客の鼻孔《びこう》をくすぐっていた。魚の揚げ物だけでは太刀《たち》打《う》ちできないと悩んでいたラティファに、ついドーナツの作り方を教えてしまい、その味わいに感動した小さな女主人は今後ドーナツ露店としてやっていく決意を固めていた。

今日は一日休みだから、ラティファと一緒にここでドーナツを作って過ごす予定。ボウルに入った卵と小麦粉、砂糖、牛乳などを泡立て器でかきまぜていると、だんだん心に溜《た》まっていた雑多な感情が洗い流されていくような、安らいだ気持ちになれる。

――今日は、なにも考えずに、ここでドーナツを作ろう。

自分自身へそう言い聞かせながら、生地を練る。

――頭のなかをからっぽにして……ドーナツを作るんだ。

生地の真ん中に瓶《びん》の蓋《ふた》で穴をあけて、油で揚げる。おいしそうな匂《にお》いが立ちのぼって、道行くもののなかに足を止めて興味深そうにイリアの作業を眺めるひとも出てきた。揚がったドーナツにチョコやシュガー、レモンクリームをコーティングしてできあがり。見物人に試食をふるまうと、すぐにふたつ売れた。

「やった！　ほら、絶対うまくいくって！」

「おいしいドーナツいかがですかー？」

はしゃぐラティファの傍《かたわ》らに座って、まわりの呼び売りを真似《まね》してみる。こんな現地人しかいない市場でセントヴォルト人の女性が露店をやっていると否応《いやおう》なく目立ち、商《あきな》っているものもこのあたりでは珍しい異国のお菓子。足を止めるひとは、またたくまに人垣になった。

「チョコ一個ですね？　あ、ありがとうございますっ」

はじめての売り子をぎこちなくこなしながら、イリアは手作りドーナツをお客に手渡す。うさんくさそうな風情《ふぜい》で口にした中年女性は、なにやら目を大きく見ひらき、イリアにはわからない言葉で感嘆符を並べると、プレートに並べたレモンクリームを追加で注文する。

次から次に、注文が入りはじめた。

作るほうが間に合わない。

「わ、わ、わ！　これやっぱり大繁盛しちゃうよ！」

いきなりこれほど売れるとは思っておらず、ろくに作り置きもなかった。ラティファが慌《あわ》てて十個ほど揚げるが、作るそばから売れていく。

「あ、はい、プレーン三つ、ありがとうございます！　テルマ、うれしいけどマズイよこれ、人手が全然足りない！」

「材料も買い出しにいかないと……」

人垣は増える一方だ。イリアのドーナツを食べたひとびとが次々にリピーターとなり、目の前で評判が伝播《でんぱ》していく。

「あたし、大金持ちになれちゃう……！」

ドーナツを揚げながら、ラティファは興奮を隠さない。すでに魚の揚げ物を作っていたころの一週間分の売り上げを超えていた。しかし人手と材料の不足はぬぐえない。救いを求めて人垣へむけたイリアの視線の先に、救世主が映りこんだ。

「あ………」

救世主は、こういうところを見てほしくないひとだった。

「イリア……!?　き、きみ、なにしてるの……？」

清顕《きよあき》は人垣の狭間《はざま》から顔だけ出して、素《す》っ頓狂《とんきょう》な声をあげる。

「あ……そ、その……」

イリアは返答に困る。ドーナツ作りが趣味だなんて、清顕にだけは知られたくなかった。

「テルマ、知り合い？」

ラティファの問いかけに頷《うなず》きを返すと、女主人の表情が晴れやかに輝《かがや》く。

「お友達のあなた、お給料出すから手伝って！」

「う、うん」

有無《うむ》を言わさぬ口調《くちょう》で少女に頼まれ、清顕《きよあき》は戸惑いの表情を浮かべたままでイリアの隣に腰を下ろす。イリアは小声で、

「……なんで、こんなところに」

「今日《きょう》、休みだから、ツーリングしてて……。すごい人垣だから、なんだろうって思ったら、イリアがいて……」

「……外だぞ。テルマと呼べ」

イリアは速くなる鼓動《こどう》を押し隠して仏頂面《ぶっちょうづら》を浮かべる。見られたくないところを見られた決まり悪さと一緒に、胸の奥から複雑な感情がやってくる。

まただ。

イリアはままならない自分の内面を突きつけられ、途方に暮れる。

いつも飛行場で顔を合わせているし、いまはふたりでアクメドの列機を務めている。空戦後のミーティングでは激論を交わすこともしばしばだし、それが終わるとふたりで剣術修行《しゅぎょう》もしている。いまさら町で偶然出会ったくらいで感情が揺れるなんておかしい。

そのはずなのに——胸の鼓動が、速くなる。

「無駄話してないで！　接客はお友達に任せて、テルマ、材料あるだけ買ってきて！　この商機を逃《のが》すわけにはいかないわ！」

ラティファにけしかけられて、イリアは慌《あわ》てて腰を上げ、買い物袋をふたつ握った。

「うん、すぐ戻る！」

露店はラティファと清顕に任せて、イリアはひとり、逃げるように小走りで市場のなかへとむかった。動揺を悟られたくないから、買い物しながら落ち着きを取り戻したかった。

牛乳、砂糖、小麦粉、チョコレートなどなど……。必要なものを両手の買い物袋に調達しながら、イリアの頭のなかは清顕のことで埋もれていた。

――今日はなんにも考えないと決めていたのに……。

制御できない自分自身の気持ちを歯がゆく思いながら、けれど、こみあげてくる感情の奔流《ほんりゅう》が止まらない。

――なにを考えているんだ、わたしは……。

呆《あき》れながらも、市場のブルーケースに並べられたいろいろな食材を物色しつつ、清顕はどんな食べ物が好きだろうか、わたしがなにか作ったら喜んでくれるだろうか、などとそこらの女の子のようなことを考えはじめ、自分の思考に自分で気づいて勝手に頰《ほお》を染めて恥じ入る。

――バカみたいだ……。

空の王になるため、物心ついたときから空戦技術だけを追い求めてきた。空で敵を叩《たた》き墜《お》とすことだけに人生を捧《ささ》げたし、その生き方に疑問を感じたこともなかった。

そのはずなのに。

いま自分は、清顕と一緒にドーナツ屋台をやれることがうれしい。清顕に手作りドーナツを褒《ほ》めてもらいたくて仕方ない。清顕《きよあき》が喜んでくれたら、自分もきっともっとうれしくなれる。

そんなことを考えている。

——これでは、市井《しせい》の娘と変わらないじゃないか……。

へこむ。

けれど理性がどんなに抑圧しようとしても、生命としての自然な希求が身体《からだ》の奥から湧《わ》き上がってきて、イリアの内側へ充《み》ちていく。

——なんなんだ、わたしは。

思考と気持ちが擦《す》り合わない。飛空士としての自分と、ひとりの女の子としての自分。全く異なるふたりの人間が自分の内側に詰め込まれてせめぎあっている。

どうしてこんなことになっているのか。

その理由も、イリアは自覚していた。

あの一騎討ち以来、自分の正直な気持ちを完全に理解してしまっている。

あのとき、ふたりきりの高空に響いていた言葉がすべてだ。

『愛してる』

『愛してる』

現実に清顕の声が聞こえるわけがないから、相手の言葉はきっと自分が作り出した妄想《もうそう》だ。

そして自分が紡《つむ》いだ言葉は、紛《まぎ》れもなく本物だった。

いつのまにか心のなかをいっぱいに満たしていた、本当の気持ちだった。

——坂上《さかがみ》と、一緒にいたいんだ。ずっと……。

いくら理性で否定しようとしても、イリアの内面の根源的ななにかが、清顕のすぐそばにいることを痛切に求める。

言うことを聞かせようとしても、聞かない。清顕と翼を並べて飛びたいと、魂《たましい》が泣いて泣いて仕方ない。

そうして……気がついたら、ここにいた。

祖国を捨てて。

ヴォルテック航空隊を捨てて。

心配しているであろう父親に無事を知らせることもなく。

ヴェステラント大陸の辺境で、傭兵《ようへい》に身をやつし、清顕と同じ空を飛ぶことに喜びを感じている。

自分の気持ちを俯瞰《ふかん》するだけで、情けなくなる。

——最低の人間だ。卑怯者《ひきょうもの》そのものだ。

——非国民で、恩知らずで、仲間を見捨てて……。

——自分のことだけにかまけている……。

そこまでわかっていながら、イリアはここから離れられない。それどころか、これまで生きてきたなかで、いまが一番楽しいとさえ思ってしまう。

アクメドの列機として、清顕《きよあき》と一緒に飛べるいまが……。

「あ……」

自問に沈んでいて、ふと気がつけば、買い物袋からあふれ出るほど食材を買い込んでいた。しかもドーナツとは全然関係ない、イワシやサバや、魚肉の練り物までなぜか買っている。鍋物でもするつもりなのだろうか。明らかに自分を制御できていない。内面を整えることもできないまま露店に戻って、買ってきたものをラティファに見せて笑われる。

「魚はもういらないよ！　これからはドーナツ店なんだから！」

「う、うん、ついクセで……」

「いいから、テルマは生地作って！　坂上《さかがみ》さんは接客よろしく！　いっぱい稼《かせ》ぐよー」

急《せ》かされて、イリアはボウルに買ってきた材料を突っ込む。人垣はますます増えていて、清顕が行列に並ぶよう誘導しながら商品をさばいていた。

――変だと思ってるだろうな、絶対……。

ドーナツを作っているところを見られるのだけはイヤだったが、いまとなってはもう仕方ない。イリアは動悸《どうき》を押し隠して、清顕のほうはできるだけ見ずに、一心不乱に泡立て器をボウルのなかで搔《か》き回しつづけた。

「ありがとう、テルマ、坂上さん！　お店繁盛させるから、休みの日は絶対また来てねー!!」

日が暮れて露店をたたみ、びっくりするような売り上げを手に入れたラティファはバイト代を清顕とイリアにはずんで、笑顔《えがお》で手を振ってふたりの背中を見送った。

「楽しかったよ、ラティファ。お店がんばってね」

「うん、がんばる！　ふたりでまた来るんだよ、絶対だよー！」

女主人の見送りを背に受けながら歩き去り、ひとも少なくなった雑踏《ざっとう》で清顕とイリアは顔を見合わせ、今日《きょう》はじめてまともな言葉を交わす。

「……バイク？」

「……うん。あっちに停《と》めた」

市場に隣接した波止場《はとば》へと清顕とイリアは一緒に歩いた。日はもう落ちていて、西の空のわずかな残照が夜に抗《あらが》っていた。

照明設備もろくにない、しなびた市場だ。ひとびとも帰路についていて、物寂しさがあたりを包もうとしている。東の端には漁師たちを相手にする食堂が何軒か、看板に明かりをつけていた。

「どこかで晩ご飯、食べない？」

清顕に誘われて、胸が大きくはずむ。あわ、と口が軽くひらきそうになり、慌《あわ》てて閉じる。

「あ……いや。おなかは、すいていない」

「あ……そう？　それは……残念だね」

なんだか清顕《きよあき》のほうも、ぎこちない。

ふたりともお互いがお互いを意識していることに気がついている。ぎこちなさはそこからやってくる。いつもはワルキューレ隊員の目があるからあまり親密な態度は取らないが、いまは知り合いがまわりに誰もいない、ふたりきりの時間だ。

バイクを停めた波止場まで、歩いて二分ほど。

――もっと距離が長かったらいいのに。

そんなことを思い、また自分が情けなくなる。思わず自分の頭をげんこつで殴りたくなるほど、思考がままならない。

もっと話をしたい。

けれど、なにを話したらいいかわからない。

普通のひとたちは、こういうときどんなことを話しているんだろう。空戦のことしか考えてこなかったから、世間話というもののやりかたがわからない。

――他愛《たわい》ない話がしてみたい……。

――それで、笑ったりとかできたら、きっとうれしい……。

しょうもない望みが、心の奥からやってくる。あまりにもくだらなくて、自分でも呆《あき》れてしまうような小さな願い。ちっぽけすぎるそんな願いも、叶《かな》え方を知らない。

気がつくと、自分のバイクが目の前にあった。

「ぼく、むこうに停《と》めてるんだけど……」

清顕は歩いてきたのと反対方向を指さした。

「あ、あぁ、うん。じゃあ……」

うしろに乗れ、という出かけた言葉を呑《の》みこんだ。

ふたりともバイクだから、宿営地まで連れだって帰ればいいのだ。

いつも列機として翼を並べて飛んでいるわけで、いまさら地上で併走《へいそう》したところでおかしいことなどなにもない。

でも……。

「そうか。……また、明日《あした》」

出てきた言葉はそれだった。清顕は少し立ちすくんでから、頷《うなず》いた。

「……うん。また、明日ね」

イリアも水飲み鳥みたいにこっくり頷き、無言で立ちすくむ。

清顕は手を軽く振って、それからイリアに背をむけた。

——本当は、行かないでほしいな。

そんなことをイリアは思った。

——明日《あした》、死ぬかもしれないから。

空戦に次ぐ空戦の日々は、いつ命を落とすのかわからない。今朝方《けさがた》、隣で歯磨きをしていた友人が、翌朝いなくなって歯ブラシだけが残される。もしかしたら明後日《あさって》、清顗《きよあき》の歯ブラシは洗面所にぽつりと取り残されているかもしれないし、イリアの歯ブラシもその横でずっと主《あるじ》を待っているかもしれない。

だから。

——いまを大事にしないと。

去ろうとする清顗の背中を、呼び止めようとしたとき。

「あのさ」

清顗が再び、こちらを振り返った。

イリアの心臓が、大きくはずむ。

「なんだ」

動揺を悟られたくなくて、無理やりに強気な声を取り繕《つくろ》う。

「その、今日《きょう》はすごく……楽しかった」

清顗の内面にも、なにやら複雑な感情が吹き荒れていることが語調からわかった。

「それは、なによりだ」

努めてぶっきらぼうに返事を投げると、清顗は強《こわ》ばった言葉を返した。

「……きみのドーナツ、おいしかった」

たったのひとことで、イリアの胸がきゅんと締まった。血の流れが速まったのがわかる。鼓《こ》動《どう》の音を聞かれてしまいそうで、意志の力を駆《か》り立てて仏頂面《ぶっちょうづら》を維持する。

「……別に。セシルに作り方を習っただけで。それだけだ」

そんなウソを意味なくついた。セシルはイリアがドーナツを作ることさえ知らないはずだ。

「……そうなんだ。……うん。でも……似合ってたよ」

イリアは、ほころびそうになる頰《ほお》をかろうじて引き締め直した。

いま自分の内側で跳ね躍《おど》っている素直な感情を、どうしても見られたくなかった。市井《しせい》の女の子みたいな軽薄さを、清顕に知られたくない。

「イ、イヤミか。本当は変だと思っているんだろう」

やや喧嘩腰《けんかごし》で言い返してしまう。清顕は慌《あわ》てて首を左右に振って、

「ち、違う！　本当に、その、知らなかった一面っていうか、戦闘機に乗ってるときとはまた違う感じっていうか」

「な、なんだそれ。わたしが戦闘機に乗ってるところ見たのか。単座なのに。どうやって見たんだ」

隠しきれない赤面《せきめん》を怒りでごまかし、子どものようなことを言い返すと、清顕はいたたまれなくなったらしく今度は詫《わ》びはじめた。

「ごめん、うん、見たことないよ、単座だし。その、あの、じゃあ……また明日《あした》ね」

焦《あせ》った様子で謝ると、清顕《きよあき》は今度こそ背中をむけて、一度だけこちらを振り返って不器用そうに手を振り、夜の闇《やみ》のなかへ歩き去っていった。

——なんなんだ、わたしは……。

唇《くちびる》と一緒に、情けなさも嚙《か》みしめながら、イリアは清顕が消えていった暗闇を見ていた。

もういい加減、子どもではないのだから、もう少しまともな受け答えなどいくらでもできるはずなのに。清顕とふたりきりになると、なんだか自分が自分でなくなってしまって、思ってもいない言葉を投げつけてしまったりする。しかも、怒りながら。

——わたしはアホか……。

尽きせぬ幻滅《げんめつ》を抱えたまま、バイクにまたがりスターターを蹴《け》った。

ヘッドライトに浮かぶ砂利道《じゃりみち》を走り抜けながら、今日《きょう》の清顕に対する自分自身の言動《げんどう》を振り返り、後悔と反省と自責の念に押しつぶされる。

——いったい、わたしはなにをしてるんだろう……。

——エリアドールの仲間たちは、みんなそれぞれの場所でがんばっているというのに。

——どうしてこんなに、くだらない人間なんだ……。

自分のことが嫌いになる。バイクで走りながら、この頭を殴ってしまいたい。

——捨ててしまえ、こんなしょうもない感情。

叱《しか》り飛ばす。

けれど消えない。

そのくらいで消えてくれるなら、苦労しない。これまで何千回も、同じように自分を叱ってきたのだ。

捨てようとすればするほど、清顕の存在はますます自分の中枢《ちゆうすう》に絡みついてくる。

――こんなのただの小娘じゃないか。

なぜか知らないが、涙さえ出てきそうになる。

――坂上《さかがみ》は、わたしのことなんか見てない。

自分へ言い聞かせる。これまで何度も、清顕とふたりきりになったときに感じた、見えないガラス板のようなもの。はじめて会ったころから、いままでずっと、清顕とイリアの間にはその分厚い玻璃《はり》が嵌《はま》り込んでいる。

玻璃の名前を、イリアは知っている。

――ミオ。

いまから約二年前、エアハント島の内部情報をウラノス軍へ流し、母校と新型艦隊を壊滅《かいめつ》に追いやったとされる「裏切り者」。

別れの場となった十字岬《じゆうじみさき》で、ミオは清顕に対して「あんたを騙《だま》すのは面白かった」などと手ひどい言葉を浴びせ、「プレアデスへ帰る」と言って去っていったという。

しかしその言葉がウソなのを、イリアは知っている。

かつて女子寮でミオと相部屋だった際、ミオが寝言で「清顕《きよあき》」と呼びながら泣いているすがたを見た。ミオの最後の言葉に傷ついていた清顕を慰《なぐさ》めるため、イリアはその話を清顕に伝えた。

それ以来、清顕はウラノスを討つ決意をさらに一層強めた。数年のうちに航空兵団を率《ひき》いてプレアデスを攻撃し、ミオを取り戻す覚悟だ。秋津《あきつ》連邦を離れてワルキューレに軍籍を移し、懸命《けんめい》にアクメドの技を自分のものにしようとしているのも、まず間違いなくミオを取り戻すためだろう。清顕は国家のためではなく、ただミオを取り返すために空戦場を飛んでいる。

清顕とミオは幼《おさな》なじみだ。

メスス島がウラノスによって壊滅した際、焼け野原になった故郷を見下ろしながら、ふたりでウラノス打倒を誓ったという。

——坂上とミオは、いまもまだ、お互いを想《おも》ってる。

——わたしが、そこに入り込めるわけがない。

イリアは自分自身を嘲《あざけ》る。

みすぼらしくて、ひとりよがりで、滑稽《こっけい》でさえあると思う。

——ミオのほうが、わたしなんかよりずっと、女の子らしいし。

——わたしと比べること自体、どうかしてる。

我ながらみみっちい考え方だとわかっているが、思考は自虐《じぎゃく》的なさえずりをやめない。

同性の目から見ても、ミオは魅力的な女性だ。

優しくて、かわいらしくて、会話していても楽しくて。士官学校時代、いつも大勢の生徒たちに囲まれている人気者だった。幼いころから男の子として育てられ、日常会話の仕方さえろくに知らない自分が、逆立ちしたってかなうわけがない。

——わたしが坂上と気が合うのは、空戦技術があるからだ。

——空でひとを殺す技に長《た》けているから、坂上もわたしと交流するのであって。

——わたしを異性として意識しているわけではない。

イリアはひとり、自分を納得させる言葉を並べる。理性はそれで納得してくれるが、心の奥底からこみあがってくるなにかが、ひどい痛みを届けてくる。

痛みの名前も、イリアにはわかる。

嫉妬《しっと》。

劣《おと》った人間が、優《すぐ》れた人間に対して抱《いだ》く、根深い妬《ねた》みの名前。

そんなものを、いま自分はミオに対して抱いている。

どんなに頑張っても、自分がもてないものをミオはもっている。清顕もだからこそ、いつまでもミオを忘れられない。そんなことをうらやんでいる自分がみみっちいとわかっているけれど、止められない。

──坂上《さかがみ》がミオのことを想《おも》うことが、苦痛なんだ……。

──なんてひどい人間なんだ、わたしは……。

痛みに耐えながら、イリアはスロットルをひらいた。感情の正体がわかっていながら、それに振り回されて真っ当な思考回路が形成できていないことにも気づいている。

自分の未熟さに、腹が立つ。

夜の闇《やみ》を高速で切り裂く。

舗装《ほそう》状態の悪い道は、下手《へた》をすると凸凹《でこぼこ》にタイヤを取られかねない。だがイリアは構うことなくギアを蹴《け》り込む。

──速度で振り払え。

ヘッドライトに浮かび上がる、先の見えない道を睨《にら》みつける。

このスピードで、くだらない考えをすべて払い落とせたら。

──世界情勢は、混迷の度合いを深める一方だ。

ほとんど無理やり、思考をそっちへ持っていく。

ハルモンディア皇国がセントヴォルト帝国に対して宣戦布告した、という記事を先月見た。

ククアナ・ライン方面で戦闘状態に突入しているらしい。情報元がセントヴォルトの新聞しかないので書かれた記事を鵜呑《うの》みにすると、帝国は万全の状態で皇国軍を押しとどめており心配はいらないが、万が一のために子どもを疎開《そかい》させたほうがよいとのこと。奥歯になにか挟まっているような新聞の物言いが、あまり戦況が芳《かんば》しくないのではないかとの憶測《おくそく》を呼ぶ。出どころも定かでない噂《うわさ》では、すでにククアナ・ラインは突破されており、現在はクリスターで市街戦が行《おこな》われているらしい。ククアナ・ラインが破れたとなると帝国の命脈《めいみゃく》は尽きたも同然だが、国民の不安を煽《あお》ると内乱の危険があるため、重要情報は厳密に規制されて真相は秘匿《ひとく》される。けれどももしもミッテラント大陸で皇国が優勢となると多島海方面にも影響が及ぶだろうし、これからシルヴァニア王家再興を宣言する予定のセシルの動向にも関わってくる。

——セシルも、がんばっている。

——みんな、それぞれの場所で一生懸命《いっしょうけんめい》、自分の役目を果たしているんだ。

——わたしだって、負けない。

おのれを励まし、雑念を振り払い、星の下を駆《か》ける。

——わたしは、空の王になると誓った。そのために生きてきた。

これまで積み重ねてきた研鑽《けんさん》を思う。幾多の空戦場を飛び、叩《たた》き墜《お》としてきた敵機を思う。

それから、そこに乗っていた飛空士を思う。

——百人以上の飛空士を殺してきた。いまさら後戻りはできない。

——墜とした敵のためにも、わたしは空の王になるんだ……！

そんな決意をおのれの心の中枢《ちゅうすう》へ強引にねじ込む。

個人的感情が入り込む余地もないほど、強く、濃密に、二度と自分の内側から剝《は》がれ落ちないよう。

——空戦のことだけを考えろ。

——カーナシオンに勝つためだけに、生きろ……！

かつてエアハント島上空でイリアを撃ち墜《お》としたカーナシオン。

落下傘《らっかさん》降下するイリアの周辺を楽しそうに飛びながら、醜《みにく》い顔を搭乗席から突き出し、舐《な》めるような目線を無防備なイリアの肢体《したい》に絡みつけ、爪先《つまさき》から頭頂部までたっぷりとなぶった。

あの屈辱《くつじょく》を忘れたことはない。

——お前を墜とす、カーナシオン……！

清顕《きよあき》への想《おも》いを、ほとんど強引に宿敵への憎悪《ぞうお》の色で塗りつぶし、イリアは暗闇《くらやみ》を突き破って駆《か》けぬけていく。

道の先、ヘッドライトの光が夜に埋もれてなにも見えない。見えないところに路面の起伏《きふく》や急カーブがあるかもしれないし、下手《へた》をするといきなり断崖《だんがい》だったりするかもしれない。だけど。

——迷うな。立ち止まるな。振り返るな。

心の奥底にわだかまる感情を力ずくで抑え込み、見えない道の先をひたすら見据《みす》える。

——カーナシオンを墜とすために、飛べ。

その目的だけを何千回も何万回も何百万回も、おのれの意識へ擦《こす》りつけていこう。その果てに清顕に対するしょうもない感情が滅《めっ》し去って、あとにはただカーナシオンへの憎しみだけが残れば、いまよりきっとずっと楽になれる……。

†　†　†

「よい方向で終わることができたのは確かです」

出張先だったヴェステラント大陸からの帰路、王家専用飛空艇のなかでコレットは硬い面持《おもも》ちのままそう言った。

傍《かたわ》らに腰かけたエリザベート・シルヴァニアも、窓の外の海原を見下ろしながらひとつだけ頷《うなず》く。

「はい。成果はありました」

自分を励ますように、この十二日間の奮闘を振り返った。

帝紀一三五〇年、十一月、北多島海、大瀑布《だいばくふ》上空――。

窓のむこう、暮れなずむ大瀑布がある。雪崩《なだ》れ落ちる海水のむこうは、南多島海、すなわちハイデラバード群島がある海域だ。第二次多島海戦争により、ハイデラバード連合共同体はセントヴォルト帝国に膝《ひざ》を屈し、一党独裁体制を敷いていたオルグ党党首ディジー・オズボーンは昨年十一月に自決した。今年四月、ハイデラバード連合議会は講和条約を締結、帝国の委任統治領となり、現在、連合首都イズリオンには帝国軍が進駐している。

だが戦いが終わり、多島海に平穏がやってきたと思ったのも束の間。

ハイデラバードに進駐していた帝国軍が、現在、続々とミッテラント大陸へむかって撤収《てっしゅう》している。先月、ハルモンディア皇国との戦端《せんたん》が切られたという一報が入って以来、詳しい戦況はエリザベートですらつかめていないが、どうやらかなり帝国が苦戦しているのは間違いなさそうだ。

「帝国の支配が弱まり、ハイデラバード群島が再び独立の気概《きがい》を取り戻したなら、先頭で旗を振る役目はシルヴァニア王家が担《にな》うでしょう」

コレットの言葉にエリザベートも首肯《しゅこう》する。ウラノスがオルグ党を牛耳《ぎゅうじ》ってからなにもかも変わってしまったが、オルグ党が破れ、新たな盟主であるはずのセントヴォルトも撤退を開始したいま、かつてハイデラバードの盟主であったシルヴァニア王家が権勢を取り戻す格好の機会であることは疑いない。

だからエリザベートは毎日毎日、一分一秒を宝石のように大事に過ごしている。

サントス島の住民投票と、そののちの王家再興宣言を来月に控え、多島海に散らばる三百以上の小国家群への挨拶《あいさつ》や煩雑《はんざつ》な事務手続き、旧臣たちの人事やセントヴォルト帝国の政務官や武官との打ち合わせで、この半年間は寝る間もないほど忙しい。せっかく巡り合えた清顕《きよあき》やイリアとも一度会ったきりでそのあとは顔を合わせるヒマもなく、そしていま、十二日間に及んだ交渉を終えてヴェステラント大陸のリンドブルム家から飛空艇でサントス島シエラグリードに帰るところである。

使う時間は一分でさえも惜しいというときに、十日以上も別大陸に渡って同じ相手に手間暇のかかる交渉を行《おこな》うメリットはあったのか。

あった、とエリザベートは断言できる。

大きな、非常に大きな意味をもつ交渉だった。

エリザベートは可能な限りの譲歩《じょうほ》と、サントス島という恵まれた地勢と、シルヴァニア王が残した「遺産」を切り札として異国の民と交渉を行い、今後の協力関係を確約した。しかし完全に胸を撫《な》で下ろすわけにはいかない。

「先方が約束を守ってくれるとよいのですが」

不安はそこだ。コレットは王女を安心させるように、

「あちらにとっても、王家の援助は不可欠なはず。ウラノスという共通の敵もいます。なによりも、いま王家に必要なのは武力。異国民に武力を依存《いぞん》するリスクは引き受けねばなりません。事後の交渉は、わたしにすべてお任せください」

コレットはこうした駆《か》け引きに非常に長《た》けている。普段から、目的もないまま個人的な趣味

として駆《か》け引きに興じるほどの交渉好きなこの叔母《おば》が、いまのエリザベートには非常に頼もしい。さらにコレットの夫はセントヴォルト帝国の外務大臣であるから、各国要人との人脈もあり、相手にとっても無下《むげ》に扱えない厄介《やっかい》な交渉者である。

「彼らが動いてくれたならこれに優《まさ》るものもありませんん。長く付き合えるとよいのですが」

エリザベートの言葉が終わると同時に、飛空艇は大瀑布《だいばくふ》上を航過した。

高低差、千二百メートル。断絶した海原が、遙《はる》か下方を目がけて落ちていく。すさまじい水飛沫《しぶき》は横殴りの夕日を浴びて、滝の裾《すそ》に幾千の虹《にじ》を描《えが》き出す。茫漠《ぼうばく》とした茜《あかね》色の南多島海を、大小の島影たちが黒々と穿《うが》っていた。

時代のうねりが、この平和な光景にも否応《いやおう》なくのしかかっている。

今後、エリザベートが一手でも差配を間違えたなら、この光景が地獄に変わるだろう。翌月、王家再興を宣言したならば、それだけの責任がこの両肩にのしかかってくる。

けれど、その重みを全部、背負う覚悟はもうしてきた。

遊び半分でここに座っているのではない。

——天命《てんめい》を果たそう。

大好きな先輩、紫《むらさき》かぐらがよく使った「天命」という言葉が、いまのエリザベートにはこれ以上ないほど理解できる。かつて少女だったころは、王女として生まれ落ちたことを疎《うと》ましく思っていたが、いまは違う。

――わたしだって、エリアドールの七人だから。

エリザベートがはじめてもてた、かけがえのない仲間たちの笑顔《えがお》が、南多島海の夕景に重なった。いまはもうちりぢりとなり、二度と会えそうにない顔もなかにはあるが、けれど一生ずっと、彼らがわたしの心の支えだ。

――みんなに負けないくらい、わたしもがんばろう……。

茜色に染まる面影《おもかげ》たちへむかって、エリザベートは何度も自分にそう言って、勇気を奮い立たせた。


翌月――サントス島シエラグリード。

王家再興の是非《ぜひ》を問うサントス島の住民投票から一夜あけた快晴の昼下がり、開票結果を受けたエリザベートの再興宣言は旧王立議事堂内で行《おこな》われた。

堂内にはハイデラバード群島の主だった国王や高官、全権大使が二百名近く駆《か》けつけ、かつて多島海の盟主として君臨《くんりん》していた名門王家の再興に立ち合おうとしていた。

新たなる女王の演説は、多島海はもちろん秋津《あきつ》大陸、セントヴォルト帝国でもラジオ放送される。八年前に死んだと思われていたエリザベートが実際は生存していた、というだけでも世間の注目度は高い。堂内では放送機材の準備も完了し、あとはエリザベートの登壇を待つばかり。ざわめきは多島海の新たな時代の幕開けの予感を孕《はら》んで、いまだ公の場にすがたを現したことのない「失われた王女」の登場を待っていた。

「それにしては、報道員のすがたが少ないようですが」

控え室に戻ったコレットは、いまこの目で見てきた堂内の様子をエリザベートに伝えた。

エリザベートは伝統的なドレスに身を包み、緊張の面持《おもも》ちでひとつ頷《うなず》く。

「帝国も、再興宣言どころではない様子ですね。本土の事態がかなり深刻なのでしょう。参列者はハイデラバード関係者が八割といったところです」

エリザベートはまた頷きを返すのみで、すぐに今日《きょう》読み上げる予定の宣言文に目を落とす。緊張は明らかだった。コレットは少しだけ鼻から息を抜くと、微笑《ほほえ》みかける。

「肩の力を抜いて。練習どおりにやればいいのですよ」

「はい。そのつもりです」

健気《けなげ》に返事するが、やはり声が硬い。

コレットは控えの間の隅にいた侍女に頷きかけた。

「特別ゲストをお連れして」

侍女は心得た様子で、部屋を出ていく。エリザベートは小首を傾《かし》げて、

「…………特別ゲスト？」

「メイクが崩れるといけないから、演説のあとに呼びたかったけれど。いまのあなたには必要

でしょう」

「……………？」

「私人でよいですよ」

怪訝《けげん》そうに眉《まゆ》を寄せるエリザベートの目前で、控えの間のドアが再びひらいた。

顔を出したのは、いまこのとき、最も近くにいてほしいふたりだった。

「イリア！　アキちゃん！」

公人エリザベートは一瞬にして私人セシルに早変わりし、イリアと清顕《きよあき》、大好きなふたりに飛びついてしまう。

「泣いちゃダメだよ、セシル、メイクが崩れるから……」

「メイク、メイク大事にね、セシル……」

清顕とイリアはふたりでセシルの身体《からだ》を抱きとめて、事前にコレットから何度も言い含められていたことを繰り返す。

「ありがとう。ヴェステラントから来てくれたんだね。遠いのに。うれしい。ありがとう」

涙をこらえ、セシルはおでこを清顕の胸にすりつけ、左手でイリアにぎゅっとしがみつく。

「すごい役目だね。緊張するよね。でもセシルなら絶対できるよ、みんな応援してるから」

清顕はセシルの背を撫《な》でて励ます。セシルの体温を感じながら、清顕はワルキューレに入ってよかったと改めて思う。国家のためではなく、かけがえのない仲間のために飛べることが、たまらなくうれしい。

「ここで応援してるよ。セシルの気持ちをみんなに伝えればいいんだ。それだけだよ」

イリアもセシルの背に手を回して優しく言葉をかける。セシルとはずっと昔から姉妹のように仲がよかった。セシルがエリザベートであることを知ったときは言葉を失ったが、これからはずっと、ただセシルのために飛ぼうと決めることができた。セシルとの出会いは、イリアの人生の宝物だった。

「うん。がんばる。がんばるよ……」

王家再興を決意して以来、女王としての立ち振る舞いをずっと学んできたセシルだが、ふたりの前だとそれを保つのは無理だった。けれどそれでいいと思った。エリアドールの仲間たちといるときは、妹分のセシルでいたかった。いまは女王としてでなく普通の女の子でいたい。

「アキちゃん、顔がかっこよくなったね」

「そ、そう？」

「イリアも。その髪似合う。とっても美人になった」

「そうなのかな。自覚ない」

「うん。ふたりとも、すっごく大人になった」

「セシルこそ。立派だよ。全然、前より大人になってる」

大好きなふたりにすがりつき、他愛《たわい》ない言葉を交わしながら、セシルは思う。

──国を越えて、わたしたちは友達でいられる。

ハイデラバード群島と、秋津《あきつ》連邦と、セントヴォルト帝国。

セシルと清顕《きよあき》とイリアは、互いに相争う三つの勢力の生まれだけれど、こうしていま同じ場所に立って仲間として助け合うことができている。

──国家も、人間同士みたいに友達になれたらいいのに。

そんな甘すぎる夢想も、思わず抱《いだ》いてしまう。これから一国の元首を務めようとする人間にしてはあまりに夢見がちすぎるが、しかし国際関係としてそれが究極の理想であることは疑いない。

──遙《はる》かな道だろうけど。

──その一歩を、いま踏みだそう。

セシルはふたりと一緒に輪になって、その温かさにくるまりながら決意を固めた。

「イリア。アキちゃん。ありがとう。わたし、いま、みんなに言いたいことがわかった」

ふたりへ顔を上げて、涙をこらえ、セシルはあどけなく笑った。

「?」

清顕とイリアは不思議そうに、無垢《むく》な笑みを見つめる。

「時間です。参りましょう」

コレットが静かに告げて、セシルは顔を上げ、ふたりに微笑《ほほえ》んだ。

「いってくる」

ふたつの笑顔《えがお》が、返る。

「うん。かっこいいよセシル。がんばって」

「落ち着いてやれば大丈夫だよ。絶対、セシルならできるから」

励ましに頷《うなず》きを返し、セシルはエリザベートとして威厳を取り戻す。

コレットが「聖杖《せいじょう》」をエリザベートに手渡す。代々、シルヴァニア王の証《あかし》として受け継がれてきた神器《じんぎ》を片手に、凜《りん》と背筋を張り、表情を引き締め、これから自分に付き従うことになる臣下たちと、サントス島に住まう二百万人の島民を思う。

現在の世界情勢にとって、これはちっぽけな一歩にすぎない。

けれど、自分の力で世界に対してさざ波を立てることのできる、はじめての一歩でもある。

行く手になにが待ち受けているかはわからない。

けれど、勇気を奮い立たせて。

——さあ、行こう。

エリザベートは振り返りもせず、控えの間をあとにした。

天井の高い通路をくぐりぬけ、議事堂内へと入った瞬間、万雷《ばんらい》の拍手が降ってくる。

まばゆいフラッシュが幾度も幾度も網膜《もうまく》を焼く。燕尾服《えんびふく》を着て、中世風の付け毛を施した臣下たちが最敬礼でエリザベートを壇上へ促す。

先頭のコレットが足を止め、身体《からだ》を反転させて一歩うしろへ下がり、深々と頭を下げて左手を横へ流した。

エリザベートはコレットの面前を通り過ぎ、Uの字形の演壇へ上がった。ラジオ放送用のマイクが五本、目の前に突き出されている。

一度軽く息を整えてから、第一声を世界にむけて放った。

「はじめに聖アルディスタへ感謝を。お集まりのみなさま、ラジオ放送をお聞きのみなさま、はじめまして。わたしはエリザベート・シルヴァニア。今日《きょう》ここに、シルヴァニア王家再興を宣言するものです」

さらなる拍手の波が堂内に充《み》ちる。焚《た》かれるフラッシュはもはや閃光《せんこう》の吹雪《ふぶき》みたいだ。

「この戦乱の時代、幾多の暴力がサントス島に降りおりてきました。旧王家は不幸にして理不《りふ》尽《じん》な暴力に打ちのめされ、王と王妃は無残な最期《さいご》を遂げることとなりました。わたくしは幸いにしてこの聖杖《せいじょう》と共に助け出され、現在まで市井《しせい》の片隅で時節の到来を待っておりました……」

切々と、ここに至るまでの経緯を記した文面を読み上げる。これまで数年の時をかけて、十数人の臣下たちが知恵を絞って練り上げ起草した文章だ。難解な語彙《ごい》もところどころ交えつつ、訴えることは要するに、サントス島をシルヴァニア王家が治めることの正当性についてである。サントス島住民投票を行《おこな》い再興を承認されたこと、セントヴォルト帝の承認と、ハイデラバード群島議会の承認を得たことをこの場で宣言し、この宣言文に署名した政治家や有力者の名前を三十五人分読み上げたなら建国宣言は終わりである。

だが、それだけで終わるつもりはなかった。

きっとコレットや臣下からは怒られるだろうが、どうしてもいま、自分の本当の気持ちも宣言文に織り込んで、世界に対して解き放ってしまいたい。三十三人目の署名者の名前を読み上げながら、エリザベートは覚悟を決めた。

三十五人目を読み終えて、宣言は終了……のはずが、エリザベートは言葉をつづけた。

「最後にひとつ。女王として即位するにあたり、わたしからウラノス女王ニナ・ヴィエントへメッセージを」

背後に居並んでいた臣下たちが怪訝《けげん》そうに顔を見合わせ、それから互いに口を手で遮ってひそひそ話をはじめる。予定にない文言《もんごん》であることが、その様子から堂内の聴衆へもなんとなく伝わる。エリザベートは構うことなく、地上へ争いの種を撒《ま》きつづける「災厄《さいやく》の女王」ニナ・ヴィエントへラジオを通じて語りかける。

「まだ見ぬニナ女王。世界が苦しみにあえいでいるいま、わたしは国家の指導者同士がもっと話し合う必要性を感じています。わたしたちが顔と顔を合わせ、お互いの事情について知り合い、異なる民族に対する先入観を捨て去って同じ人間として語り合うとき、世界はよりよい方向へ歩み出せるのではないでしょうか」

水を打ったように静まりかえる堂内に、エリザベートの声だけが響き渡る。

「聞けばわたしたちは年齢も近く、同じ性別でもあるし、戴冠《たいかん》した時期も近い。お会いできたならきっと、共感できることも多々あるのでは。世界にとって有意義な、素晴らしい時間がもてるのではないかと思うのです」

エリザベートは少しだけ言葉を区切り、かつて身分を隠していた時代のことを話した。

「わたしはかつてセシル・ハウアーとしてエアハント士官学校に通っていました。セントヴォルト帝国にお住まいの方々は『エリアドールの七人』としてご存じの方も大勢いらっしゃるでしょう。いまは離ればなれになり、もはや連絡も取れないけれど、わたしたちの友情はいまなおつづいている。たとえ敵味方に分かれようと、わたしたちは憎みあうことはありません。国境などでは、わたしたちの友情を引き裂くことはできないのです。お互いに同じ時間を過ごし、ときに互いへ命を預け、笑みを交わし、助け合ったからこそ、わたしたちは生涯《しょうがい》の友となれました。わたしは、国家同士の友情もいつか、個人の友情と同じようになれると信じます」

青臭い、と切って捨てることのできる内容だと、エリザベートにもわかっている。けれど青臭くてよいと思う。理想とはそういうものだ。世間知らずで、悪意に疎《うと》く、人間の善意を無邪《むじゃ》気《き》に信じる能天気さの結晶を、胸を張って世界へ語ろう。

誰かがそうしなければ、この戦争は終わらないから。

「ニナ女王。ウラノスにはいま、ミオ・セイラとライナ・ベック、わたしの大切なふたりの仲間がいるはずです。どうか彼らを探し当て、少しの時間でいいから彼らの話を聞いていただきたい。彼らのひととなりを知り、お互いがわかりあえたなら、きっと、わたしたちは友達になれる。いまの不幸は、お互いがお互いを知らないために起きているだけだと思うから」

天空の彼方《かなた》へ訴える声は、切々と調子を高めていく。エリザベートの即興の演説は、次の一節で終わった。

「互いの間に横たわる障害の正体を見極め、それを排除するためになにをするべきか語り合いましょう。それからあなたとわたしと、大勢の友達に囲まれて、お茶を飲みながらこの世界について話しませんか？　この無意味な戦争を終わらせ、慈愛と友情で世界を包むために。国家と国家が、個人間のつながりと同じように、憎しみを捨て去り永遠の友情を謳《うた》うその日のために。ニナ女王、どのようなかたちでも、あなたからのお返事を心待ちにしています。ご静聴くださったみなさまに感謝を。まだ見ぬ未来の友情を信じて。シルヴァニア王国女王、エリザベート・シルヴァニア」

右足を引き、ドレススカートの裾《すそ》をつまんで挨拶《あいさつ》するエリザベートへ、数秒の間を置いて儀礼どおりの拍手が降り注いだ。しかし堂内に詰めかけた権力者たちの表情は戸惑いのほうが色濃い。振り返ったなら臣下たちの顔は青ざめ、コレットに至っては喉元《のどもと》に青い血管すら浮かべている。

どうやら、かなりの叱責《しっせき》を浴びそうだ。叱責で済めばいいが、下手《へた》をするとこののち、セントヴォルト帝国大使やその他の有力者から真意を詰問《きつもん》されることもあるだろう。なにしろ彼らを素通りして、独断でラジオ越しに敵国の大元帥《だいげんすい》ニナ・ヴィエントへ会談を呼びかけたのだから見逃《みのが》してはもらえない。しかも帝国では「裏切り者」として禁句となっているミオとライナの名前まで出してしまった。新女王は裏切り者の肩をもつのか、と責められたなら釈明する必要も出てくるだろう。

しかし後悔はしていない。

自分の胸のうちに前々から詰まっていた内容を、世界へ訴えた。内容が間違っているとは思わないし、世界を悪い方向へ導くものでは断じてない。青臭いけれど、もしかしたら、世界が少しでもよい方向へ動きはじめるかもしれないじゃないか。

咎《とが》めるような臣下の目線を一顧《いっこ》だにせず、エリザベートは議事堂をあとにして、早足で控え室へとむかった。

いま一番見たいのは臣下のわななきでもコレットの青ざめた唇《くちびる》でもなく、誰よりも大切なひとたちの表情だった。

「セシル」

控えの間に戻ったと同時に、ラジオで放送を聴いていたイリアが抱きしめてくれた。

「ありがとう、セシル。すごいよ。よく言ってくれたね」

イリアの言葉には涙さえ紛《まぎ》れていた。その傍《かたわ》ら、清顕《きよあき》も先ほどと同じように、セシルの背に手を回す。

「ミオとライナにも、きっと伝わるよ。絶対、喜んでくれると思う。ありがとう。いつかまた、みんなと会えるよきっと」

セシルは笑顔《えがお》を浮かべて、ふたりの抱擁《ほうよう》に身を委《ゆだ》ねた。緊張の糸が切れて、なんだか泣きたくなってくる。もうメイクを気にする必要はないし、いいや泣こうとセシルは決めた。

七.

「ミオさん。羽を伸ばしたいので付き合ってください」

一日の務めを終えて天宮に戻り、衣装を脱いで湯浴《ゆあ》みを終えたウラノス女王ニナ・ヴィエントが突然そんなことを言いはじめ、ミオは目をしばたいた。

「え？」

白銀の付け毛を外し、メイクも落として、清楚《せいそ》な黒髪の下にけがれない野葡萄《のぶどう》色の瞳《ひとみ》をきらめかせ、ニナはいたって真面目《まじめ》な口調《くちょう》でもう一度言う。

「気持ちが鬱屈《うっくつ》してきましたのでこれから気晴らしに出かけようと思います。ミオさんにご同行願います」

ニナに着せようとした寝間着を両手に持ったまま、ミオは天井を見上げていまの言葉の意味を類推し、下着すがたのニナへ目を戻した。

「ええっと……お出かけですか？　こんな時間に？」

「はい。ふたりでこっそり出かけたいと思います。ミオさんが付き合ってくれなかったら、ひとりで出かけます」

ミオは首を左に傾け、元に戻してもう一度考えてから、今度は右に首を倒した。

「あの……ニナさま？　なんだか今夜は、いつもと様子が違うような……」

いつものニナなら寝間着に着替えてすぐにベッドに入るのだが、今日《きょう》はまだ元気が余っているらしい。しかし自分から外出したいなどと言い出すのははじめてだ。しかも、ミオとふたりきりで。


帝紀一三五一年、一月、ウラノス王都プレアデス、ユリシス宮殿天宮——。


質問に答えず、ニナはクローゼットへすたすた歩み寄ると、私服を選びはじめた。いつのまにそろえたのか、見覚えのないセーターとスカートを身につけて、子鹿《こじか》色のショートコートをまとい、毛糸の帽子をかぶる。どこから見ても、そこらの普通の女の子。

「ミオさんも早く。お出かけの準備を」

「えぇっと……あの……突然すぎてなにがなんだか」

「これに着替えてください」

ニナは毅然《きぜん》と、自分のクローゼットから厚手のカーディガンとスリムパンツを差しだしてくる。有無《うむ》を言わさぬその態度に、ミオは思わず衣類を受け取り呆然《ぼうぜん》と佇《たたず》む。

「サイズはわたしと同じくらいのはず。きっとぴったりですよ、早く着替えて」

急《せ》かされるままあてがわれた衣服を身につけると、ニナの言うとおり、ミオにぴったりだった。まるで誰かが予《あらかじ》めミオの衣類を採寸して、今日ここにこの衣服を準備していたかのように。

「きっとこのコートもサイズが合うのでは」

つづけて差し出された白いハーフコートも、袖口《そでぐち》までぴたりとミオの身体《からだ》にフィットした。

人形のように着替えさせられたミオを見て、ニナは胸の前で両の手のひらを合わせて、にこりと微笑《ほほえ》む。

「よかった、やっぱりぴったり。とても似合いますよ。では早速、お出かけしましょう」

そう言うと、ミオの手を握って、寝室から引っ張り出す。

「あ、あの、ニナさま」

「なに?」

「わたし、なにがなんだか、あの……」

「あら、イグナ。偶然ね」

寝室を出たばかりの廊下には、執事イグナシオがなぜか私服すがたで佇んでいた。手をつないだミオとニナを苦々しい表情で見つめ、

「どうしたのですか。夜更けに。ふたりで」

表情に「なぜおれがこんなことに付き合わねばならんのだ」と心の声を露《あら》わに書き込み、台本を棒読みするかのごときぎくしゃくした台詞《せりふ》を紡《つむ》ぐ。

ニナは相変わらず、いつもと異なるはきはきした態度で、

「これからお出かけするのです。護衛をお願いね、イグナシオ」

「なんということだ。仕方がない。護衛しましょう」

イグナシオは出来の悪い子どものごとき口調《くちょう》でニナの要望をいとも簡単に了承すると、ミオへむかって不気味な棒読み台詞《せりふ》をつづける。

「おれが護衛するから、安全だ。行きたいところへ行くがいい」

「は、はあ」

親切な台詞とはうらはらに、このうえなく不機嫌そうなイグナシオは、あたかもふたりがこれから出かけることを知っていたかのように腰に帯剣していた。

「これで安心です。行きましょうミオさん」

わけのわからないままニナに手を引かれるまま廊下を進んでいくと、天宮の出口あたりで、今度はウルシラ伯《はく》夫人が佇《たたず》んでいた。

「ニナさま、こんな時間にどこへ?」

先ほどのイグナシオに比べれば自然な台詞だが、しかしやはりどこか普段のウルシラとは異なる、ぎこちない口調。

「ミオさんと一緒にお出かけします」

「まあ。それは気晴らしになりますこと。でも万が一のために、ライナを連れていくとよいですよ」

「呼びました？」

ウルシラが名を呼んだ途端、召し使い用食堂のドアがあいて、私服すがたのライナが顔を出した。

「ニナさまがお出かけするとのことなので、イグナシオと一緒に護衛を頼みます」

「わー、こんな時間にお出かけかー。不安だけど、おれが護衛すれば大丈夫に決まってる。わかりました、任せてください」

内側に短剣を二本隠したコートをまとって、ライナは片手で胸を叩《たた》く。なにからなにまで予《あらかじ》め準備が整っているかのような、不自然すぎる全員の態度。イグナシオは普段絶対にライナと行動を共にしないくせに、今晩はなぜか不機嫌そうな顔のまま文句ひとつ言わない。

「では行ってきます」

「行ってらっしゃい」

「…………」

「ミオさん、こっちですよ」

ニナに手を引かれるまま、広大すぎる宮殿の内部を走り抜ける。当然、廊下ではほかの貴族や召し使いとすれ違うが、彼らは素顔のニナに気づかない。大仰《おおぎょう》な白装束《しろしょうぞく》を身にまとったニナしか知らないのだ。

階段を下り、広間を走り抜け、また違う廊下を走ってさらなる階段を駆《か》け下り、息が切れるほど走ってようやくふたりは宮殿の翼屋《よくや》の一角から外へ出る。

満天の星の下、またしてもあまりにも都合よく、二頭牽《び》きの馬車が目の前に待機していた。

「わあ、よかった、運よく馬車がありました。乗りましょうミオさん。御者《ぎょしゃ》さん、ファランクロス公園までお願いします」

「あいよー」

ふたりが乗り込んだのを確認し、御者は鞭《むち》をはたく。帽子を深くかぶって顔を隠しているが、見覚えのある御者だった。ラミア離宮にいたころからの近衛兵《このえへい》のひとりだ。馬車の両脇《わき》を、ライナとイグナシオが乗った二頭の馬が併走《へいそう》する。

「新年の感謝祭がひらかれているらしいの。わたし、そういうところに行ったことがなくて。付き合ってくださいね、ミオさん」

「……はい。わたしなんかでよければ」

「よかった。今夜は楽しみましょうね」

車内で、対面に腰かけたニナはにっこり笑った。聞きたいことは山ほどあったが、ミオは黙っていることにした。ニナは毎日毎日、年中行事に駆《か》り出されてそのたびに一日千人近い貴族に挨拶《あいさつ》をして、神経を磨《す》り減らしている。本人が望むなら、たまには気晴らしに出かけたほうがいいとは思う。

今日《きょう》は一月四日。

新年が明けて間もないエヴァンゲリス地区は、なにかにかこつけて騒ぎたい人々が大勢繰り出し、酒瓶《さかびん》を片手にそこかしこで嬌声《きょうせい》をあげていた。プレアデスの冬は非常に寒く、みなが身体《からだ》を温めるウォッカやブランデーを水のように飲む。街路樹にはイルミネーションも施され、濡《ぬ》れた路面に彩《いろど》りが映り込んで、高度二千メートルの凍《い》てつく夜を華やかにしていた。

三十分ほど走ると、感謝祭が開催されているファランクロス公園についた。吐く息が白くけぶる大気のなか、イルミネーションの施された木々が金や銀、青や白の光で夜の底を彩っていた。家族連れやカップル、若者の集団が押し合いへし合いしながら群れていて、露店からは肉や菓子パン、スパイスの香りが漂《ただよ》ってくる。射的《しゃてき》やピエロや紙芝居《かみしばい》、オバケ屋敷まで立ち並んで、子どもたちの泣き声や笑い声がにぎやかだ。

「わあ、すごい。みなさん楽しそうですね」

馬車から降りたニナは瞳《ひとみ》を輝《かがや》かせる。下馬したイグナシオとライナがすぐさま両脇へやってきて、周辺へ目を光らせる。

「護衛はおれらに任せて、ニナさまは楽しんでオッケーっすよ。イグナシオがちゃーんとお守りしますんで」

「……お前も仕事しろ」

護衛のふたりに微笑《ほほえ》みを返して、ニナは再びミオの手を握る。

「行きましょう、ミオさん。見たことのないお料理がいっぱい……」

ニナと手をつないで、ミオもつられて駆《か》け出す。

しかしいくらお忍びとはいえ、夜間にこんな雑踏《ざっとう》へニナがやってきて大丈夫だろうか。不安に思いながらまわりを見渡すと、さっきの御者《ぎょしゃ》と同じように、見知った顔が庶民の服装をして前後を併走していることに気がついた。ニナの古参《こさん》の近衛兵《このえへい》たちだ。今日《きょう》この時間にニナがここに来ることを知ったうえで、張り込んでいたのだろう。

ミオにはもう、今日のお出かけの意味がわかっていた。

ニナの優しさが、沁《し》みた。

「ニナさま……」

思わず、呼びかけてしまった。

「なに？」

ニナは無垢《むく》な表情で、こちらを振りむく。ミオはうつむいて、こみあげてくる感情をこらえ、かろうじて笑みをつくることに成功した。

「……いいえ。なんでもありません。せっかくだし、今夜は楽しみましょう」

ニナの優しさに応えるためにも、心遣いに気づかないふりをして、無理にでも元気を出そうと思った。

「ニナさま、行きたいところとかありませんか？」

「はい！　あの、あれ、気になるんですけど、どうやるんでしょう……？」

近くにあった射的《しゃてき》の屋台を指さし、ニナは興味深そうに首を傾ける。玩具《おもちゃ》の鉄砲《てっぽう》で景品を撃つだけの、よくある遊びだ。ミオは笑顔《えがお》を返して、
「……やってみましょう！　わたしもやったことないですけど……」
つないだ手を握り直し、ニナと一緒に屋台の店主に声をかけた。

ニナとふたりでたくさん遊んだ。ユリシス宮殿で日夜開催される舞踏会や演劇会、演奏会に比べたら他愛《たわい》のない庶民の遊びだが、こんなに笑うニナをはじめて見た。オバケ屋敷にライナとイグナシオと共に入り、オバケ役に抱きつかれて悲鳴をあげるニナに笑ってしまい、オバケ役を斬《き》り捨てようとするイグナシオを必死に止めた。ミオもニナも今年二十歳になったので、はじめてのカクテルにも挑戦した。身体《からだ》を温めるためのブランデーにむせびながら、ニナは頬《ほお》を真っ赤《か》にして「変な味ですね」と笑っていた。

いろいろな屋台を巡り、世界中から集められた異国料理に挑戦してみた。不思議な香りのスパイスがふんだんに使われた料理の辛さにふたりで悲鳴をあげたりしながらも、心がほころんでいくのがミオにもわかった。ニナはすっかり普通の少女に戻って、目に映るいろいろなものに興味を示し、積極果敢《かかん》に挑戦していた。

一時間ほど思うさま公園内を歩き回って、ようやく空きのデッキチェアとテーブルを見つけ

て四人で腰かけ、買ってきたホットココアで一息ついた。

「あー……。もうおなかいっぱい。ちょっと食べすぎちゃいましたね」

ミオは心底そう言って、ふうと一息ついて星を見上げた。周辺には相変わらず、私服すがたの近衛兵《このえへい》が張り付いて油断ない目を雑踏《ざっとう》へ送っている。

「はい。とっても楽しかった。見たことのないいろいろなものがあって……面白いですね」

ニナもにこにこしながら、ココアに口をつける。腕組みをしてあらぬ方向を睨《にら》みつけるイグナシオの傍《かたわ》ら、ライナがへらへらしながら調子を合わせた。

「ニナさまもけっこう大胆ッスよねー。正体バレたら確実に大騒ぎなのに、平気であっちこっち歩き回っちゃって」

「護衛を信頼してますから」

ライナにも屈託《くったく》のない笑顔《えがお》をむけるニナに、ミオは恐縮する。

「すみません、ライナ、口のきき方を知らなくて……」

「いまは私人だから。いいの。ミオさんもかしこまらないで」

「いえ、そんなわけにも……」

硬いミオの受け答えに小首を傾《かし》げてから、ニナは突然、居住まいを正した。

「実はね、ミオさん。今日《きょう》はあなたにお知らせしたいことがあって、ここに来たの」

「え？　……お知らせ……ですか？」

柔らかかったニナの様子が変わって、ミオは少し驚く。もしかして解雇とか、そういうのだろうか。

「イグナ、あれを」

「はっ」

イグナシオは懐《ふところ》から、少しよれた新聞を取り出してミオの前に置いた。

著名なセントヴォルトの新聞だった。イグナシオが示したのは、赤線で囲ってある二面の中心記事だ。

見出しには『新女王エリザベート、シルヴァニア王国再興を宣言』とある。

ミオは首を傾げる。

「失われた王女エリザベート」の名前はもちろん聞いたことがあるが、本当に存命していて王国を再興したようだ。だがそれと自分になんの関係があるのか、わからない。

「いいから読めよ。びっくりするぜ」

ライナがつづきを促す。記事を目で追っていくと、中見出しに『即興演説、周辺国家に波紋』とあった。新女王は再興宣言の最後に、独断で台本にない演説を打ち、その内容が関連国家と波風を立てるものであったとのこと。

別枠に、即興演説の全文が掲載されていた。どうやら新女王はウラノス女王ニナ・ヴィエントに会いたいらしい。ホットココアを口に入れながらなんとなく読み進め、ある一節に差しかかって盛大に吹きだした。

「セ、セシル……!?」

慌《あわ》てて口元を拭《ぬぐ》い、記事へ目を落とす。

『わたしはかつてセシル・ハウアーとしてエアハント士官学校に通っていました。セントヴォルト帝国にお住まいの方々は『エリアドールの七人』としてご存じの方も大勢いらっしゃるでしょう……』

『ニナ女王。ウラノスにはいま、ミオ・セイラとライナ・ベック、わたしの大切なふたりの仲間がいるはずです。どうか彼らを探し当て、少しの時間でいいから彼らの話を聞いていただきたい。彼らのひととなりを知り、お互いがわかりあえたなら、きっと、わたしたちは友達になれる。いまの不幸は、お互いがお互いを知らないために起きているだけだと思うから』

記事を目で追いながら、口があんぐりとひらいていく。

失われた王女エリザベートが、実はセシルで、演説のなかで自分とライナの名前を持ちだしてニナに会談を呼びかけている。その記事をいま、ニナの目の前で読んでいる……。

正直、なかなか頭がこの記事内容に追いつかない。

「あの……これって……」

演説内容を読み終えて顔を上げると、ニナは微笑《ほほえ》んでいた。

「最近、懇意《こんい》にしている貴族の方が、ほかの方々には内緒で地上の新聞を届けてくださったのです。わたしも驚きました。まさか会ったこともない異国の女王から、あなたたちの名前が出てくるなんて。不思議な運命の巡り合わせって、あるのですね」

ミオも言葉を失うしかない。

もう一度記事へ目を落とし、内容を理解しながらゆっくり読んだ。

冷静に見ると、いかにもセシルらしい言葉ではある。エリアドールの七人の絆《きずな》を誰よりも大切にしていたのがセシルだ。演説は理想が優《まさ》りすぎて青臭い印象を受けるが、しかし、てらいなく自分の内面を言葉に置き換えているのはよくわかる。

失われた王女エリザベート・シルヴァニアという身分を隠して、セシルが学生生活を送っていたことも理解した。そういえば学生時代、バルタザールの要望で、ミオはセシルと一緒によくセレモニーに参加させられていたが、セシルは非常に社交慣れしていて貴族高官などとも物怖《お》じせずに交流していた。改めて振り返ってみたなら、王女らしい側面はそこかしこに見え隠れしていた気もする。

しかし、なによりミオの胸に響く一節があった。

『もはや連絡も取れないけれど、わたしたちの友情はいまなおつづいている。たとえ敵味方に分かれようと、わたしたちは憎みあうことはありません。国境などでは、わたしたちの友情を引き裂くことはできないのです。お互いに同じ時間を過ごし、ときに互いへ命を預け、笑みを交わし、助け合ったからこそ、わたしたちは生涯《しょうがい》の友となれました』

二度、その一節を読み返した。

記憶の彼方《かなた》から、七人で交わした約束の言葉が甦《よみがえ》る。

『たとえ敵味方に分かれようと、我々は憎み合うことはない。友情は永遠だ』

あの約束は、まだ息づいているのか。こんなに遠く離ればなれになっても。

にじもうとする視界に、さっき読んだ一文がまた映り込む。

『ニナ女王。ウラノスにはいま、ミオ・セイラとライナ・ベック、わたしの大切なふたりの仲間がいるはずです』

まなじりからこぼれたものが一滴、紙面を濡《ぬ》らした。

――セシル。まだわたしを、そんなふうに言ってくれるの？

――世界中にむかって。裏切り者のわたしを、女王のあなたが……。

止めようと思っても、止められない。懸命《けんめい》に腕でぬぐうけれど、心の奥底から温かい感情があふれ出てくる。

「セシル」

こらえきれずに、かつての友達の名前を口にした。涙は意志の制御を超えて、ミオの内側からあふれ出す。

こんな演説を即興で打ってしまったら、きっとまわりに大きな波紋を広げたでしょうに。あなたにとって得なことなんてこれっぽっちもないはずなのに……。

「ミオさん、大丈夫ですか？」

ニナが心配そうに声をかけてくる。ミオは両手で目元を覆《おお》ったまま、かろうじて頷《うなず》く。

「……素敵なお友達ですね。きっと心から、ミオさんのことを大切に思っていらっしゃるのでしょう。わたしの一存ではなかなか会えませんし、教皇《きょうこう》も王子もこの演説のことをわたしには秘密にしたいらしく、公の場で持ち出すわけにはいきません。けれど……わたしもいつか、エリザベート女王にお会いしたいと思いました。女王がおっしゃるとおり、わたしたちはもっと顔と顔を合わせてお話をしなければならないと痛感しています……」

嗚咽《おえつ》をこらえながら、ミオはただ何度もニナの言葉に頷いた。ニナとセシルが実際に会って話をしたなら、きっと共感できるものがたくさんあるはず。それは世界にとって、とてもよい影響をもたらすはず。

ミオは、今日《きょう》この場を設けてくれたのがニナの優しさであることにも気づいていた。ニナは自分が外出したかったのではない。ずっとふさぎ込んでいたミオを元気づけるために、予《あらかじ》め外出計画を練って馬車を準備し、護衛を公園内に配置して、ミオの手を引いてここまで連れ出し、極秘資料であるはずの新聞記事を見せて励ましてくれている。ウラノスの女王でありながら、ただひとりの召し使いのために。

それからライナとイグナシオ、ウルシラと近衛兵《このえへい》のみんなの親切が、改めて響く。本当はこんな危険な外出などしたくないはずなのに、全員がこうして協力してくれている。

――みんな、優しすぎるよ。

からからに乾き、あちこち破れて、見る影もないほどぼろぼろだったミオの心が、みんなの優しさのなかで傷口を縫《ぬ》い合わせ、しなやかさと強さを取り戻していく。

嗚咽《おえつ》しながら、ミオは言葉を絞り出した。

「これ……これって……わたしを泣かそうとする罠《わな》ですよね？」

へらへらしながらライナが答えた。

「いまごろ気づいたのかよ」

「卑《ひ》っ怯《きょう》だなあ……。これはちょっと……反則でしょう。ここまでされたら泣かないといけないから、仕方なく泣くけど……」

「仕方ねーわりに、すげー顔だな。鼻水出てっぞ。おれがこれまで見てきたなかで最高にブスだな」

「……るっさい。……いいよブスで。どうせブスだし」

減らず口を叩《たた》きながら、かろうじてハンカチで目元と鼻を押さえて、こみあげてくる感情をなんとか制御した。涙が止まったのを確認して顔を上げると、にじんだ視界にニナの微笑《ほほえ》みがあった。

「いつかお友達みんなと会えるように、一緒にがんばりましょう、ミオさん」

うぐっ、とまたこみあげてくるものがあって、ミオはぐしゃぐしゃに崩れようとする表情をなんとか抑え、がんばって笑顔《えがお》をつくる。

「はい……っ！　わたし……ニナさまは絶対、セシルと……エリザベート女王とお友達になれると思います。とってもいい子で、仲間想《おも》いで……」

言葉の終わりは、突然上から降ってきたふたつの椅子《いす》で断ち切られた。

「!?」

いきなり、場に閃光《せんこう》が走る。

しばたいた目の先、ふたつの影が豹《ひょう》のごとく、この場から消え去る。

ひょう、っと一陣の風がミオの鼻先をさらう。

あっけに取られたニナの表情が目に映る。

ライナとイグナシオがいない。

目の前に降ってきたふたつの椅子は、彼らが蹴《け》り飛ばしたものだ。

木造椅子の背もたれには、短刀が二本突き刺さっていた。もし椅子がなかったら、この短刀はニナの眉間《みけん》に突き立っていただろう。

なにがなんだかわからない――だが。

プレアデスへ来てからの二年間、積み重ねてきた特殊工作員むけの戦闘訓練が、直感の警《けい》鐘《しょう》を打ち鳴らしていた。

おおおっ、と周囲の群衆から驚きの声があがる。

剣と剣の打ち合う音。火花。

イグナシオが剣を抜いて、なにものかに打ち据《す》えるのが見えた。

断末魔《だんまつま》。視界の端に血潮がひらめく。

湾曲した鎌《かま》のような武器を持ったなにものかが五名、イグナシオに迫る。

またしても閃光《せんこう》が走る。刺客《しかく》の両腕両脚が関節とは異なる方向へ折れて崩れ落ちる。湾曲した鎌《かま》を奪ったハチドリが、地に足を擦《こす》りつけ、再び視界から消失する。

転瞬、イグナシオを取り囲んだ四名の刺客が一斉に、喉首《のどくび》から血潮を噴き上げ絶命する。

悲鳴。出血。群衆が割れる。

「十四か」

「いや――十五だ」

イグナシオとハチドリが互いの背を合わせ、肩越しに言葉を交わし敵の数を確認したのち、同時に別方向へむかって疾駆《しっく》する。

雷鳴《らいめい》のごとき、ふたりの戦舞。常人では目で追うこともできない。

稲妻《いなずま》が閃《ひらめ》いたあとには、刺客の断末魔があがる。

公園内は大混乱となる。一般人たちが悲鳴をあげて逃げ惑い、その人間のうねりのただなかに飛び込んだイグナシオとハチドリが、器用に刺客を嗅《か》ぎ分けてその命脈《めいみゃく》を断ち切っていく。

けたたましい音響の狭間《はざま》を縫《ぬ》って――かちり。

ミオの耳の端に、撃鉄《げきてつ》を起こす響きが届く。

咄嗟《とっさ》に、背後を振り返る。

ハチドリとイグナシオが戦っているのとは別方向から、刺客の悪意が赤く染まって見える。

「ニナさまっ!!」

思考する暇はなかった。

ただこれまで積み重ねてきたハチドリとの訓練の成果が、ミオの行動となった。

両手を広げ、真っ赤《か》な悪意とニナとの間に、我が身を差し出す。

「ミオさんっっ!!」

ニナの悲鳴を耳元で聞いた次の瞬間——。


焼けた槍《やり》のようなものが、ミオの身体《からだ》に突き立った。


熱い、と思った。

反った身体から、鮮血《せんけつ》が散った。

背後から、ニナの手が差し出されたのがわかった。

——ニナさま、ダメ。

ミオはかろうじて身体を反転させて、ニナを正面から抱き留めた。

「ニナさま」

わたしの身体《からだ》を盾《たて》にするから。

「動いちゃダメです」

あなたはこんなところで死なないで。

「いつか、セシルに会ってください」

その優しさで、世界を変えて。

「ミオっ!!」

ニナの涙声が爆《は》ぜた、次瞬――。

二本目の焼けた槍《やり》が、今度はミオの背中に突き立った。

血潮が、夜空へ舞い上がる。

再び、ミオの身体はバネ仕掛け人形のように反り返る。

体内から迸《ほとばし》ったものが、ミオの真っ白なハーフコートを血の色に濡《ぬ》らす。

「おおおおっ!!」

薄れゆく意識のなか、ハチドリの咆吼《ほうこう》が、わずかにミオの鼓膜《こまく》を撫《な》でた。

椅子《いす》の短刀を引き抜くと、悪意にむかって投擲《とうてき》。

なにものかの悲鳴。命を仕留められた音。

「ニナを守れっ!!」

ハチドリが、イグナシオに叫ぶ。

地を擦《こす》る音。豹《ひょう》のごとく目の前に現れたイグナシオが、ミオの身体《からだ》を抱き留めた。

凍った路面に滴《したた》る血を確認し、唇《くちびる》を噛《か》む。

「追うなっ!!」

代わって刺客《しかく》を追おうとするハチドリに叫び、ミオのコートを剝《は》ぎ取った。

「止血しろ、いかん、急ぐんだっ!!」

「ミオ、ミオっ!!」

泣きながらすがりついてくるニナの表情が、かすもうとするミオの視界に映った。どうやら刺客に急襲《きゅうしゅう》されたらしいこと、ニナが無事だったこと、自分が深手《ふかで》を負ったことをなんとか理解した。

「しっかりしろ、ミオ、死ぬな!! おい、ブランデーと包帯を急げ!!」

イグナシオの怒声につづいて、ハチドリがミオの視界に映り込む。

「ミオっ、ちくしょう、なにしてる、さっさと止血して車を呼べっ!!」

ふたつの傷口から、血がとめどなく流れ出ているのがわかった。どうやら槍《やり》でなく拳銃《けんじゅう》で撃たれたらしいことが、なんとなく理解できる。ハチドリにミオを託し、イグナシオが包帯を調達に走る。

不思議なことに、死の恐怖はあまりなかった。

これで終わりなのかな、とかすかに思った。

ハチドリの胸に抱かれて、仰向《あおむ》けの体勢で星空を見上げていた。流れ出る血がコートに染みて、袖口《そでぐち》からぽたぽた、地面に落ちていた。

寒い。いきなり世界が雪原に変わったかのように、身体がどんどん冷えていく。

薄れていく星の幔幕《まんまく》に、清顕《きよあき》の顔が映し出された。

ああ、これってもしかして走馬燈《そうまとう》というやつか。

最後に見る顔は、やっぱりあんたなんだね、清顕。

わたし、あんたのこと全然忘れてないみたい。

バカだね。裏切り者のくせに。

子どものころの約束を、まだ大事にもってる。

『あたし、清顕のお嫁さん!!』

菜の花のティアラをかぶって笑ってる、十二歳のわたしがあんたと一緒にいるよ。

夢だったな。あんたのお嫁さんになるの。

「会いたかった」

涙がぽろりと、ミオのまなじりを伝った。

「もう一回、会いたかったよ清顕」

最後になんとか、そんな言葉を紡《つむ》いだ。

薄れゆく視界に、男の子の顔が映り込んだ。なんだか泣いているみたいに、一生懸命《いっしょうけんめい》で必死な表情。清顕《きよあき》だと思ったが、違う。

このひとは……。

「ミオっ、諦《あきら》めるなっ、この程度で死ぬような鍛《きた》え方はしていないっ!!」

ハチドリが見たこともないほど顔を歪《ゆが》めて、ミオの手を強く握る。

このひと、こんな顔できるんだ。

それにわたしのこと、本気で心配してる。

へー。意外な素顔。

「服を切れ、ブランデーを傷口にかけろ、ぐずぐずするなさっさとやれ、ミオを殺すな!!」

イグナシオまでこめかみに血管を浮かべて、周囲の兵たちを怒鳴りつけている。それからミオの顔を間近から覗《のぞ》き込み、おのれの命を注ごうとするような言葉を叩《たた》きつける。

「傷は浅いぞ、意識を保て。いいか、絶対に諦めるな。生きろ。生きるんだ。こんなところで死ぬのは許さん!!」

このひと、こんな必死な顔で、こんな親切なこと言えるんだ。いつも仏頂面《ぶっちょうづら》で黙ってるくせに。男って、死にゆく女に弱いのかな。

全身が氷像になってしまったかのように寒くてたまらないのに、ハチドリとイグナシオの意外な素顔が面白くて、ミオは思わず笑ってしまった。

「がんばってみるよ」

青ざめた唇《くちびる》から減らず口を叩き、ミオの意識は深い闇《やみ》の底へと落ちていった——。

†　†　†

柔らかい風が髪をさらう。

緑の原に、黄色い花弁、真っ青《さお》な空と、純白の入道雲。

菜の花の海だ。

若い草の香りをいっぱいに孕《はら》んだ夏の風が吹き抜けて、黄色い海原が音も立てずそよぐ。

見上げると、水彩みたいな青空から、浮き出たように白い鳥が飛んでいた。

「フィオ」

十二歳のわたしは鳥の名を呼んで、翼の下を息を切らし駆《か》ける。

懐《なつ》かしい、メスス島の菜の花畑。

なぜこんなに一生懸命《いっしょうけんめい》走っているのか、その理由は知っている。

運命のひとを、フィオが見つけてくれるはずだから。

ほら、翼が一直線に空を駆け下りて——。

少年の麦わら帽子に留まった。

わたしは少年が誰なのかも知っている。笑顔《えがお》をたたえ、両手を前に伸ばし、思い切り少年に飛びつく。

「清顕《きよあき》」

彼の首のうしろに両手を回し、頰《ほお》ずりするようにして、名前を呼んだ。

「ミオ」

清顕もわたしの名を呼び、菜の花のティアラを頭にかぶせる。

わたしは笑顔で、宣言する。

「あたし、清顕のお嫁さん！」

そして右手の中指から銀の指輪を抜いて、清顕の左手の薬指に嵌《は》め込む。

永遠の愛を誓う、儀式。

わたしたちは、ずっと一緒だ。

死ぬまでずっと一緒に生きていくんだ。

そのはずなのに。

「きみのお父さんが、ウラノスを手引きした」

抱きしめた清顕が、そう告げた。気がつけば菜の花畑は燃え上がり、空をウラノスの戦闘機が飛んでいた。

「ぼくの家族は、きみに殺されたんだ」

気がつくと、わたしの足下《あしもと》に亡骸《なきがら》がみっつ転がっていた。変わり果てた清顕のお父さんとお母さん、それにお姉さんだった。

清顕は憎しみの目をわたしにむけて、薬指から指輪を引き抜くと、炎のなかへ投げ捨てた。

火焔《かえん》の幔幕《まんまく》が翻《ひるがえ》り、清顕に覆《おお》いかぶさって、また視界がひらけたとき、わたしたちは十八歳になっていた。

燃え上がるエアハント島だった。ウラノス飛空要塞《ようさい》から飛び立った爆撃機《ばくげき》が、わたしたちの母校と住み慣れた街を焼き払っていく。

「この空襲《くうしゅう》も、きみが手引きした」

清顕は冷たくそう告げた。

「メスス島とエアハント島。ぼくの故郷と第二の故郷。どっちもきみが焼き払った」

わたしは頷《うなず》く。

「そうだよ。わたし、スパイ。あんたを騙《だま》すの、最高に面白かった」

枯れ果てた菜の花のティアラをかぶり、わたしは泣きながら、清顕をあざ笑った。

まなじりから一滴、涙がこぼれて目をあけた。

視界一面、茜《あかね》色だった。

まばたきを一度して、ミオは自分がベッドに仰向《あおむ》けに寝て、夕日の色に染まった天井を見上げていることに気づいた。

上体を起こそうとした途端、激痛が走った。右の肩口から腰にかけて包帯が巻いてあり、右肩のうしろと、左の脇腹《わきばら》に重い痛みがある。

「んっ……」

顔をしかめ、左手でベッドの手すりをつかみ、気合いを入れ直してなんとか上体を起こした。

病室を見回してみて、驚く。

ベッドの傍《かたわ》ら、小さなパイプ椅子《いす》に腰かけたニナが、となりの小さな丸テーブルに突っ伏して眠っていた。

「ニ、ニナさま……?」

授業中に居眠りする学生みたいに、枕《まくら》にした両腕に顔を埋め、健やかな寝息を立てている。とても女王ともあろう方が眠る体勢ではない。しかもなぜミオのベッドの隣に張りついているのか、意味がわからない。

記憶をたどってみて、感謝祭の途中で刺客《しかく》に襲《おそ》われ、ニナをかばって負傷したことを思い出した。肩と脇腹の痛みは、銃《じゅう》で撃たれたからだ。意識を失ってここに担《かつ》ぎ込まれ、そして……ニナはきっと、ずっとミオに付きっきりだったのだろう。日ごろの激務でくたくたのはずなのに、こんな学生みたいな格好で眠ってしまうまで、看病してくれていたのだ。

「ニナさま……」

思わずこぼれた言葉が、野葡萄色《のぶどう》の瞳《ひとみ》をぱちりとあけた。

「あ……ミオさん……？」

ニナはゆっくりと腕枕から顔をあげると、微笑《ほほえ》んだ。

「よかったぁ……。大丈夫ですか？　痛みがあります？」

心配そうに、ミオの表情を覗《のぞ》きこんでくる。

「あ、はい……おかげさまで……生きてるっぽいです」

そう答えると、ニナの深い安堵《あんど》が表情から伝わってきた。

「そのようですね。……生きていてくださって。うれしいです」

「あ、はは……。わたし、結構しぶとくって。死にかけたの、これで二度目です」

エリアドール飛空艇での敵中翔破《しょうは》で負傷した、内腿《うちもも》の古傷と、今回の銃創《じゅうそう》。ミオの身体《からだ》は傷だらけだった。

ニナは何度も頷《うなず》いて、目元を指先でぬぐった。

「ありがとう、ミオさん。わたしのせいで危険な目に遭《あ》わせてしまって……なんとお詫《わ》びしたらよいか」

「な、なに言ってるんですか。ニナさまのせいじゃないです、刺客を送ったひとが悪いんです。詫びることなんてなにも」

「ですが……わたしが誘わなければ……」

「そうそう、刺客《しかく》を送ったひとは誰なんです？　懲《こ》らしめないと」

自責するニナを見ていられなくて、ミオは無理やり話題を変えた。ニナはなにごとか言いかけた言葉を呑《の》み込んで、首を左右に振る。

「わかりません。現在、捕らえたひとりを尋問《じんもん》していますが、かなり訓練された暗殺者らしく……現在、背後関係を捜査中です。当日のわたしの行動も、あまりに注意を欠いていました。だから……」

また詫《わ》びようとするニナを押しとどめて、ミオは慌《あわ》てて言葉を重ねる。

「そーですかー。変なひとっているんですねー。それよりニナさま、わたしは大丈夫ですから、もう休んでください。なんだか申し訳なさすぎて……」

一介《いっかい》の召し使いを付きっきりで看病する女王など、聞いたこともない。ニナの説明では犯行は二日前、ということだが、もしかしてずっとここにいたのだろうか。きっとこのひとの性格からして、二日間ずっと自分を責めていたことだろう。

ニナは眉間《みけん》に皺《しわ》を寄せて、唇《くちびる》を噛《か》みしめ、なにか言いたそうにミオをじっと見つめる。

まるきり出来の悪い生徒が、先生に怒られないようにびくびくしながら見上げる表情。

「そんな顔する必要ないですから……。いいんです、わたし、ニナさまのお役に立てただけでうれしいですし」

やや呆《あき》れながら、ミオは言葉を重ねる。どこまでいいひとなんだろう、このひと。まいったな。このひとのこと、どんどん好きになっちゃう。

──まるで、友達みたい。

そんなだいそれたことを考えてしまって、ミオはくすりと笑った。

「……どうしました？」

ニナが怪訝《けげん》そうに、小首を傾《かし》げる。ミオは笑いながら首を左右に振って、ごまかす。

「なんでもないです。ちょっと……しょうもないこと思い出しちゃって」

「……どのような？」

「ええっと……。イグナシオと、ハチドリが。わたしが倒れたとき、ふたりでおでこぶつかるくらいこっちを覗《のぞ》き込んで……。『死ぬな！』とか『生きろ！』とか。似合わない台詞《せりふ》、一生懸命《いっしょうけんめい》叫んでて……」

くすくす笑いながら、ミオは話した。

「意外だなー、って。ふたりとも、普段は全然わたしなんか相手にしてないくせに、すっごい必死な顔で……。本当は、いいひとたちなんですよね」

冗談めかしてそう言うと、ずっと硬かったニナの表情がようやくほぐれた。

「ミオさんを病院へ運ぶ車のなかでもすごかったですよ。止血だとか解毒《げどく》だとか包帯だとか、ふたりでずっと怒鳴り散らしてて……。ハチドリさんが輸血してくれたんです。血液型、同じだとおっしゃって」

　ミオの胸の奥が、きゅんと締まった。

　ハチドリの血をもらうのは、これが二度目だ。エリアドール飛空艇の夜間着水直後、出血多量で意識不明だったミオに輸血してくれたのが彼だ。ミオの血液型も、ハチドリが病院のひとに伝えてくれたのだろう。なんだかんだで、彼に命を何度も救われている。

　左手を胸の前に当てた。自分の鼓動《こどう》が、手のひらから伝ってくる。この鼓動のうちに、ハチドリの血も一緒にあるのだと思うと、なぜかひどく温かかった。

「そうですか……。みんないいひとですね」

「……はい。本当に……わたしはまわりのひとに、恵まれています」

　ニナもしみじみと頷《うなず》く。

　それからしばらくうつむいて、ニナはなにごとか考えはじめた。

　何度も言い出そうとして、結局言い出せなかったことを、ためらいにためらいを重ねたうえで思い切って、ニナはミオに告げることにした。

「あのね、ミオさん。お願いがあるんです」

　ニナは真っ赤《か》な顔を上げて、ミオに向きなおった。語調がいつもよりさらに、ぎこちない。

「……はい？」

「聞いてくれますか？」

「え、ええ。もちろん」

ニナはさらに頬《ほお》を真っ赤にし、不器用そうに唇《くちびる》をわななかせて、

「……断《ことわ》らないと、約束してください」

「え？」

「そうしたら、お願いします」

意外とわがままだなこのひと、と思いながらも、ミオは頷く。

「……わかりました。断りません」

「……絶対に？」

「はい。ニナさまのお願いですもの。そこの窓から飛び降りろとおっしゃるなら飛び降ります」

「……そんなこと言うわけないじゃないですか……。あの……。あのですね」

「はい」

ニナは顔中を真っ赤にして、両手を胸の前で組み、お願いした。

「わたし、あなたとお友達になりたいの」

静かな病室に、ニナの言葉だけ響いた。

「……その……同い年だし……。きっと、わかりあえることも多いし……。女王とかそういうの忘れて、あなたともっと、対等の立場でお話ししたい。いろいろつまらないことでも。大事なことでも」

気恥ずかしそうにもごもごしながら、不器用そうな言葉を並べるニナに、ミオは微笑《ほほえ》みを返した。

——偶然ね、わたしもあなたと友達になりたいと思ってたの。

うれしくて、たまらない。

このひとと友達になれることに、これからの人生が交差することに、わくわくする。

「わたしでよければ、喜んで」

そう答えると、ニナの顔がぱあっと、喜びに輝《かがや》いた。

それから、はにかんで、目線を照れたように横へ流す。

「……クレア。……クレア・クルス。わたしの本当の名前」

ミオは笑顔《えがお》で、新しい友達の本名を呟《つぶや》いてみる。

「クレア。いい名前だね。……クレア」

思い切って名前で呼んでみると、クレアもうれしそうに、ミオに二度、頷《うなず》きかけた。女王ニナ・ヴィエントよりも、その名前のほうが目の前の少女にしっくりくる。

クレアは無垢《むく》な笑顔で、パイプ椅子《いす》をベッドに近づけると、前のめりになって話しかけてくる。

「友達だから、ミオのこといっぱい聞いていいよね。ここに来るまでのこととか。どんな友達に会ったのか、とか。エリアドールの七人、って素敵なひとたち？　どういう経緯でそう呼ばれるようになったの？　とか」

「うん。いいよ。わたしもクレアのこともっと知りたい。どうして女王になったの？　イグナとはどうやって知り合ったの？　あと、カルって誰？」

ラミア離宮でカイ・アンドロス方面艦隊の威容を見上げながら、イグナシオとクレアが呟いていた「カル」。きっとクレアと深い関係があるのだろうと、ずっと気になっていた。

その名前を聞いて、クレアの頰《ほお》がもっと真っ赤《か》になった。

「カルのこと？　……えへへへ。……てへへへ」

珍しく、クレアがあからさまに照れている。

「わ、なにその顔。デレデレしてる！　クレアがデレデレしてる！」

つづきを催促すると、クレアは大照れで両手を顔の前で振って、

「ごめん、それ、最後にして！　最後に言うから、ミオのこと先に……」

「えー──。そこで照れるかなー。気になるなー。どんなひと？　かっこいい？　頭いい？」

「あー……。ええっとね、あの……」

もごもごしながらあちこちに目線を泳がせつつクレアは悩んで、それからひとりで「きゃあ」と小娘みたいに黄色い悲鳴をあげて、手で顔を覆《おお》った。

「すごく、優しい……」

手で顔を隠したまま、その言葉だけ絞り出す。反応がいちいちういういしくて、ミオは楽し

くてたまらない。

「ごちそうさまー。おなかいっぱ――い」

「ミオこそ！　清顗《きよあき》って誰!?」

突然、清顗の名前がクレアの口から出て、ミオは思わずのけぞる。

「な、なんでその名前を……」

「ミオ、ずっとうなされながら、何度も何度も清顗って呼んでた。それってやっぱり……そういうことなの？」

どうやらここで昏睡《こんすい》している間、清顗の名前を連呼したらしい。恥ずかしくて死にそうになりながら、ミオは慌《あわ》ててごまかす。

「あ――……。ええっと……わたしの場合は、クレアの場合と全然違って……。その……だいぶ気が滅入《めい》る話で……知っても得がないっていうかなんていうか」

「ずるい！　わたしの話は聞いたくせに！　ねえどんなひと？　優しい？　それともかっこいい？」

「あ――……。いや、すっごいバカで……ヘタレで……普段はなよなよしてるけど、いきなりキレて……優柔不断《ゆうじゅうふだん》で浮気性」

「あ、カルもそういうとこある！　何回か、なにもないところでつまずいて押し倒されたことあるし……。写真ないの？　もしかしたら似てるかも！」

清顕とカルが聞いたらひとしきり落ち込むであろう評価をくだし、クレアはますます前のめりになって清顕のことを知りたがる。

「ちょちょちょちょっと待ってクレア！　段階踏もうよ、いきなり最深部にいっちゃってるから！　うん、最初のほうから丁寧《ていねい》に知り合おう！」

ほとんど悲鳴じみた要望を送ると、クレアも荒い息を収め、目をぱちくりしばたたきながら胸の前でかわいらしく両手を握り込む。

「だってミオがいきなりカルのこと聞くから……。でもそうだねうん、最初からいこう。どこが最初だかよくわかんないけど……」

「イスラってどんなところだった？　楽しかったこととかあるでしょう？　どんな友達がいて、どんなふうに旅してた？　わたし、イスラの話が聞きたい！」

昔、イグナシオからここに来るまでの事情を聞いたときから、イスラの旅について知りたいと思った。クレア自身が変わるきっかけになった空の冒険とは、どんなものだったのだろう。

イスラという名前を聞いて、クレアは懐《なつ》かしそうに、遠くを見る目になった。口元に微笑《ほほえ》みをたたえて、過ぎ去った日々を振り返る。

「うん。イスラの話、しよう。もう五年半も前になるかな。……そう。あの空飛ぶ島で、みんなと出会ったの……」

イスラの話からはじまって、ふたりでこれまでのことをたくさん話した。クレアは時折、ミオの体調を気遣ったが、ミオは全然話し足りなくて、自分の家族のことや友達のことをクレアに伝えた。日がいつのまにか落ちて、夜になり、病室で夕食を共にとりながら尽きない話をつづけた。

夜更けごろ、クレアはカルエルのことを話し、ミオも清顕《きよあき》のことを話した。ふたりはお互いのすべてを理解して、少し涙目になりながら、いつのまにか抱擁《ほうよう》を交わしていた。

『何年かかるかわからないけど!! 空の果てを見つけて! みんな無事に家に戻って! この旅が全部終わったら!』

クレアとの別れ際、当時十五歳だったカルエルが放ったという言葉が、ミオの耳にも聞こえてくる。

『ぼくはここに戻ってくるから!!』

『きみを奪い返しに、必ず行くから!!』

きっと、きっと……大地に両脚を踏ん張って、ありったけの真心を込めてカルエルがクレアに叫んだ言葉だろう。

『待ってる!!』

そうカルエルに返事をし、クレアはいまも、その言葉を大切に抱きかかえて生きている。

どんなに辛《つら》くても、どんなに遠く離れても、五年半もの年月が経《た》っても、クレアはカルエルを疑わない。必ずカルエルがいつか自分を奪い返しにくるのだと信じている。

そしてカルエルは約束を守り、大艦隊を率《ひき》いて故郷を出発した。

そんな優しいカルエルとまた会うために、クレアは女王になったのだ。

ミオは大好きなクレアへ、言葉を絞り出した。

「カル、きっと来るよ、クレアを奪い返しに」

「清顗くんとも、また会えるよ。わたし、わかる。絶対、ミオに会いにここに来るよ」

目の下に溜《た》まった水滴を相手の髪でぬぐいながら、互いの身体《からだ》にすがりつくようにして、見えない未来に希望を灯《とも》した。クレアの体温と優しさを感じながら、このひとと友達になれてよかったと、ミオは思った。


病院の壁に背をもたせかけて、ハチドリはひとり、屋外周辺の状況と室内の様子に神経をそばだてていた。

すでに夜はとっぷりと更けて、頭上には星空がまたたいているというのに、ニナとミオのおしゃべりはやむ気配もない。女の無駄話というやつはなにゆえこれほど長いのか、と心中で嘆《たん》息《そく》しながらハチドリは、会話のすべての内容を聞いていた。

室内と、ハチドリのいる屋外はもちろん分厚い壁に阻《はば》まれているが、背中を壁につけていれば微妙な震動を通して会話を聞くことが可能だ。一月の冷たい夜気に晒《さら》されながら刺客《しかく》を警戒する退屈しのぎ……とおのれへ言い訳をしつつ、若干、ふたりの会話内容に興味がないこともなかった。

――くだらないママゴトだ……。

聞いていて辟易《へきえき》するような甘っちょろい内容を壁に押しつけた背中で受け止め、ニナ・ヴィエントがプレアデスへ来ることになった本当の顚末《てんまつ》を知った。そして第二次イスラ艦隊がニナを救うために本国を出港し、プレアデスを目指していることも。

――どいつもこいつも、愚《おろ》か者ばかりだ。

心中で悪態をつく。うわついた動機で艦隊を組織していい気になってここを目指すのはそのカルエルとかいうバカの勝手だが、どう考えても全滅《ぜんめつ》するのがオチだ。

数年前のウラノスと現在とでは、軍備の規模が違う。ウラノスは国家戦略として、航空技術が天地領有に必要な段階に達するまでは最低限の軍備でやりくりする方針を持っていた。いまから四年前、参謀《さんぼう》総長アキレウスが先王オルテガに「ときは来たれり」と上奏《じょうそう》を行《おこな》った結果、溜《た》めに溜めた金と資材を一気に解き放って新艦隊、新飛空機、各種新型兵器の製造ラインが動きはじめ、現在ようやくそれらの新兵器群が実戦に投入されているところだ。ひと昔前のウラノスであればイスラ艦隊の規模だと対処が難しかったかもしれないが、現在のウラノスから見たなら驚き慌《あわ》てる規模ではない。充分にこちらの勢力圏に引きずり込んでぶちのめせば、一艦残らず鉄屑《てつくず》に変えることが可能だ。

――死にくるのと同じだ。馬鹿馬鹿《ばか》しい。

室内の女同士の浮かれた話に悪罵《あくば》を重ねつつ、しかし壁から背中を離すこともせずにハチドリは腕組みしたまま中庭を睨《にら》みつける。いまごろ病院の屋上ではイグナシオも寒さに震えながら周辺を警戒していることだろう。

寒い。ミオに血を与えたためか、不覚にも夜気が骨身に沁《し》みる。口元から白い息を吐き出して、星を見上げた。

なぜかそのとき、ミオの言葉が思い出された。

『会いたかった』

『もう一回、会いたかったよ清顕《きよあき》』

背中を撃たれ、意識が混濁《こんだく》したなか、ハチドリの腕のなかでミオはそう言って一筋、涙をこぼした。二日前のその場面が、なぜだかずっと繰り返し、ハチドリの視界に重なってくる。そしてそのたびに夜気が骨身に沁みる。

寒い。

いや……違う。

腹の底に、なにか妙なわだかまりがある。

その正体は見えない。きっと輸血による変調だろうと自分へ言い聞かせ、体内を凍えさせる不可思議《ふかしぎ》な冷気を振り払う。

だが……腕に抱きとめたミオの身体《からだ》の感覚と、彼女が呟《つぶや》いた清顕《きよあき》の名前が、頭蓋《ずがい》にこびりついて消えてくれない。

——まだ、忘れられないのか。

——もう二度と会えないというのに。

愚痴《ぐち》にも似たそんな思考のささやきさえ聞こえてくる。おのれがなにを考えているのか、わけがわからない。

と、そのとき。不意に傍《かたわ》らの窓ガラスがひらき、なかからニナ・ヴィエントが顔を出した。

「ハチドリさん？　いらっしゃいます？」

とっさにハチドリは地に膝《ひざ》をつけ、右の拳《こぶし》を地に当てて、頭を垂《た》れる。

「はっ」

「冷えますでしょう？　スープ、よかったらどうぞ」

ハチドリが目線を上げると、ニナが窓枠から身を乗り出すようにして、湯気の立つコップを差しだしてくる。

どうしたものだか、ためらう。一介《いっかい》の護衛に差し入れをする女王など聞いたこともない。地に膝をつけたまま逡巡《しゅんじゅん》していると、室内からミオの声が届いた。

「輸血ありがとー。それ一応、わたしからお礼だからー。受け取ってー」

呑気《のんき》そうにそんなことを言ってくる。貴様《きさま》は女王を使い走りにしているのか、と罵声《ばせい》を浴びせそうになるがかろうじてこらえた。ニナはコップを差しだしたまま動かない。狙撃手《そげきしゅ》がいたなら一撃でおだぶつだ。仕方なくハチドリは立ち上がり、両手でコップを受け取った。

温かい。

「ご苦労さまです。おかげさまでミオも元気になりました」

「……恐縮です」

コップを片手に持って突っ立ち、不器用に礼を述べると、ニナは微笑《ほほえ》んで室内に顔を引っ込めた。ひとり佇《たたず》み、コップの中身を眺める。湯気の立つオニオンスープだ。

――どこまでお人好《よ》しなのだ……。

呆《あき》れながら、ひとくち飲んだ。温かさが腹の底へ沁《し》みる。不覚にも、ほっとする。

――こんなママゴトに付き合わされて……迷惑な話だ。

ひといきにスープを飲み干し、窓枠にコップを置いて、再び警備に戻る。

――ミオがどうなろうが知ったことではない。

――任務だから仕方なく、連中と付き合っているのだ。それ以上でも以下でもない。

おのれへ繰り返しそう言い聞かせながら、ハチドリは身体の中心から広がっていくスープの温かさを感じていた。繰り返し浮かんでくる二日前のミオの表情と言葉に言いしれぬやるせなさを感じ、温かなスープの余韻《よいん》を心の奥底にしまいこみながら、ひとりでじっと星の光を見上げていた。

八

帝紀一三五〇年十月、ウンロン山脈を越えた飛空要塞《ようさい》「レオン」と「ジゴス」から降り立った機械化師団がククアナ・ラインの側背《そくはい》を襲《おそ》い、帝国の誇る絶対防衛線を軍靴《ぐんか》の底で徹底的に踏みつけてから、帝紀五一年六月までの八か月間を、セントヴォルト帝国史においては「空白の八か月間」と呼ぶ。

完膚《かんぷ》なきまでに蹂躙《じゅうりん》されたため、この八か月間に関して信用に値する戦闘記録が残っていないのである。侵略者たちは戦闘の記録を好きに改竄《かいざん》するし、敗北者は自《みずか》らに不利な記録は焼却して退却するため、残っているのはハルモンディア皇国軍が一方的に臆病者《おくびょうもの》の帝国軍を追い立てる華々しい戦闘記録ばかり。確かにククアナ・ライン崩壊《ほうかい》以降、帝国軍は退却に退却を重ねるだけだったからあながち間違ってはいないが、しかし皇国軍の進撃に伴う略奪や残虐《ざんぎゃく》行為に関して全容を知ることはできない。相当な破壊があったことだけは確かだが、その詳細については罹災者《りさいしゃ》の証言に拠《よ》るしかなく、辛《つら》い記憶に蓋《ふた》をしてしまったものも多い。

街は焼かれ、抵抗するものは殺され、皇国の支配地域に取り残された人々は持ち物をすべて奪われ、人格を踏みにじられた。ひとつの都市を落とすごとに皇国軍兵士にはいわゆる「勝者の特権」として四日間の略奪が許可され、破壊の期間中、帝国側のあらゆる記録は皇国にとって都合がいいよう好き勝手に改竄または抹消《まっしょう》されて、空白の時間が増えていった。

なかでも五一年四月七日、帝都セルファウストが陥落《かんらく》した際の略奪と破壊は言語に絶するものであったという。生き残った罹災者の語る「勝者の特権」が行使《こうし》されるさまは地獄絵図《えず》そのものであり、セントヴォルト帝国建国以来最大の屈辱《くつじょく》として後世に伝えられることとなる。

皇国軍兵士はすべての民家に土足で入り込み、我が家に隠れていた男は老いも若きも幼《おさな》きも一様に殺し、それ以外は嬲《なぶ》って、略奪した金品をポケットいっぱいに詰めこんだのち、次の家の玄関を破壊した。その様子を証言できた生き残りはまだ幸いであり、ほとんどは証言さえできぬまま嬲り殺しにされた。

セントヴォルト帝国本土はこの八か月間で焦土《しょうど》と化した。

ハイデラバード連合共同体に勝利し、秋津《あきつ》連邦を崩壊へと追い込んで、ついに建国以来の悲願であった多島海制覇《せいは》を成し遂げようとした矢先に、いきなり背後から皇国に一刀両断《いっとうりょうだん》に斬《き》り捨てられ、一瞬にして国家存亡《そんぼう》の危機に立たされた格好である。帝都セルファウストが陥落して以降、もはやミッテラント大陸において皇国軍に太刀《たち》打ちする手段はなく、政府と主要省庁、作戦司令本部はエアハント島に据《す》え置かれた。つまり帝国本土を捨てて、多島海の島嶼《とうしょ》へと逃げ延び、ハイデラバード群島と秋津大陸に散らばる残存兵力を結集し、エアハント島を暫《ざん》定《てい》首都として反抗の態勢を整える腹である。

まだ終わりではない。

首都が落ちたとはいえ、無敵の帝国軍多島海艦隊は無事であるのだ。

多島海戦線において連戦連勝を重ね、練度も最高に高まった無敵艦隊が無傷である限り、白旗をあげるのは早い。ミッテラント大陸での地上戦では怒濤《どとう》の電撃戦に対処できず後手後手《ごて》を踏んだが、多島海へ戦線が移動したなら今度は空と海での戦いとなる。ハイデラバード連合共同体と秋津《あきつ》連邦を相手に場数を踏んだ帝国海空軍の猛者《もさ》たちが、皇国海空軍──その中身はウラノスだ──を鎧袖一触《がいしゅういっしょく》に蹴散《けち》らすだろう。そのためにいま帝国作戦司令本部がやるべきは、混乱の極みにある軍をもう一度立て直し、必要な場所に必要な兵力を再配置することである。皇国がミッテラント大陸で屍体《したい》をついばんでいる間に可及《かきゅう》的速やかにミッテラント戦線を整え、残ったすべての力を結集して一撃を浴びせない限り、帝国はここで滅《ほろ》びる。

悲壮な覚悟のセントヴォルト帝国作戦司令本部にとって、再興したばかりのシルヴァニア王家の存在はわずかな希望の明かりだった。

ハイデラバード群島をまとめあげ、帝国に協力させるために、エリザベート・シルヴァニアはうってつけの人材だ。なにしろ「エリアドールの七人」であるため帝国に好意的だし、群島住民からの人気も絶大なものがある。再興の際の即興演説は政治にとっては迷惑なものだったが、戦いに疲れた一般大衆にはその夢見がちな内容が大いに受け、さらにかわいらしい容姿《ようし》も相まって、かつてハイデラバードに君臨《くんりん》したオルグ党党首ディジー・オズボーンの最盛期をしのぐほどの人気だという。

群島において、帝国は恨みを買っている。第二次多島海戦争の際に、各島嶼《とうしょ》を攻略して上陸するたび、島民たちは敵に回った。上陸前にいやというほど艦砲射撃《かんぽうしゃげき》を撃ち込み、空襲《くうしゅう》の際に住民居住区も無差別に爆撃《ばくげき》にすることがひんしゅくを買ったのだ。勝っているときは島民感情などさほど気に留めなくてもよかったが、こうして本土を蹂躙《じゅうりん》されて多島海に逃げ延びたいま、群島が保有する兵力も帝国軍に協力してウラノスに対抗してほしい。ハイデラバード群島に住まう八千五百万人の市民たちを団結させ、資源と食料と若者の血を対ウラノス戦線に差し出させるために、女王エリザベートは必要不可欠の存在だ。

では、政府も軍も混乱の極みにあるいま、できるだけ簡単かつ確実にエリザベートを帝国の手のひらに載せるには、どうしたらよいか。

「わたしがシルヴァニア王国軍事顧問となることです」

五一年四月。ウンロン山脈越えを見破ったことでまた一階級出世したバルタザール・グリム中佐の進言に、憔悴《しょうすい》の極みにあるラファエル参謀《さんぼう》総長は片方の眉《まゆ》を上げた。

「ご存じのとおり、わたしと女王エリザベートは学生時代以来、旧知の仲。意思疎通《そつう》に問題はありません。ハイデラバード方面に駐留する我が軍を速やかに撤退《てったい》させ、かつ、群島が保有する兵力をまとめあげて対ウラノス戦線に投入できたならば、味方の士気も高まるでしょう。わたしにしかできない仕事であるかと」

進言の十日後、バルタザールはサントス島シエラグリード行きの大型爆撃機の窓から多島海を見下ろしていた。

「お前専属の機長として認められてしまったようだなあ。まあお互い天才だから上司の信頼が厚いのも仕方あるまい。敵将アキレウスの頭蓋《ずがい》を読み切った英雄同士、帝国の命運《めいうん》はおれたちにかかっている。張り切っていくぞ！」

ウンロン山脈越えの作戦を読み切って英雄視されたのはおれであり、お前は操縦していただけだ。そういう言葉を呑《の》み込み、バルタザールはオバンドー・エズモ少尉《しょうい》の新たな愛機と共に大瀑布《だいばくふ》を航過して南多島海に降り立ち、久方ぶりのサントス島シエラグリードへと降り立った。

それ以来、二か月。

バルタザールはシルヴァニア王家とセントヴォルト帝国の軍事面における橋渡し役として精力的に仕事をこなした。エリザベートとコレットに同行し、ハイデラバード群島の領主会議に顔を出し、群島に駐屯《ちゆうとん》しているセントヴォルト帝国軍五個師団のうち、四個師団をミッテラント戦線に回さねばならないことを説明し、移動の際の協力を呼びかけた。事実上の撤退《てったい》であるが、その言葉はもちろん使わない。撤退時に群島の国王や領主たちが結託して武力蜂起《ほうき》したなら帝国の被害は甚大《じんだい》である。余計な混乱を起こせばウラノスの思うつぼであり、再びオルグ党統治の暗黒時代に戻る危険があることを重々諭《さと》して、シルヴァニア王家と協力してウラノスに対抗しなければ群島に未来はないと力説した。

帝国軍参謀《さんぼう》将校、という立場としては、ハイデラバード群島はなんとかこのまま帝国統治領として今後も運営したい。多島海に眠る莫大《ばくだい》な石油と鉱物資源を獲得《かくとく》するために、帝国は多大な犠牲《ぎせい》を払って第二次多島海戦争を戦ったのだ。国家存亡《そんぼう》の危機にあるいまだが、投下資本を回収できぬままむざむざこの地を手放すのは惜しすぎる。だから口八丁手八丁《くちはっちょう》で群島の国王たちを手なずけ、戦いが終わったなら駐屯兵を呼び戻し、以前と同じように天然資源の採掘《さいくつ》にいそしみたい。都合のよすぎる理屈であるが、大国の国益というものは必ず弱者の犠牲の上に成り立つものだ。そしてそれを為《な》すために、かつてのハイデラバード群島の盟主、シルヴァニア王家が群島の国王たちを帝国側に引っ張ってくれると大変助かる。

つまりバルタザールにとって、エリザベートの役割とは。

——群島の先頭で鐘や太鼓を打ち鳴らせ。

——おれの指揮棒に従い、歯茎《はぐき》を剥《む》き出しにしてシンバルを叩《たた》くのがお前の役目だ。

ろくでもない考えを抱《いだ》きながら、バルタザールは殊勝顔《しゅしょうがお》を崩すことなく、この二か月間エリザベートと行動を共にしている。

再興して間もないシルヴァニア王家は、陸軍の兵力を義勇兵に頼るしかない。ハイデラバード戦役《せんえき》時代に帝国と戦ったものたちが三千名余り、呼びかけに応じて集まっている。彼らの帝国に対する心情は複雑なものがあるが、王家を滅《ほろ》ぼしたウラノスに対する憎悪《ぞうお》はいまなお深く、エリザベートのためならば……と複雑な心情に蓋《ふた》をして、連日の訓練に取り組んでいる。

しかし頼りになるのはやはり、アクメド率《ひき》いるワルキューレの存在だ。

その戦闘能力の高さから数多《あまた》のスポンサーと提携し、様々の試作機の実戦投入に立ち合ってきた民間航空事業団。所属する飛空士たちは「空の王」アクメドに選ばれて鍛《きた》え上げられた精《せい》鋭《えい》ぞろいであり、世界最強の戦闘機隊との呼び名も伊達《だて》でないことは驚異的な実戦データが裏付けている。

頼もしいのは疑いないが、バルタザールが個人的に気に入らない点がひとつ。

——スポンサーに、ベルナー重工業がいる。

バルタザールがいつか消滅《しょうめつ》させてやろうと目論《もくろ》むベルナー財閥《ざいばつ》の一翼。憎んでも余りある祖父レニオール・ベルナーの息がかかっている、というだけで、ともすればワルキューレにも嫌《けん》悪《お》感を抱《いだ》いてしまう。

——レニオールの世話にはならん。

——あのジジイに吠え面《づら》をかかすためにも、いま借りをつくるわけにはいかんのだ。

これだけバルタザール本人が有名になってしまったいま、おそらくレニオールも、バルタザールが姓と身分を変えてセントヴォルト軍に潜《もぐ》り込んだことには気づいているはず。おれの躍進ぶりを見て、焦《あせ》ってくれれば面白いとは思うが……まだ不可能だ。いまのおれがなにをやったところで、あの祖父の眼中には入っていない。

——まだ足りない。

——前人未到《ぜんじんみとう》の業績をあげねば、おれは「レニオールの孫」でしかない……！

そんな肩書きで歴史に記録されることを、バルタザールは断固として拒む。

――貴様《きさま》が「バルタザールの祖父」として後世に伝えられるのだ、クソジジイ。

――お前の「帝国」は、おれの「帝国」で完膚《かんぷ》なきまでに破壊してやる。

――おれへの仕打ちを後悔しながら、胸をかきむしって泣きながらくたばれ。

その目標にむかって、バルタザールは日夜努力している。人生をかけて築き上げた帝国を破壊され、あの祖父が地団駄《じだんだ》を踏みながらバルタザールへの恨み言を連ねるすがたを想像するだけで、胸がす――っと軽くなり、どんな苦労にも耐えられる。十四歳で家出して、誰の力も借りず自分の力だけでのしあがってきたのも、いつか祖父を超えるためだ。

町の高利貸しにすぎなかったレニオールは、個人の才覚だけでのしあがり、ベルナー財閥という巨大な帝国を築き上げた。祖父にできておれにできないはずがない。その一念だけでバルタザールは、史上最年少の若さでセントヴォルト帝国作戦司令本部の中枢《ちゅうすう》にまで入り込んだのだ。

だから。

――この苦難も、好機に変えてみせる。

――おれの才覚をあまねく世界に告げ知らせる、これ以上ない出世の機会に……！

おのれを励ましながら、バルタザールは今後のワルキューレの運用について頭を悩ます。

――坂上《さかがみ》とイリアがワルキューレにいるわけだが……。

――帝国とハイデラバードの友情を演出するのに使えないだろうか。

お題目は……そうだな。「国境を越えた撃墜王《げきついおう》の絆《きずな》」とでもすればいいか。あいつらは友情ごっこが大好きだし、おれの命令ならば甘んじて受けるだろう。イリアが帝国軍を脱走してワルキューレにいるのは都合が悪いが、うまく内情を改竄《かいざん》すれば「英雄」に仕立て直すことも可能だ。

やりくちは。

帝国軍は群島の窮状《きゅうじょう》を見るに忍びず、イリアへ「ワルキューレの一員として群島のために戦え」と密命をくだした。一時は祖国を離れることをためらったイリアだが、しかし苦しむ群島住人を鑑《かんが》みて、いまはその翼をアクメドに預けてハイデラバードのために戦っている……とでもしておけばよい。帝国市民に対しても言い訳が立つし、群島の人々もイリアへ好印象を抱《いだ》くだろう。

坂上《さかがみ》は本物の脱走将校だから、妙な理屈は必要ない。秋津《あきつ》連邦と帝国は敵対しているし「秋津人に絶望してハイデラバードのために戦っている」とでもしておけば帝国も群島も納得してくれる。祖国の人間からは非国民扱いされて石を投げられるだろうが、そんなものはおれの知ったことではない。帝国と群島が坂上を気に入り「英雄」として認知すればそれでいいのだ。

考えをまとめて、バルタザールは早速、広報官と連絡を取っていまの内容を喧伝《けんでん》するべく手配に入った。本当ならイリアと清顕《きよあき》の意思を確認するべきだろうが、断《ことわ》られると面倒くさいし、あいつらの意思などこの際どうでもいい。要は、帝国と群島が手と手を取り合って仲良くウラノスと戦おうとしていることを世界中に告げ知らせるのが重要なのだ。

というわけで。

「頼むぞ坂上、イリア。貴様《きさま》らの大好きなお友達ごっこの時間だ」

ふたりを英雄に祭り上げる算段を整えて、バルタザールは執務椅子《いす》にふんぞり返り、次の一手へと思索《しさく》を移した。

†　†　†

ワルキューレに入ってから、およそ一年半が経過した。

ヴェステラント大陸で数多《あまた》の空戦場を渡り歩き、アクメドの列機として研鑽《けんさん》を重ね、累計《るいけい》出撃《しゅつげき》回数も百五十回を超えた。坂上清顕はもう押しも押されもせぬベテランであり、空戦技術も以前よりも格段に高まったと自負していたが。

まだまだ足りないものが多すぎることを、ワルキューレ隊員たちと集団模擬《もぎ》空戦を行《おこな》うたびに思い知らされる。

草薙《くさなぎ》航空隊時代に行っていたのと同じく、隊員たちが十二機ずつの紅白チームに分かれ、ペイント弾《だん》を撃ち合って勝敗を決する訓練であるが、参加するのは全員が一騎当千《いっきとうせん》の戦闘機乗りであるため過酷さが半端ではない。ひとりひとりが長年にわたって空戦場で磨き上げてきた必殺の戦技をもっており、無様《ぶざま》な負け方をしたならのちのちまで酒の肴《さかな》にされることもあって、実戦以上に真剣に臨《のぞ》んでくる。この超精鋭《せいえい》集団で頭角《とうかく》を現したなら、その先にある「空の王」の座も夢ではない。

帝紀一三五一年、六月、サントス島シエラグリード——。


はじめて、最後の一機となった。

十一機の味方はすべて、機体に真っ赤《か》な塗料を浴びて空戦場から離脱している。

敵もまた一機のみ。一対一の勝負で集団模擬《もぎ》空戦の勝敗が決する。

『がんばれよ坂上《さかがみ》ー。お前に今日《きょう》の酒代かかってってからなー』

離脱途中の味方が、通信機を通じてひやかしてくる。負けたチーム員が勝ったチーム員に今夜の酒をおごる約束なのだ。

『大将《たいしょう》相手でも遠慮すんな、お前なら運がよけりゃ撃ち墜《お》とせる!!』

眼下、南多島海の真っ青《さお》な海原。

遙《はる》か東方に、世界を引き裂く大瀑布《だいばくふ》。

かつてヴォルテック航空隊と共に幾度も飛んだサントス島の空だ。

南方には高度二千メートルに繋留中《けいりゆうちゆう》の飛空要塞《ようさい》オーディンの島影も視認できる。軍警察に囚《とら》われていたのをバルタザールに助けられ、あの空飛ぶ島の縁からかぐらと共に落下傘《らつかさん》降下したのが約二年前。この懐《なつ》かしい空をいま、新しい仲間たちと飛んでいる。

そして後方を振り返り、これから越えねばならない壁を見据《みす》える。

天翔《あまかけ》る獣《けもの》のごとく「空の王」が追尾してくる。

いまこの空で、幼《おさな》いころから指導を受けたアクメドと一騎討ちができる幸運に感謝し、機体をわずかに滑らせながら反撃の隙《すき》を窺《うかが》う。

アクメドにはこれまで一度も勝ったことがない。

集団模擬空戦も、いつもアクメドの入ったチームが勝つ。なぜなら、最後まで生き残るのは必ずアクメドだからだ。イリアも清顕《きよあき》も、名だたるワルキューレのエースたちも、誰も「空の王」を墜とすことができない。

戦闘能力が隔絶《かくぜつ》している――だけではない。

アクメドが操縦桿《かん》を握るだけで、神がかったなにかが機体に乗り移ったかのように、同じ単座戦闘機「カズヴァーン」に乗っているにもかかわらず次元の異なる空戦機動が描《えが》き出される。

――空にひいきされてる……。

思わずそんな愚痴《ぐち》が清顕の頭蓋《ずがい》に鳴ってしまうほど、雲や風や太陽光の入射角《にゆうしやかく》がアクメドに微笑《ほほえ》みかけているかのような。

もちろん、そんなわけはない。アクメドがうまく気象条件を利用しているのだ。空戦場の敵味方の状況を完全に把握したうえで、風を読み、雲の位置を把握し、機体の耐性からエンジン出力のその日の調子まで考慮して、限界ギリギリの機動を達成している。口にするのは簡単でも実際にやれるかと言われたら絶対にできない。3~7Gもの負荷《ふか》が常にかかるなか、絶えず一斉に大量に変化する「空戦因子《いんし》」を電子演算機のごとく精密に演算し、空中分解直前の最適解を導きつづけることなど凡百《ぼんぴやく》の人間には不可能な業《わざ》だ。

神の御業《みわざ》、といってもおおげさではない。そしてそれができるから、アクメドは「空の王」なのだ。

これまで培《つちか》ってきたあらゆる秘術を尽くして清顕《きよあき》は逃げる。

けれどアクメドはゆっくり確実に相対距離を縮めてくる。

誰もがこうやっていつのまにか必中《ひっちゅう》の距離へ寄せられ、仕留められてきた。アクメドに狙《ねら》われるたび、蜘蛛《くも》の巣に囚《とら》われた獲物《えもの》の気分になる。徐々に距離を詰められて、焦《あせ》ってあがくほどに風が翼から剝《は》げ落ちるかのよう。

だがしかし、今日《きょう》こそ必ずアクメドを仕留めてみせる。

おそらくいまのワルキューレ隊員が全員そろう、最後の集団模擬《もぎ》空戦だろうから。

明日《あした》になれば必ず誰かが欠ける——いや、全滅《ぜんめつ》している可能性も高いから。

——師匠。あなたを超えます。

決意を込めて清顕は、高度二千五百メートルから急降下を開始する。

アクメドも翼で陽光をはじき、間髪容《かんはつい》れずに追尾してくる。

清顕の視界前方に、サントス島の島影がぐんぐん大きくなってくる。

飛行場ではきっといまごろ、隊員が総出でこの一騎討ちを見上げているだろう。

──見ててくれ、イリア。

──きみと何度も特訓した、あの技で仕留める。

地上五百メートルで操縦桿《かん》を引き付けて、やや斜め気味の上昇に入る。

後方を振り返ってアクメドの追尾を確認し、宙返りの頂点付近の空域を見上げて、集中力を研ぎ澄ます。

──あのあたりに、ある。

すでに二百回を超える空戦に参加し、磨き上げられた清顕の「直感」が、伝説のターンを可能にする「事象の境界」を空に見いだす。

──必ずやれる。やるんだ。できなければ死ぬ。

おのれを叱咤《しった》し、機体の構造限界と失速が同時に存在する「空の隙間《すきま》」とでも呼ぶべき空間へと飛び込んでいく。

「カルステン・ターン……!!」

かつてイリアの父カルステンを多島海の「空の王」へと押し上げた伝説の戦技。

このターンを自在に繰り出せるようになったなら、ぼくは次の次元へ移行できる……！

ゼロコンマ一秒の間に、機速、気圧、風速、風切《かざき》りの音、翼に寄った皺目《しわめ》と震動、あらゆる「空戦因子《いんし》」を頭蓋《ずがい》へ叩《たた》き込み、瞬時に最適解を導いて、操縦桿《かん》とフットペダル、スロットルへと入力する。

刹那《せつな》、大気のハンマーが清顕《きよあき》の肉体へ振り下ろされる。

その衝撃《しょうげき》に耐え、血走った目でアクメド機を認識する。

清顕のカズヴァーンは空中に夢幻《むげん》のステップを描《えが》き出す。

海面が頭上へすっ飛んでいき、空が雪崩《なだ》れ落ちる。

横合いからの強烈なGが、清顕の意識を刈り取ろうと死に神の鎌《かま》を薙《な》いでくる。

あらゆる衝撃に耐え、かつ一個の電子演算機と化して、清顕は前方へ目を凝《こ》らす。

機体は空中分解も失速もせず、斜め上方の空をむいている。

――やった……!!

カルステン・ターンを完遂《かんすい》した。

そして銃口《じゅうこう》の先にはアクメド機の脇腹《わきばら》が――。

ない。

「え？」

転瞬、清顕の右の脇腹に、得体《えたい》の知れない冷ややかなものが押し当てられる。

まさか。

気づいて、右斜め後方を見下ろしたと同時に、風防に真っ赤な塗料《か》が付着した。

「……あ……」

塗料越しに、こちらへ機銃《きじゆう》の先をむけるアクメド機を視認した。

意味がわからない。

『赤二番、撃墜《げきつい》。白チームの勝ちだ』

通信機が無慈悲に鳴って、清顕は唇《くちびる》を嚙《か》んだ。

起きた事態の意味を、悟る。

──師匠もカルステン・ターンを打ったんだ。ぼくがターンするのを見越して……。

呆《あき》れて開いた口がふさがらない。アクメドは本当に人間なのか疑いたくなる。予知能力でもなければ、清顕がカルステン・ターンを完遂するなどと思わないだろう。カルステン・ターンを打とうとしていることに気づいた時点で、失速や空中分解に巻き込まれるのを予測して、追尾の手を緩《ゆる》めるのが普通ではないか。

──師匠は、ぼくがターンを達成させると見越したんだ。

──だから機速を落とさず、同じカルステン・ターンを打って勝負を決めた……。

そのことに気づくと、悔《くや》しいと同時にうれしさもあった。カルステン・クライシュミット以外に誰にもできなかったターンを、ぼくがやってのけると師匠は確信していたのだ。

「師匠……」

基地へと帰投する師のあとを追いながら、清顕《きよあき》は感極まるものがあった。撃墜《げきつい》されたのだから不本意ではあるのだが、子どものころから追いかけてきた憧《あこが》れの撃墜王から腕を認められたうれしさのほうがどうしても優《まさ》る。

——いつか、あなたに勝って恩返しします、師匠。

——だから、明日《あした》の決戦も勝って、生き残りましょう……。

無言の呼びかけを行《おこな》っていると、通信機からアクメドの声が鳴った。

『清顕。帰還後、指揮所二階へ来てくれ。折り入って話がある』

珍しい、アクメドからの呼び出しだ。重大なミスでもあったかと不安になりながら、応答を返した。


「明日の戦いだが、指揮権二位をお前に決めた」

余計な世間話など一切なく、指揮所二階の執務室で、アクメドは清顕にそう告げた。

「二位ですか……!? それはちょっと、過分な……」

「妥当だ。隊員たちは飛空機の扱いは精通しているが、編隊指揮を学校で学んだ経験があるのはお前とイリアのみ。士官上がりはお前たち以外、我が隊にいない」

「それはそうですが……ぼくより古参《こさん》の方々を指揮できると思えません」

「根回しは済んでいる。ゆくゆく、お前とイリアに指揮権を委《ゆだ》ねるために引き抜いたのだ。おれもいつまで飛んでいられるかわからないからな。それにお前ももう立派なベテランだろう。帝国と連邦で士官飛空士を務めた経歴に加えて、撃墜数二百機以上、出撃《しゅつげき》回数百五十回以上。これまで指揮を執《と》っていないことのほうが不自然だ。誰も文句は言わんよ」

いつものように、アクメド特有の強引な言い回しだが、その奥に深い配慮があることはわかっていた。

編隊指揮は、操縦のうまい人間がやるのではなく、やり方を知っている人間がやるものだ。だから士官学校で統率《とうそつ》を学んでいる清顕やイリアが、やり方を知らない隊員たちを率《ひき》いるのは妥当といえば妥当ではあるのだが。

気が引ける。ワルキューレに所属する八十五名の飛空士のなかでも、明日の空戦に参加する三十二名は古くからの精鋭《せいえい》だ。若輩者《じゃくはいもの》の指揮に従ってくれるとは思えない。

「カンダタさんかサナトラさんが適任ではないかと……」

「あのふたりは個人プレーのほうが得意だ。個人成績よりチームを優先する人間でないと指揮権を委ねることはできない」

「ですが……」

「ちなみにこれは依頼ではない。命令だ。やれ。以上」

無慈悲に突き放されると受諾《じゅだく》するしかない。アクメドの言うとおり、士官学校で編隊指揮を学んでいるし、経歴も実績も相応のものではあるかもしれないが、ワルキューレの猛者《もさ》たちを率いるとなると自信がない。

その夜、指揮所前に貼《は》り出された搭乗割りで、清顕《きよあき》が指揮権二位、イリアが三位となることが隊員たちに告げられた。冷やかしやプレッシャーを浴びせられたが、みんな笑って認めてくれていた。

「そういう面倒くさいのは、きみたちのようにお金と時間を使って正規訓練を受けた人材がやるべきだよ。ぼくたち、好きに行動したいし。撃墜《げきつい》するのが楽しいしさ」

アクメドに次ぐ撃墜数を誇るカンダタが、笑いながらそう言う。毛むくじゃらの大男だが妙に言葉遣いがかわいらしい、三十三歳のベテラン飛空士である。

「そうそう。イリアも頼んだよ。まあ、アクメド隊長が死ぬわけないけどさ。死ぬのはブサイクだけ、男前は死なないってね」

撃墜数三位、女性飛空士サナトラがそう言ってイリアの肩を抱く。イリアは恐縮しながらサナトラにむかい、

「……おそらく、出番は回ってこないかと。アクメド隊長が指揮を執《と》られる限り」

「わかってんねー。さっすがイリア。ほれほれ、お酒飲みなよ」

「あ、いや、わたしは禁酒していて……」

サナトラはアクメドにご執心《しゅうしん》だが相手にされておらず、いつも酒を飲みながらくだを巻く二十七歳独身だ。イリアのことを妹のようにかわいがって、飲めないと言っているのに無理やり飲ませようとする。

「清顕もリラックスしてなよ。どうせ出番なんかないし。明日《あした》は来るやつ全部墜《お》とせばいいのさ、やることはいつもと変わんないよ」

きっぷのいいサナトラの言い回しに、清顕の心もいくぶん軽くなった。彼女の言うとおり、師匠が墜ちるわけがない。ぼくに出番は回ってこない……と自分に言い聞かせ、ざわめく心を落ち着けた。

決戦を明日に控え、サントス島の中央山地中腹に据《す》えられた半地下構造の作戦司令室においてひとり、バルタザールはここに来たことを骨の髄《ずい》から後悔していた。

ハルモンディア皇国を出港したウラノス大機動艦隊が、北多島海方面から接近していることが知れたのが二日前。北多島海に残存するセントヴォルト帝国クロスノダール基地を攻撃すると目《もく》されていた敵艦隊は、あろうことかクロスノダール島北方海域を大きく迂回《うかい》すると、飛び石を渡るように舳先《へさき》をサントス島へとむけた。

ウラノス艦隊の接近を予測して万全の防衛態勢を整えたクロスノダール島を相手にせず、いまだ防御の整わないサントス島を先に攻撃して、群島と帝国との連絡線を断ち切ろうとする敵参謀《さんぼう》総長アキレウスの企図《きと》だ。ウラノスの「飛び石作戦」は見事にセントヴォルト作戦司令本部の裏をかき、現在、参謀将校たちはおおわらわで対策を練っているが、導き出された結論は「防衛不可能」というものだった。

決戦場は、てっきり北多島海だと思っていた。

そのため頼みの綱のセントヴォルト帝国多島海艦隊は、秋津《あきつ》大陸攻略を諦《あきら》めて再び大瀑布《だいばくふ》上を航過し、現在は暫定《ざんてい》首都エアハント島に集結している。これから南多島海のサントス島支援にむけて出港しても絶対に間に合わない。ラファエル参謀総長の決断は「一か月以内に、北多島海での艦隊決戦を企図《きと》する」であった。南多島海へは揚力《ようりょく》装置のついた飛空艦艇でなければ降り立つことができず、こちらの海上戦力は漸減《ぜんげん》せざるをえない。決戦海域が北多島海であれば、揚力装置をもたない通常艦艇も戦闘に参加することができる。こちらにとって有利な戦場は北多島海だ。それゆえ——南多島海における海戦は、現状、諦めざるをえない。

このラファエル参謀総長の決断を受けて、バルタザールはエリザベートとふたりきりの会議において「絶対に勝てない」と発言した。この状況でシルヴァニア王国がウラノス機動艦隊に勝つには「デウス・エクス・マキナが必要である」と言い切った。舞台演劇における「ご都合主義」でもなければ、王家は滅《ほろ》びる。シルヴァニア王家は再興からわずか半年余りにして、早くも帝国から見捨てられた格好である。

　帝国は見捨てたが、しかしシルヴァニア王家がサントス島を捨てて逃げるわけには絶対にいかない。住民投票で九割以上の住民がシルヴァニア王家再興を支持してくれたのは、かつての王たちが常に先頭に立ってこの島を守るために逃げることなく外敵と戦い抜いたからである。エリザベートの父王も王妃も、ウラノス大艦隊を相手にそうやって戦い、散っていった。エリザベートもまた、サントス島を守るためにこの島に最後まで踏みとどまって戦わねばならない。理屈に合わずとも、それが王家の務めだからだ。

「翼は永劫《えいごう》に、シルヴァニア王家のもとに」

　聖騎士アクメドもまた、最後までエリザベートに付き従うことを決めている。勝てないことはわかっているが、隊員たちも全員が王家を守って死ぬ覚悟だ。

「過剰《かじょう》なセンチメントだ。現実的でない」

　軍事顧問バルタザールはためらいなくそう発言した。それは犬死にであり、これまで軍隊を維持するために費やしてきた予算と時間を考慮したなら、なんらの益のない発想であると言い切った。本当に王家を思うなら、いまは国外へ逃げて、反撃のときを待つべきだと。

「王家の伝統に反します」

　エリザベートはバルタザールの進言を、そのひとことで両断する。

「輸送船には、島民たちを乗せてください。王家はこの島に踏みとどまります」

　威厳を以《もっ》てそう言われたら、バルタザールにも二の句は継げない。女王の希望どおり、帝国から調達した五隻《せき》の輸送船に島民たちを可能な限り詰めこんで、近隣の島嶼《とうしょ》へ逃がした。

退避を希望するすべての住民を逃がす手続きを終えて、バルタザールはひとり、自室でほぞを噛《か》んでいた。

こんなところに来なければよかった。あのまま作戦司令本部にいたなら、ラファエル大将《たいしょう》の寵愛《ちょうあい》を一身に受け、いまごろ北多島海の決戦にむけて天才的なアイディアを次々に提案してラファエルの拍手喝采《かっさい》を浴びていたに違いないのに……。

「勇み足だったか……」

エリザベートと同窓であることに、勇み立ってしまった。

シルヴァニア王家の軍事顧問に就《つ》けたなら、アホの参謀将校《さんぼう》に煩《わずら》わされることなく、世間知らずの女王を好き勝手に操縦して、おのれの意のままに軍を動かせるだろうと予想した。しかしながら現実は、女王は意外とおれの言うがままにならず、島民や臣下の大いなる忠誠を盾《たて》にして自分の意志を実行してしまう。傀儡《かいらい》になってほしいのになってくれず、使えるアイディアだけは目ざとく採用し、挙げ句の果てに自《みずか》ら死地へ赴《おもむ》こうとしている。

こんなはずではなかった。

これではあの小娘に付き添って、おれまでここで死んでしまうではないか。

「なんとかならんか……」

こんなところで死ぬわけにはいかない。レニオールの泣きっ面《つら》を指さして爆笑するという偉大な目標がおれにはある。死なないためにいまできることは。

「脱出手段を確保する……だけか」

我ながら貧相なアイディアだが仕方ない。飛空艇を一機、島の反対側に待機させておこう。どうしても逃げねばならぬ事態になったなら、エリザベートを殴って失神させて肩に担《かつ》ぎ、飛空艇へ放り込んでおれと共に逃げてもらう。目覚めた女王は激怒してキーキー喚《わめ》きながらおれの顔を引っかくだろうが、お前にはまだ生きてもらわねば困るのだ。おれの重要な出世アイテムとして、今後は黙っておれの操《あやつ》り人形として生きてくれればそれでいい……。

ろくでもない考えを上書きしながら、バルタザールはひとり執務室にこもって作戦地図を睨《にら》みつけた。

どうせ逃げるにしても、威力偵察くらいの役割は果たさねばならない。手合わせし、敵戦力の全容を暴き立て、敵の上陸手段と上陸後の戦術について知ることは、今後の北多島海における決戦にむけて重要だ。

シルヴァニア王国にも作戦参謀がいるにはいるが、士官学校で正規の訓練を受けたことのない素人《しろうと》であり、コレットの推薦で事実上、バルタザールが参謀総長の立ち位置にある。軍の規模は帝国軍と比較したら芥子粒《けしつぶ》に等しい弱小だが、一軍の将となったことは確かだ。そしてシルヴァニア王国軍参謀総長としての初陣《ういじん》が、明日《あした》に迫った絶望の戦いというわけである。凡人に足を引っ張られる煩わしさからは解放されたが、今度は巨大すぎる敵が目の前に立ちはだかってしまった現況。
敵戦力、いまだ詳細不明。
クロスノダール島沖合の漁船から入ってきた情報によれば、少なくとも正規空母四、超弩《ど》級戦艦二、駆逐《くちく》艦などの護衛艦艇五十隻《せき》以上、輸送船多数を含む島嶼《とうしょ》攻略艦隊であることは疑いない、とのこと。ヴェステラント大陸方面から降りてくる低気圧に紛《まぎ》れて接近してくるため、レーダーで捕捉《ほそく》できず、全容は判明しない。もしかしたら雨雲の下にもう二、三戦隊隠れている可能性も高い。嵐《あらし》に隠れて進撃するのは以前のジュデッカ作戦と同じ、ウラノスのお家芸ともいえる戦法だ。飛空艇を繰り出して索敵《さくてき》に当たっているが、上空は分厚い雲に覆《おお》われ、雲の下は雨、肉眼での確認も非常に難しい状況である。雲が晴れたならいきなりサントス島の目の前にウラノス大機動艦隊が展開していた、などという悪夢が充分にありうる状況だ。
それに対して我が王国軍は――。
陸軍――地上兵三千。二か月前に募《つの》った義勇兵であり、現在、五百名が沿岸砲台《ほうだい》、もう五百名が機関銃《きかんじゅう》陣地と高射《こうしゃ》砲台でそれぞれ訓練中、残り二千名が山地で地下陣地の構築中。
空軍――単座戦闘機カズヴァーン三十二機。ワルキューレの精鋭《せいえい》が操縦するが、対艦攻撃の際は爆装戦闘機が水平爆撃《ばくげき》するのみ。決戦の際はマウレガン島のチャンドラー要塞《ようさい》航空隊七十機が協力することになっているので、爆撃と雷撃《らいげき》はそちらに任せるしかない。
海軍――なし。多島海においては島嶼《とうしょ》が不沈空母として機能するため、海軍が発達していない。平地を均《なら》した滑走路が複数の島に設置されているが、燃料や弾薬《だんやく》の備蓄はわずかであり、配備された飛空機もない。あくまで不時着用の滑走路だ。

以上が、王国の保有する全戦力である。

「勝てるかボケ」

愚痴《ぐち》と共に、頭をかきむしる。さすがラファエル大将《たいしょう》があっさり見捨てただけのことはあり、俯瞰《ふかん》しただけで涙目になるほどの弱小軍だ。これでウラノス方面艦隊に立ちむかおうというのだからエリザベートの正気を疑う。

作戦の立てようがない。頼めるとしたら、ワルキューレとマウレガン島から来る援軍七十機のみ。これが全滅《ぜんめつ》したとき、サントス島は灰燼《かいじん》と化し、シルヴァニア王家は再興から半年にしてまたしても滅《ほろ》びる。

いまやるべきは、少なくとも戦力として機能するワルキューレを連れてエリザベートが帝国領内へ亡命することであるが、再興したばかりの女王が逃げたならサントス島の住民は永久にシルヴァニア王家を見放すだろう。

だから――エリザベートにできることは、ここで死ぬことしかない。

「バカな女だ、まったく……」

愚痴を垂らしながら、しかしバルタザールは投げ出したくなる思いをこらえて、有効な迎撃《げいげき》策がどこかに隠れていないか、作戦地図を睨《にら》みつける。勝てないまでも、せめて敵を慌《あわ》てさせるくらいのことはしてやりたい。時間稼《かせ》ぎができたなら、エリザベートを殴って失神させて飛空艇に投げ込む余裕くらいはあるはずだ……。

今日《きょう》が最後の夜になるかもしれないから、後悔のないよう過ごしたい。

これまで何度も絶望的な戦いに身を投じてきたが、いま目の前に迫っている危機はその比ではない。おそらく明日来襲《あしたらいしゅう》する敵機は戦闘機だけで三百機以上、下手《へた》をするとそれが二倍、三倍になる可能性もあるという。しかもその戦闘機隊にはアリスアクトゥスも入っているはず。

その名前がセントヴォルトの古いお伽話《とぎばなし》『不思議な世界のアリス』を想像させることから「アリス」または「光のアリス」と呼ばれるこの傑作機に、帝国海空軍の最新鋭単座戦闘機ベオストライクは鎧袖一触《がいしゅういっしょく》に蹴散《けち》らされたという。

箕郷《みさと》防衛線の際、イリアの操縦するベオストライク一機が戦局に与えた影響を顧《かえり》みるに、あれより強い戦闘機が群れなして襲《おそ》ってきた場合どうなるか、考える必要もない。しかもこちらの戦闘機はベオストライクより遙《はる》かに武装も性能も劣《おと》るカズヴァーンが三十二機。ワルキューレ隊員がどれだけ戦技を磨こうが、これだけの性能差、物量差を覆《くつがえ》すのは不可能だ。

明日死ぬことが天命《てんめい》だというなら受け入れよう。

国家のためではなく、セシルのために死ねるなら本望《ほんもう》だ。

けれどできれば——目の前のこのひとには、死んでほしくない。

そう祈りながら清顕《きよあき》は、木刀《ぼくとう》を薙《な》ぐ。

イリアの木刀が天にむかい立ち、受ける。

砂浜に素足を擦《こす》りつけ、清顕はイリアとの距離を詰める。

イリアは両脚を踏ん張って清顕の木刀をはじき、一瞬にして踏み込んで上段《じょうだん》から打ち下ろす。

清顕は剣尖《けんせん》を横に流し、頭頂部寸前で受け、肩をイリアの身体《からだ》へ押し当て、突き飛ばす。

「あっ」

短く呻《うめ》いて、イリアは砂浜に仰向《あおむ》けに転がる。清顕は剣尖をイリアの喉首《のどくび》に当てて、にこりと微笑《ほほえ》む。

「三百二十一勝、三百二十五敗」

これまでずっとこなしてきた、イリアとふたりの剣術訓練に、新たな勝ち星を連ねた。

ふん、と息を吐いて、イリアは後ろ手をついたまま清顕を見上げる。

「結局、星取りではわたしの勝ち越しだったな」

現状、イリアのほうが四つ勝ち星が多い。清顕は意地悪そうに、

「最近はぼくの四連勝。明後日《あさって》には追い抜くかもね」

イリアは砂浜にあぐらをかいて、木刀を脇《わき》に置いた。

「来るかな。明後日」

ふたりの影が砂浜に伸びるほど、明るい月が出ていた。イリアの輪郭《りんかく》が月光に青白く縁取られて、深緑色の瞳《ひとみ》に星がたくさん宿っていた。

「来る、って信じないと」

清顕《きよあき》はイリアの傍《かたわ》らに腰かけて、海と星を見つめながら、芝居《しばい》がかった調子で強がってみせる。イリアはうつむいて、お互いの影を確認し、また顔を上げた。

「わたしは、ワルキューレに入ってよかったと思っている」

「…………?」

「アクメド隊長の列機について、各地を転戦して、集団模擬《もぎ》空戦を戦って……以前よりも遥《はる》かに強くなったと自負している。わたしも、きみも」

「……うん。イリア、強くなったよ。もう少しで、アクメド師匠に追いつけるかも」

言葉に偽《いつわ》りはなかった。ここにきてイリアはさらに腕を上げている。ベオストライクと斑鳩《いかるが》で一騎討ちを演じた一年半前よりも、いまのほうが遙かに強い。

「しかし……隔絶《かくぜつ》した戦力差の前には、個人の技量も虚《むな》しい。ある程度挽回《ばんかい》はできるが、やはりモノをいうのは機体の数と性能だ。わたしたちがいくらおのれを磨き上げて強くなったといっても、アリス十機に取り囲まれたなら対処できない……」

「…………」

珍しく、イリアが弱音《よわね》を吐いている。清顕は返事ができない。

「……いまさらだけど。なんのために強さを求めてきたのだろう。……なんのために、生きてきたのだろう。戦って死ぬのは怖くない。けれど……これまでやってきたことになんの意味があったのか、それだけ知りたい……」

イリアはそう言って、膝《ひざ》を胸の前に抱きかかえ、星を見上げた。目鼻立ちのはっきりとした横顔を、清潔な月光が青く洗う。

イリアが正直な気持ちを言葉に置き換えているのはわかった。きっといま、イリアの内面に渦巻いている感情が素直に吐露《とろ》されている。星の静けさと優しい波の音が、イリアの感傷を誘ったのかもしれない。

明後日《あさって》が来るのかわからない。イリアとふたりきりでこうやって話すのも、これが最後かもしれない。だから清顕も、できるだけ誠実に答えた。

「ぼくは……明日《あした》死んだとしても、後悔はないよ。ずっと巻き込まれるだけだったけど、最後は、自分の意志でワルキューレに入ることもできたし。それに、毎日充実してた。友達も大勢できて……大切な仲間もできて……」

波の音が、ふたりの足下《あしもと》に打ち寄せてくる。イリアは黙ったまま、爪先《つまさき》を洗う波を見つめていた。

「平和な時代だったら、もっと楽に生きられたかもしれないけど。でも、この時代に生まれたことに後悔はない。毎日を全力で、一生懸命《いっしょうけんめい》過ごしたから、いろんな経験ができたし。人間のいろんな面を知ることもできた。時間と一緒に、みんなどんどん新しい経験をして、変わっていくものだとわかった……」

正直な気持ちだった。

あの優しいミオが、いきなり豹変《ひょうへん》してみんなを裏切り、去っていったこと。親友だと思っていたライナが実はウラノスのスパイで、ずっと重要情報を横流ししていたこと。朗《ほが》らかだったセシルが本当は死んだはずの王女であり、貴種《きしゅ》としての側面をずっと隠していたこと。いつも凛《りん》としていたかぐらは、本当は牢獄《ろうごく》で死に怯《おび》える弱い側面ももっていたこと。冷たく傲慢《ごうまん》なバルタザールが、危機に瀕《ひん》した仲間のために東奔西走《とうほんせいそう》して脱獄《だつごく》を成功させたこと。そして……一年半前に一騎討ちを演じたイリアと、こうしてふたりきりで砂浜に座っていること。

残酷な時代のなかで、変わらないと思っていた仲間たちとの関係は、あっけないほど簡単に変化していった。心は移ろい、互いに引き裂かれ、敵同士となり、イリアとは互いに機関銃《きかんじゅう》の銃口をむけて撃ち合うことさえした。

あらゆるものが変化していく。変わらないものなどなにもない。大切な仲間たちとの絆《きずな》でさえも、時の流れのなかで敵同士に変わり、殺し合いすら演じてしまう。

だけど。

「人間は変わっていくけど。友情も、つづかないかもしれないけど。けれど憎み合うことはしない。憎んでしまったら、そのひとと培《つちか》ってきた時間が、全部無駄になる……。だから憎まない。きみと一騎討ちをしたけど、憎んでない。そう思えるようになっただけでも……ぼくが生きてきたことに意味はあるんじゃないか。ぼくが明日《あした》死んでも、誰かがそういう思いを受け継いで、誰かに伝えてくれたらそれだけで、一生懸命《いっしょうけんめい》やってきたことに価値はある……。そう信じる」

不器用そうに、つっかえつっかえ、言葉の途中で考えながら、清顕《きよあき》は懸命にこれまでの道を肯定《こうてい》していた。自分の思考がきちんと言葉になっているのか自信はなかったが、とにかく、いままで自分がやってきたことを否定したくなかった。

「きみは偉いね」

しばらく無言で考えてから、イリアはぽつりとそう言った。それから自分の膝《ひざ》に顎《あご》をのっけて、伏し目になる。

「わたしは……そんなこと、考えたこともなかった」

「あ、いや、きみに言われてなんとなく、自分の考えを整理しただけで……いつもいまみたいなこと考えてるわけじゃ……」

「憎まない、か。口で言うのは簡単だが、やるとなると難しい。人間みんなが憎しみを捨てたら、こんな戦争も終わるのに」

「うん……。敵を憎むな、って言われたら無理。カーナシオンのこと、憎いし……」

目の前で清顕の姉を銃殺したカーナシオン。あの一事を思い出すだけで、すさまじい憎悪《ぞうお》の炎が胸を焦《こ》がす。

「友達を憎むことはしない、か……。憎まない、と言っても条件付きなんだな」

なんだかイリアには珍しく、重箱の隅をつついてくる。清顕《きよあき》は苦笑いしながら、

「うん……。いつか敵への憎しみも捨てられたら、きみの言うとおり戦争は終わるのかも」

しかし、目の前で家族を殺した敵を憎まないことなんて、普通の人間にできるだろうか。

「汝《なんじ》の敵を愛せよ」と聖アルディスタは謳《うた》うが、そんなことができるひとを、人間と呼んでいいのだろうか……?

「わからないことだらけだね、世界は」

イリアは海を見ながらそう言った。

「そうだね。ぼくたち、世界のことなんにもわかってない」

もっともっと、学べるものがあった。もっともっと、毎日を味わいながら成長していき、その過程でいつか、生きる意味をつかみ取れたかもしれない。

けれど——明日《あした》、きっとぼくはこの世界から消えてしまう。

人生についてなにもわからないまま、生きる意味に答えも出せず、ミオと再会することもできず。

悔《くや》しくない、といえばウソになる。

だけど、これまでの自分を否定することはしたくない。それをやってしまったら、あまりに

惨《みじ》めで、悲しすぎる。

せめて強がっていたい。

どんなに残酷な運命が目の前に迫ってきても。

たとえこの命を運命の鎌《かま》に刈り取られることになろうとも。

「戦って、戦って、戦い抜こう」

思考よりも先に、口がそんな言葉を紡《つむ》いでいた。

「闇《やみ》しか見えなくても。絶望しかなくても。これまで訓練してきたもの全部費やして、明日をこじあけるしかない」

ずっと海を見つめていたイリアが、こちらに顔をむけた。

彼女の瞳《ひとみ》に映り込んだ星たちが、光の彩度を増している。

「これまでの経験すべてをつぎ込む。敵がどんなに強くても、諦《あきら》めない。強い敵に勝つために毎日努力してきたんだ。勝てると信じよう。死ぬことなんて考えちゃダメだ」

思考から出た言葉ではない。きっと日々の訓練で鍛《きた》え上げた精神が紡ぎ上げたものだろう。下手《へた》にぐちゃぐちゃ考えるよりは、過酷な空戦に耐え忍び、磨き上げられた精神のほうが、問いの答えを知っているのかもしれない。

イリアも表情を引き締めて頷《うなず》く。

「……うん。きみの言うとおりだ。こういう状況で諦めないために、毎日頑張ってきたんだ」

「うん。ぼくらならできる。どんな大軍だろうと、打ち破ってみせる」

自分で自分を奮い立たせる。イリアも唇《くちびる》を引き締めて、海の彼方《かなた》を睨《にら》んだ。

「……そうだね。十機の敵に取り囲まれても、これまで培《つちか》ってきたすべてを費やして戦い、勝つしかない。勝って勝って勝ち抜いて……悩むのはそのあとでいい」

イリアもまた、自分にそう言い聞かせた。心の奥ではまだ、違う考えがさざめいているのかもしれないが、それを無理やりに抑えつけようとするかのように。

清顕《きよあき》だって迷っている。もしかしたら違う選択もあるかもしれない。

だけど、逃げない。

どんなに敵が巨大だろうと。成し遂げていないことがまだ多々あっても。

戦い抜く。生き残る。そのために飛空士になったんだ。

清顕は星を見上げた。

「生き残ってみせる」

空へ、誓う。

「ぼくが、空の一族《ウラノス》をぶっ潰《つぶ》す」

かつて少年時代、焼かれた故郷を眺めながらミオと一緒に誓った言葉を、清顕はもう一度繰り返した。

九.

帝紀一三五一年、六月十五日、サントス島シエラグリード第一飛行場、作戦室——。

午前四時四十五分。

詰めかけた三十二名のワルキューレ隊員を前にして、黒板に南多島海作戦地図を張りつけ、バルタザールが状況を説明していた。

「索敵《さくてき》機が大瀑布《だいばくふ》を航過しようとするウラノス機動艦隊を発見した。位置はここ、サントス島北方、約三百二十浬《カイリ》。概要《がいよう》は正規空母四、超弩《ど》級戦艦三、重巡《じゅうじゅん》八、軽巡十二、駆逐《くちく》艦三十。後方から輸送船団がつづいている。まだほかに戦隊が隠れている可能性が高いが低気圧の帯が艦隊後方に伸びているため、確認できていない」

作戦室内が静まり返る。聞いてはいたがすさまじい規模だ。なんとかワルキューレ隊員ががんばって、正規空母から飛び立ってくる戦闘機隊を押し返すしかないが。

「マウレガン島チャンドラー要塞《ようさい》から、援軍の雷爆撃《らいばくげき》機が七十機ほどこちらへ急行している。到着まであと一時間半ほど。諸君らは援軍の到着までサントス島上空を直掩《ちょくえん》し、飛行場を守り抜いてくれ。高度六千メートルで旋回《せんかい》しつつ待機、戦闘機より爆撃機を優先して攻撃せよ。

簡単な任務でないことはわかっているが、島の航空優勢を失ったならこちらの勝機は完全になくなる。諸君らの健闘を祈る」

冷静すぎるバルタザールの言葉だけが、室内に響いた。あとを、アクメドが引き継ぐ。

「正規空母の数から察するに、敵戦闘機はこちらの四倍近い。おそらくアリスアクトゥスもいると思われるが、正確な機数は現状把握できていない。諸君らも噂《うわさ》に聞いているだろうが、アリスアクトゥスは今大戦最強と目《もく》される戦闘機だ。だが、何機来ようが関係ない。今回の戦いは、ワルキューレの名を世界へ示す絶好の機会だ」

必要以上に昂《たか》ぶることもなく、アクメドは徐々に語調を厳しくしながら部下たちの士気を高める。

「我らこそ世界最強の翼だと、ウラノスに教えてやろう。今日《きょう》まで積み重ねたあらゆる研鑽《けんさん》はすべてこの戦いのためにあったと思え。九年前、王と王妃を殺された屈辱《くつじょく》を忘れるな。シルヴァニア王家の威信にかけて、敵を南海の藻屑《もくず》と化せ。互いの翼を信じ、勝利を信じ、最後の一機となろうが戦い抜け。以上、出撃！」

怒号が室内に響き渡り、ワルキューレ隊員たちは文字どおりに椅子《いす》を蹴《け》って立ち上がると、列線の愛機を目指して駆《か》け出してゆく。

清顕《きよあき》も彼らのうしろにつづきながら、ちらりとバルタザールを見た。

もしかすると最後の別れかもしれない。かつて囚《とら》われの身を救い出してくれた恩人へ、首肯《しゅこう》だけを送る。

いつもまずいものを奥歯に挟んでいるような仏頂面《ぶっちょうづら》が、不機嫌そうに頷《うなず》きを返す。バルタザールなりの別れの挨拶《あいさつ》だろう。口元だけで笑んで、清顕《きよあき》は作戦室を飛び出した。

前方を走るイリアに追いつき、話しかける。

「編隊組まない？」

「ああ。いいよ」

「うん。ぼくが前でいいかな」

「……了解」

二機編隊だと、前を行くほうが敵に追われやすくて危険だ。イリアには無事でいてほしいからそうした。

「……気をつけて」

「……きみのほうこそ」

最後かもしれない言葉を短く交わし、手を振って、列線で待機している自分の愛機を目指した。

敵味方の区別をつけるため、カズヴァーンは青銅《せいどう》色の塗装が施されている。事前に指定されていた十五番の機体に乗り込み、計器を確認。

――ぼくは死んでもいい。身寄りもないし、悲しむひともいない。

──でもイリアにはお父さんがいる。お父さんのためにも、生き残ってほしい。

　車輪止めを払って列線を離れるとイリアがうしろからついてきて、二機そろって離陸滑走に入る。

　プロペラのいななきをあげて、ふたつのカズヴァーンは同時に空へ飛び立つ。

　黎明《れいめい》の空だ。紫《むらさき》がかった帯が東の低いところにたなびいている。敵機が来るであろう北方の空域には六月の雨雲が何層にもわたって厚く立ちこめ、視程が効かない。おそらくウラノスは天候が味方につく時期を辛抱強く待っていたのだろう。雲のなかのどこに艦隊がいてもおかしくないというのに、一切探知できない。

　味方は旋回《せんかい》しながら上昇していく。高度六千メートル。三十二機のカズヴァーンが集合し、アクメドを先頭に大きく右回りしながら曙光《しょこう》が夜を追い立てるさまを見下ろす。

　やがて水平線から光の源が生まれ落ちる。

　一気にあふれ出た黄金たちが天空を駆《か》け、海のうねりを、波のそびらを、空の雲の流れゆくさまをワルキューレの網膜《もうまく》へ刻みつける。

『来たぞ』

　静かなアクメドの声が、スピーカーに響いた。

　北の雲の峰を睨《にら》む。

　水平距離、およそ二万一千メートル。

雲頂が高度五千五百メートルにまで達する、白銀の霊峰を裂いて――。

ヴェステラント大陸でも見慣れた銀鼠色《ぎんねずいろ》の機影が出現した。

機影だけで、機種がわかった。

「三式アイオーン……」

現在のウラノス主力戦闘機。旧式アイオーンより格闘性能が格段に進化しており、耐久性能も高い手強《てごわ》い相手である。清顕《きよあき》も何度か手合わせしたことがあるが、秋津《あきつ》連邦の「村雨《むらさめ》」やセントヴォルトの「ベオイーグル」より遙《はる》かに優《すぐ》れている印象を受けた。通信が騒がしくなる。

『アリスはいないな』『アイオーンかよ、つまんねえの』『だがすごい数だ。敵さん本気だぜ』

高度約五千メートルほどのところを、三機編隊が九個集まり三角形の中隊を組み上げ、その中隊が六つ、雲のなかから雲霞《うんか》のごとく湧《わ》いてくる。これだけの大編隊が整然と進撃するさまを見下ろすだけで、その練度の高さが伝ってくる。

これまで多島海でやりあってきたウラノスとは明らかに違う。ハイデラバード連合共同体に参加していたウラノスは旧式機の寄せ集めで、飛空士の質も高いとはいえなかった。いま眼下にいるのは、おそらくほかの方面海域を制圧してきたウラノス機動艦隊の艦載機だろう。練度、機体性能、そして物量。すべてがこれまでとは桁違《けたちが》いだ。

『百六十二機で一大隊ってところだな』『あれ全部、制空隊かよ。本気すぎっだろ』『ほかの大隊が隠れてなきゃいいが』『数はこっちの五倍ってとこだ。このくらいのハンディなら、おれたち勝てるぜ』

互いに励まし合う味方の声が、勇気をかき立てる。清顕は手のひらの汗をズボンでぬぐい、サントス島へ忍び寄ろうとする大編隊を見下ろした。

高度差、約一千メートル。敵はこちらに気づいているのかいないのか、まだ編隊を解かずに悠々と進撃してくる。

『では行こう。各自、中隊の先頭機を狙《ねら》え』

落ち着いた声で命令を発し、アクメドが先頭に立って機速を上げた。

配下たちが一斉に従う。清顕は右下方へ目を送り、イリアが追従《ついじゅう》してくるのを確かめた。

敵機との水平距離が七千メートルを切ったところで、アクメドが翼を振った。散開の合図だ。

ここからワルキューレは、各員が独自の判断で近辺の味方と連繋《れんけい》を取って敵を仕留める、独自の空戦を展開する。

ゆっくりと――アクメドが降下を開始した。

敵との距離、三千。

清顕は操縦桿《かん》を握る手が、再び汗で湿るのを感じる。

もう一度、右斜め後方を振り返った。

イリアと目が合う。

――行こう、イリア。

心のうちで、呼びかける。

——最後まで、きみと戦う。

それを誓う。

イリアと一緒に戦える。敵ではなく、同じワルキューレとして。それだけで充分に幸せだ。あの箕郷《みさと》沖でヴォルテック航空隊と戦った空戦に比べたら、今回のこれはなんて心強いんだろう。イリアが一緒にいる。イリアと共に、最後まで戦える。

その幸福を噛《か》みしめて、清顕《きよあき》は操縦桿《かん》を押し込んだ。

「行くぞ、ウラノス!!」

わずか一千メートルの高度差など、まばたきひとつで消滅《しょうめつ》する。

狙《ねら》われた敵中隊がこちらの存在に気づく。整然としていた編隊がにわかに乱れる。

大編隊の先頭に火花が芽吹いた。

炎の華のむこう、海原を目がけ急降下していくアクメドの尾翼。

通信機から割れた音声が伝わる。戦闘開始を告げる、隊員たちの雄叫《おたけ》びだ。

次々に、黎明《れいめい》の空へ炎が爆《は》ぜる。百六十二の機影が描《えが》く銀鼠《ぎんねず》色の絨毯《じゅうたん》が、青銅《せいどう》色の野火を落とされ燃え広がっていく。

清顕もまた僚機にならい、敵中隊の先頭を食い破った。

爆砕《ばくさい》した敵機の搭乗席から血飛沫《ちしぶき》があがるのを視界の端で確認し、炎の傍《かたわ》らを降下して、一気に海原目がけ駆《か》け下りる。

後方を振り返り、混乱に陥った敵機の大軍を仰《あお》ぎ見て、右斜め上方から追従《ついじゅう》してくるイリアを視認。降下の機速を生かし、歯を食いしばりながら操縦桿を引き付け、三式アイオーンの群れへ再び牙《きば》をむける。

味方のカズヴァーンも第二撃を加えるべく一斉に機首を持ち上げ、狼《おおかみ》の群れそのものの機動で互いが互いを守りながら高度を上げる。

敵編隊も戦闘慣れしている。すぐに混乱を収束させ、三機編隊を組んだままこちらへ機首を下げるのが見えた。敏捷《びんしょう》なその機動を見れば、敵は編隊空戦の手練《てだ》れだとわかる。敵を追う際、後方確認を怠《おこた》れば必ずやられることを肝《きも》に銘《めい》じた。

——ぼくのうしろにはイリアがいる。

——ふたりなら、必ず勝てる……！

おのれを励まし、新たな敵機に食らいつく。

空域が三式アイオーンの銀鼠色に埋もれる。すさまじい数の敵機だ。これまでに百五十回以上の空戦に参加してきたが、これほどの敵機を相手にするのははじめてと言っていい。

だがしかし、絶望的な苦境だからこそ改めて感じる。

——ワルキューレは、強い……!!

まるきり巨獣《きょじゅう》を嬲《なぶ》る群狼《ぐんろう》のそれだ。

編隊空戦の約束事を決めずとも、あうんの呼吸で互いが互いを支援して、最も優位にいる味方が確実に敵を仕留めていく。まるで空を通じて感覚神経を共有し、三十二機が統一された意志のもとで一体となり、散開し、また一体となって巨獣《きょじゅう》を狩るかのような。

ヴォルテック航空隊も強かった。草薙《くさなぎ》航空隊も素晴らしい飛空士たちの集まりだ。しかし、ワルキューレのこれは次元が異なる。

ひとりひとりの飛空士の資質は、ヴォルテックや草薙と大差《たいさ》ない。しかし、アクメドが自《みずか》ら理論を開示し、空戦のたびにおのれの哲学を空に描《えが》き出しながら鍛《きた》え上げたワルキューレは、こうした集団戦闘において以心伝心《いしんでんしん》の空戦能力を発揮する。

アクメドの存在が、ワルキューレを世界最強の戦闘機隊へ押し上げた。改めて、偉大な師をもてた幸運を噛《か》みしめながら、清顕《きよあき》は新たなアイオーンを照準《しょうじゅん》に収める。

——勝てる。

一刀両断《いっとうりょうだん》に斬《き》り捨て、スロットルをひらく。

雲を切り裂き、風を蹴立《けた》て、カズヴァーンはプロペラの凱歌《がいか》も高らかに黎明《れいめい》の空を上り詰める。

見下ろす空域はもはや、鉄と炎と黒煙の舞踏場だ。

砕け散った鋼鉄片を、血肉と硝煙《しょうえん》と曳痕弾《えいこんだん》の濁流《だくりゅう》が押し包み、ぬぐい去る。

青銅《せいどう》の疾駆《しっく》。赤黒く焼け爛《ただ》れた、薔薇《ばら》色の火焔《かえん》。銀鼠《ぎんねず》色の翼が、わずか一瞬にして百万の鉄片となって空に消える。

鷹《たか》の目で、清顕は空域を俯瞰《ふかん》する。百五十回以上の空戦を勝ち抜いてきた経験が、いまの清顕に敵群の綻《ほころ》びの在《あ》りかを告げ知らせる。

思考は必要ない。ただ磨き上げてきた感覚神経にすべてを委《ゆだ》ね、空域を見渡したなら、最も押し広げやすい敵編隊の傷口が網膜《もうまく》に描き出される。

その瞬間、翼が曙光《しょこう》をはじく。

エンジンが猛《たけ》る。

照準器から、敵機の翼がはみ出る。

後方を振り返り、イリアの追従《ついじゅう》を確かめてから、引き金を引き絞る。

もう何人殺しただろう。二百人以上は間違いない。数えることをやめてからどのくらいの月日が経《た》ったのかも忘れた。

墜《お》とした敵の冥福《めいふく》を祈ることさえしない。

鋼鉄が鋼鉄を砕いた。ただそれだけだ。

火焔の塊《かたまり》を突破して、次の敵に食らいつき、後方を確認してから引き金を絞る。

徹甲弾《てっこうだん》の束が搭乗席を直撃。血飛沫《ちしぶき》と肉片が風防内部に付着するのを見た。糸の切れた操《あやつ》り人形のごとく、敵機はふらふらと海原へ墜ちていく。

——次。

シンとした頭蓋《ずがい》が奏《かな》でる音はそれのみ。

戦えば戦うほど、人間でなくなっていく。それがどうした。ぼくは鋼鉄だ。鉄と鉄が金床《かなどこ》で打ち合い、熱を帯びて熔解《ようかい》していく。ただそれだけの物理現象を、この空で反復して実証しているにすぎない。

——追いすがり、追い詰めて、鉄槌《てっつい》を打ち込み破壊する。

——やることは、それだけだ。

おのれの冷えた思考をただ頭蓋のうちで吹き流しながら、イリアに後方を守られ、清顕《きよあき》は鉄で鉄を砕く作業に没頭する。

散華《さんげ》の炎が折り重なる。

季節外れの桜吹雪《さくらふぶき》さながら、銀鼠《ぎんねず》色の破片がきらきら、六月の風に吹き流される。

青銅《せいどう》色の鉄槌が、無造作《むぞうさ》に、無機的に、あたかもベルトコンベヤーに乗った敵機群を打ち砕いていくかのような。

五倍いた敵機が、いつのまにか四倍になる。

ワルキューレはただひたすら、据《す》えものへ鋼鉄のハンマーを打ち下ろしていく。

三倍になる。天空の戦士たちの単純作業は終わることを知らない。雲はいつしか黒薔薇《くろばら》色に染まり、鉄片の雨を降らせる。かつて三式アイオーンと呼ばれていた鋼鉄の塊《かたまり》の成れの果てが、海原に降り注ぎ悲しい飛沫《しぶき》をあげる。

時が経《た》つほど、戦況は一方的になっていく。

数に劣《おと》る青銅色の騎士たちはいまや、逃げ惑う銀鼠色の雑兵《ぞうひょう》を一方的に追い立て、蹴散《けち》らし、功名《こうみょう》を競うかのように我先に二十ミリ機銃弾《きじゅうだん》の槍《やり》を突き立てる。

なかでも——。

神話世界の英雄さながら、行く手に炎の道を敷くがごとく、隔絶《かくぜつ》した戦技で群れを蹴散らす一騎がある。

「空の王」の呼称の意味を、清顕は眼前に認める。

誰も逆らえない。歯向かうことさえできない。敵はただ頭を垂れて、彼の行く手に道をあけるのみ。

聖騎士アクメドは火炎のあやなす王道を行く。

それから質量のある威厳と共に、槍の穂先を哀れな生贄《いけにえ》に据え置く。

生贄は逆らうことさえできない。身を翻《ひるがえ》して逃げようとした瞬間、背中からひと突きに命を刈り取られる。

空の王は無造作に槍を払い、付着した血肉を散らしてから、またしても悠然と敵の群れのなかへ分け入っていく。

あらゆる剣が、王を避けていく。

王の槍は、必ず敵を刺し貫《つらぬ》く。

あたかもそれが予《あらかじ》め定められた摂理《せつり》のごとく、誰も触れられず、逃げることさえできない。カーナシオンは確かに強い。正面からやりあって勝てるとは、いまだに思えない相手だ。しかし空を汚染するようなカーナシオンの飛び方とアクメドのそれは、全く対極にあるといってよい。

——なんて美しい……。

戦いの最中なのに、見惚《みと》れてしまう。敵ももしかすると、アクメドの美しさに脳髄《のうずい》が痺《しび》れるがためにまともな抵抗ができないのではないか。

『油断するな。第二波が来る』

通信からアクメドの声が入り、我に返った。

敵は一大隊ではない。これからまだまだ、ウラノス艦載機の波状攻撃がつづくはずだ。五倍の敵を蹴散《けち》らした程度で悦に入《い》っていたら、一瞬にして地獄の底へ蹴り落とされる。

現在高度、千三百メートル。

いまだ敵機はこちらに倍する数だが、ワルキューレの以心伝心《いしんでんしん》の空戦機動に翻弄《ほんろう》されるばかりで明らかに及び腰、味方の増援を待っている。空戦するほど高度は下がるから、できるならこの隙《すき》にもう一度高度を取り直したい。

「坂上《さかがみ》機、六千まで高度上げます」

『了解。敵編隊の全容を確認してくれ。雲が多くて見えない』

「はっ」

アクメドの命令に応を返し、清顕《きよあき》は旋回《せんかい》して機速を獲得《かくとく》、はちきれるほどの揚力《ようりょく》を翼に溜《た》めて上昇に転じた。

気むずかしそうにエンジンを猛《たけ》らせながら、カズヴァーンはぐいぐいと空を上り詰める。相変わらず、後方からぴたりとイリアが追従《ついじゅう》してくれるのが頼もしい。イリアの完璧《かんぺき》な掩護《えんご》があるからこそ、清顕は安心して戦えている。

高度六千。空戦場を見晴らせる位置に占位して、状況を確認する。先ほどの整然とした大編隊はもはや跡形《あとかた》もなく消失していて、敵機は三々五々、ちりぢりになってなんとか編隊を立て直そうとしている。数に劣《おと》る青銅《せいどう》色の機体は羊の群れを追い立てる狼《おおかみ》そのもの、思うさま牙《きば》をひらめかせ、逃げ遅れた羊の喉笛《のどぶえ》を食いちぎる。

そのとき、鳶《とび》のようにゆったり旋回しながら空域を鳥瞰《ちょうかん》していた清顕の目に、海原の異物が映し出された。白い航跡を曳《ひ》きながら、鋼鉄《こうてつ》の巨鯨《きょげい》がサントス島を目指して忍び寄ってくる。

「……超弩《ど》級戦艦!!」

空母部隊に先んじて、戦艦を中心とした戦隊が島に打撃を加えるつもりか。雷爆撃機《らいばくげき》を保有しないワルキューレにとって、これをやられると最も困る。いくら空を守っても、海上を突進してくる鋼鉄の軍艦は機関銃《きかんじゅう》で止めようがない。沿岸砲台《ほうだい》は旧式なうえに練度不足で役に立たない。頼みの綱のマウレガン島からの雷爆撃機七十機の到着まで、あと四十五分ほど。

慌《あわ》てて通信機のマイクをつかみ、接近してくる艦隊の全容を報告した。

「北西から戦艦を中心とする打撃艦隊接近！　敵主力は駆逐《くちく》艦八の直衛を配す。航行序列、二列縦陣《じゅうじん》、超弩《ど》級戦艦二、重巡《じゅうじゅん》四。速度十五ノット、〇五三五……」

カズヴァーンでやれることは、この空を守り抜き、マウレガン島から飛来した雷爆撃《らいばくげき》機が安全に敵艦隊を攻撃できるようにすること、それのみ。この空を敵に明け渡したなら、援軍は敵戦闘機にすべて撃ち墜《お》とされ、ウラノス艦隊は一方的な艦砲射撃《かんぽうしゃげき》でサントス島を火の海にするだろう。

頼むから、これ以上、敵が増えませんように。

祈りを込めて戦闘空域へと目を転じる。

大丈夫、空を統《す》べているのはワルキューレだ。敵機はもはや戦意を失い、空域をちりぢりに逃げていくのみ……。

突然、通信からイリアの声が入った。

『坂上《さかがみ》、イヤな気配がする。上、北北西……』

「……気配……？」

通信では、いつもはっきりとした報告を送ってくるイリアにしては、あいまいな連絡だ。

清顕《きよあき》は上方を見上げる。高い筋雲《すじぐも》が流れゆくだけでなにもない。イリアも神経が昂《たか》ぶっているのだろうか。しかしイリアはわざわざ清顕に並走して、風防越しに、空の一角を指さす。

イリアの指の先は、高度七千五百メートルほどのところにたなびく層雲《そううん》だった。高高度気流に吹き流されるだけの、なんの変哲《へんてつ》もない薄い雲——。

いや、違う。清顕の直感が、イリアに反応する。

「……ん?」

わずかに——清流をゆく稚魚《ちぎょ》のごとき、半透明のなにかが雲のむこうを居流れたような。

空域に、電流が爆《は》ぜる。

大気から、これまで感じたことのないほどの脅威《きょうい》が伝う。

百五十戦以上の実戦を積み重ねた経験が、警鐘《けいしょう》を乱打する。きっとイリアの頭蓋《ずがい》のうちにもこれと同じものが響いているはず。

視認するより早く、清顕はマイクをつかんだ。

見えないが、いる。必ず、いる。

「高度七千五百、第二波、戦闘機!!」

叫んだ瞬間——。

層雲が裂け、「光のアリス」は血に濡《ぬ》れた笑みを戦闘空域へむけた。

『アリスアクトゥス!!』

イリアの叫びが、ワルキューレ全機へ届く。ベオストライクを一方的に蹴散《けち》らした、今大戦最強の単座戦闘機。

刹那《せつな》――。

稲妻《いなずま》が、清顕《きよあき》とイリアの狭間《はざま》を引き裂いた。

「!?」

空間を鉤裂《かぎざ》きにする、天空からの投げ槍《やり》。

「砲弾《ほうだん》」と呼ぶしかないものは、空域を両断するかのごとく、不気味な唸《うな》りをあげて清顕の傍《かたわ》らに灼熱《しゃくねつ》の帯を曳《ひ》いた。

かつて単座戦闘機「斑鳩《いかるが》」に乗り、三十七ミリ機関砲《きかんほう》を撃った清顕だからわかる。あれが擦《さっ》過《か》しただけで、カズヴァーンは深刻な損傷を受けるだろう。

『坂上《さかがみ》っ!!』

弾道に一瞬気を取られ、イリアの叫びで目をしばたたき、慌《あわ》てて上方を振り仰《あお》ぐ。

天頂から、アリスアクトゥスが降ってくる。

主翼から突き出た機関砲の銃身《じゆうしん》が殺意を溜《た》めて、まっすぐ清顕を狙《ねら》っている。

「くっ……」

機体を反転させ、遮風板のむこうを海原に変えた。

完全に優位高度を取られたいま、まともな反撃は難しい。

非常によくない。ワルキューレ全員が、アリスアクトゥスに優位高度を取られている。

逃げるしかない。

「イリア、掩護《えんご》を……!!」

『任せろ、アリスの性能を見極める……!!』

海原を目がけ、背面逆落《さかお》としの急降下。

歯を食いしばり、まなじりをこじあけて、急速に接近してくる南多島海の波濤《はとう》を睨《にら》む。

振り返らずとも、急迫してくるアリスアクトゥスを背中に感じる。

追ってくる。距離は縮まっている。どうやら機体耐性もむこうが上だ。ベオストライクが蹴散らされた、という一事だけで、カズヴァーンはなにもかも二段階ほどこの敵に劣《おと》る、と念頭に置いて間違いない。

『敵機、撃った!!』

イリアの叫びが届いた瞬間、清顕は機体を捻《ひね》る。

翼があった箇所《かしょ》を、稲妻の一閃《せん》。

第二撃を感じ取り、降下しながら急横転。

気むずかしいカズヴァーンが翼を軋《きし》らせ苦悶《くもん》の呻《うめ》きをあげる。清顕《ただ》は空中分解のぎりぎりを見極め降下をやめない。回転する世界のさなか、二撃、三撃、焼け爛れた火線《かせん》が横転の中心を食い破っていく。

──かすっただけで墜《お》とされる……!!

アリスアクトゥスはまだくらいついてくる。どれほど降下しようともこちらとの距離がひらかない。帝国兵士が名付けた「光のアリス」の異名《いみよう》は、稲妻《いなずま》のごときこの空戦機動を指すのだと理解した。背後からイリアが懸命《けんめい》の射撃《しやげき》で掣肘《せいちゆう》しようとするが、意に介すことなくただ清顕《きよあき》のみを狙《ねら》ってくる。

──敵は遙《はる》かに優速だ。まともに逃げればやられる。

正攻法では死ぬだけだ。一瞬一瞬で戦技を尽くすしかない。

アリスアクトゥスが必中《ひつちゆう》の距離まで寄せてくるのを見届け、清顕は衝突覚悟でブレーキをかける。

──壊れるな、フラップ。

祈りと共にフラップ角を八度下ろし、同時にわずかに降着装置──すなわち車輪を翼から出す。

カズヴァーンの速度が落ちる。アリスアクトゥスが急激に、カズヴァーンの尾翼へとつんのめる。

──避けてくれ……。

清顕は操縦桿《かん》を押し込んだまま祈る。敵機は衝突を恐れ、右へ身を翻《ひるがえ》して清顕の前方へ躍《おど》り出てしまう。

一瞬にして攻守が交代する。

清顕は降下しながら、アリスアクトゥスの両翼がはみ出た照準器《しょうじゅんき》を覗《のぞ》き込む。

——取った……！

引き金を握り込む。二十ミリ機関銃《きかんじゅう》が唸《うな》りをあげる。しかし。

「!?」

咲くはずの華が咲かない。二十ミリ機銃弾《だん》は虚《むな》しく視界をかきむしり、消えていく。

アリスアクトゥスはわずか一瞬にして降下角を深め、カズヴァーンには追尾不可能な急降下で射程の外へ逃《のが》れ出ていた。

馬力も、機体耐性も、桁《けた》が違う。必中の距離で敵機を捉《とら》えたというのに、強引に振り切られてしまった。草薙《くさなぎ》航空隊で斑鳩《いかるが》に乗ったとき、相手のベオイーグルがまるで牛が空を飛んでいるように見えたが、アリスアクトゥスからもカズヴァーンはきっとそういうふうに見えているだろう。

——これはキツイ……。

弱音《よわね》が頭蓋《ずがい》に鳴るが、とりあえず追尾を振り切った。後ろを振り返ると、イリアも無事、清顕に追従《ついじゅう》している。

『味方がまずい、アリスが多すぎる!!』

言われて上方を仰《あお》ぎ見る。いまの急降下勝負で一気に高度が千五百メートルにまで落ちてしまっていた。戦闘空域は高度二千〜三千メートルあたり。スロットルをふかし、上昇に必要な機速を獲得《かくとく》しつつ、応援すべき味方を探す。

青銅《せいどう》色のカズヴァーンに、銀鼠《ぎんねず》色のアリスアクトゥスが襲《おそ》いかかる様子がすでに見える。イリアがいち早く来襲《らいしゅう》に気づいたおかげで不意打ちは逃《のが》れたようだが、しかしひとめ見ただけで味方の苦戦は明らかだった。

あからさまに、銀鼠色の空戦機動が常軌《じょうき》を逸《いっ》している。青銅色は逃げるのに精いっぱい、乱戦に乗じてかろうじて敵の背後をとっても、さっきの清顕《きよあき》と同じように機速で振り切られている。

『くそっ、なんだこいつら、速い!!』『アリスは何機だ、かなり多いが……』『四十機以上いる、連繋《れんけい》しないと厳しい』

通信は混乱していた。勝ったと思っていたらいきなり上方からアリスアクトゥスの大軍が降ってきて、ワルキューレの頭を抑え込んだ格好だ。もしかすると先の三式アイオーンはこちらの高度を下げさせるための囮《おとり》であり、本隊のアリスアクトゥスは高高度からずっと様子を窺《うかが》っていたのかもしれない。

厳しい戦いだ。だが諦《あきら》めるわけにはいかない。マウレガン島からの雷爆撃機《らいばくげき》到着まで、あと三十分あまり。この空の航空優勢を明け渡したなら、サントス島は灰燼《かいじん》と帰《き》す。エリザベートが死ぬ。多島海の希望は潰《つい》える。

　操縦桿《かん》を握り直し「光のアリス」を睨《にら》みあげた。これまで出会ったなかでも、間違いなく最強の単座戦闘機だ。目算でおそらく四十機から五十機。これをすべて墜《お》とさなければ、こちらに勝ちはない。

「行こうイリア、戦わなきゃ……」

『あぁ。死力を尽くそう。技術と精神で戦うしかない……！』

　清顕は頷《うなず》きを返し、イリアと共に天空を翔《かけ》る。イリアの言うとおり、鍛《きた》え上げてきた肉体と技術と精神力がこちらの武器だ。これほどの機体性能と物量差を覆《くつがえ》すには、それしか敵に優《まさ》る武器がない。

『機体を常に滑らせろ。まっすぐ飛ぶな。追ってくる敵を前へ押し出し、勝機を窺え』

　アクメドの落ち着いた声が通信機から伝う。「空の王」の声が届くだけで勇気が湧《わ》いてくる。

『さあ、やっと噂《うわさ》のアリスちゃんに会えたよみんな。かなり生意気な女みたい、せいぜいかわいがってあげないと』

　楽しむようなサナトラの言葉が、みんなを励ます。

『準備運動は終わり、ここからが本番だよ。ぼくたちの戦いを見せてやろう』

　カンダタの冷静な声も、隊員の自信になる。編隊指揮を嫌がっているというふたりだが、仲間を思う気持ちは誰にも負けない、優秀な飛空士だ。

　――信じろ。ぼくたちは強い。

清顕《きよあき》も勇気を振り絞りながら、イリアと共に空を駆《か》け上がる。

待ち受ける「不思議な世界のアリス」。

死に神の鎌《かま》のごとく三十ミリ機銃《きじゅう》を突きだし、真っ赤《か》な唇《くちびる》の端から舌をちろりと覗《のぞ》かせて、ワルキューレを見下している。

——行くぞ、アリスアクトゥス!!

無音の咆哮《ほうこう》と共に、清顕は敵機との距離を詰める。

刹那《せつな》——居並んだ少女たちの鎌が天空を引き裂く。

光のアリス。

その異名《いみょう》が空域に轟《とどろ》いたとき、爆砕《ばくさい》した味方の破片が六月の空に乱舞した。

『おおおおっ!!』

味方の悲鳴じみた蛮声《ばんせい》が、スピーカーを割る。声が声になっていない。

誰かがやられた。アリスの鎌に、斬《き》り捨てられた……!!

唇を噛《か》みしめ、炎の幔幕《まんまく》を突破して、清顕はこちらに正対《せいたい》して空を駆け下りてくるアリスアクトゥスを見上げた。

——来い……!!

反航勝負はすなわち度胸勝負だ。避けたほうが死ぬ。機体性能と物量で負けても、精神力で負けるわけにいかない。

清顕はこの瞬間、命を捨てた。

ただ飛空機を構成する一部品と化し、アリスアクトゥスへむかい一直線に駆け込んでいく。

ゼロコンマ一秒、アリスは清顕の面前で微笑《ほほえ》んでいた。

——壊れろ。

その顔面にむかい、胴体部から二十ミリ機銃を吐き出す。

ぎあああ、と鋼鉄の少女の悲鳴が空域を震わせる。

無残に顔面を破壊された敵機は、きりきり舞いながら海原へ墜《お》ちていく。

今大戦最優秀機を一撃《げき》のもとに仕留め、清顕の凱歌《がいか》が空中に響く。

砕け散ったアリスアクトゥスの破片を見下ろして、全身が総毛立つ。

「アリスも無敵じゃない、戦える!!」

思わずマイクをつかみ、隊員たちに呼びかけていた。

味方の歓呼がすぐさま返る。

『勇気で負けるな!!　おれたちの武器はそれだけだ!!』『やってやるぜ、体当たりでも仕留めてやる!!』『行こうみんな、ワルキューレの誇りを示せ!!』

『坂上《さかがみ》、うしろっ!!』

イリアの叫びで我に返った。振り返ったなら、やられた味方の仇《かたき》撃ちとばかりに、三機がまとまって追尾してくる。

「イリア、頼む……!!」

またたくまに敵機との距離が縮まる。全速で逃げようが関係ない。横並びのアリスたちが艶美《えんび》に笑いながら、逃げる清顕《きよあき》へ死に神の鎌《かま》を振り上げている。

やられる……!!

『滑らせろ坂上《さかがみ》、まっすぐ飛ぶな、低速域の戦いに引きずり込むんだ、カーナシオンを思い出せ!!』

イリアの悲鳴が、清顕の頭蓋《ずがい》のうちでかつて見た宿敵の空戦機動を思い起こさせた。

自分にあれができるかわからない。だができなければやられる。

「く……っ!!」

フットバーを蹴《け》りつけると同時に、操縦桿《かん》を横ざまに倒す。

機首が右斜め方向をむいたまま、機体は微妙に横滑りしつつ直進する。フラップをわずかにひらき、車輪も微妙に出してブレーキをかけ、スロットルを微妙に加減して逆方向へ操縦桿を倒すと、今度は機首が左斜め方向へむいたまま直進する。

自動車のドリフト走行を、空中でやってのける。

空を飛んでいるから加減の難しさは地上の比ではない。速度が落ちすぎたなら失速して墜落《ついらく》するし、フラップの加減を間違えればフラップが吹き飛ぶ。さらにスロットルをひらきすぎれば空中分解するし、滑らせ方が浅ければ敵機の機銃弾《きじゅうだん》を浴びて死ぬ。

空中におのれの身体《からだ》をなすりつけて進む蛇《へび》のごとき空戦機動。

かつてカーナシオンがシエラグリード沖海戦においてヴォルテック航空隊を相手に見せた、低速域の戦い。優速、重武装、上昇旋回《せんかい》性能ともにカズヴァーンを圧倒するアリスアクトゥスが相手なら、これしかない。

「ぐぅぅ……っ!!」

言うだけなら簡単だが、しかし尋常《じんじょう》な操作でないことは思い知った。操縦桿とフットバーとスロットルに加えてフラップ開閉から車輪の出し入れまで、煩雑《はんざつ》な作業を指先ひとつ分間違えたならその場で墜《お》ちる。

速度計の針が一気に落ちる。カズヴァーンの失速速度は時速二百五十キロメートル前後。そのぎりぎり上の速度を狙《ねら》い、大気へ機体をこすりつける。

三人のアリスは清顕の意図に気づき、速度を緩《ゆる》めて後ろ上方の占位を保とうとする。

だが、清顕は遥《はる》かに遅い。たまらず機銃掃射《そうしゃ》を仕掛けるが、蛇行《だこう》する清顕を捉《とら》えきれない。

ブレーキも間に合わず三人そろって前へつんのめる。

清顕は前方を睨《にら》む。

背後から、イリアも来る。

『坂上!!』

「イリア!!」

互いの名を呼び合ってから、二十ミリ機銃《きじゆう》二門と十四ミリ機銃二門を斉射《せいしや》する。

火炎の雨が、三人のアリスをまとめて射貫《いぬ》く。

炎上しながらのたうち回る魔女たちの真ん中を突き破り、清顕《きよあき》とイリアは並走しながら顔の前に親指を突き上げ、一瞬だけ笑みを交わした。

イリアが一緒に飛んでくれることが、心の底から頼もしい。

イリアと組めば、絶対に負けない。

勇気を奮い立たせて、清顕は空域を睨《にら》み――。

「あああああっ!?」

悲鳴をあげた。

『ちくしょう!! ウソだろフランク、返事してくれ!!』『許さねえぞ、この野郎《やろう》、絶対に叩《たた》き墜《お》としてやる!!』『ぶっ殺せ、一機も逃がさねえ、アンディの仇討《かたきう》ちだ!!』

隊員たちの涙声が、スピーカーから次々に届く。

ワルキューレが、墜ちていく。

青銅《せいどう》色の機体たちが、あるものは翼をもぎとられ、あるものは胴体部を両断され、あるものは搭乗席から炎を噴き上げながら――。

無敵の戦闘機隊が。極限まで鍛《きた》え上げられた精鋭《せいえい》中の精鋭たちが。

次々に海面へ、油紋の華を咲かせている。

その遥《はる》か上方、不思議の世界から降り下りてきた魔女たちが笑いながら舞い踊る。鎌《かま》の刃先から血を滴《したた》らせ、次なる獲物《えもの》を求めてゆらりゆらり、死の舞踏を舞う。

嘲笑《ちょうしょう》が、空域に響く。アリスアクトゥスの高速ステップに、カズヴァーンは全くついていけない。ただ翻弄《ほんろう》され、肉薄《にくはく》を許す。かろうじて近くの味方と連撃《れんけい》を取ろうとするが、魔女は追尾に構うことなく、三十ミリ機銃の大鎌で勇敢《ゆうかん》なワルキューレの首をもぎとり、悠々とその場を離脱する。連撃を取っていた味方は追いつくこともできず、同僚が空に咲かせた火炎の華を呆然《ぼうぜん》と仰《あお》ぎ見るのみ。

爆炎が立てつづけに咲き乱れる。吐き出される鉄片はいずれも青銅色のものばかり。

形勢は先ほどと一転、一方的にワルキューレが追い立てられ、まともに反撃もできぬまま炎に包まれ墜ちていく。

はらわたが煮えくりかえる。腕ではこちらが圧倒しているのに、機体性能と物量に差がありすぎて、技量に劣《おと》る敵に嘲笑されながら狩られてしまう。涙に血が混じりそうだ。

当たり前の話だが、こちらの数が減るほどに、敵の被害は少なくなり、味方の被害は増えていく。二倍だった敵の数が、味方が墜ちるほど三倍になり、四倍になる。

さらに。

『……第三波!!』

『三式アイオーン、百六十機!!』

通信から、仲間たちの悲痛な叫びが届いた。

北東方面に立ちこめる雲のなかから――。

第一波と全く同じく、百六十二機のウラノス戦闘機大隊が梯団《ていだん》を組み上げ、悠然とこちらへ飛来してくる。どうやら低気圧のなかに、こちらが全く偵知《ていち》していない空母戦隊が存在しているようだ。今後いったいどれほどの増援が飛来してくるのか見当もつかない。

さらに。

『別戦隊!!　北北東から空母機動部隊、接近中……!!』

絶望の叫びが追い打ちをかける。

言われた方向を見下ろしたなら、正規空母四隻《せき》を中心とした輪形陣《りんけいじん》が海原に半径七キロメートルに及ぶ円周を描《えが》き出していた。護衛艦艇は軽巡と駆逐艦《くちく》が三十隻ほど。それまで直上を覆《おお》っていたスコールが晴れてすがたを現したらしい。こちらの航空戦力が脆弱《ぜいじゃく》なのを見越したのか、発見されたにもかかわらず悠然と進軍してくる。上空を直掩《ちょくえん》するアリスアクトゥスは、おそらく百機をくだるまい。

覚悟はしていた。だが、わずかに抱《いだ》いていた希望の光さえ握りつぶされるようなこの物量差、性能差。ワルキューレ隊員たちの暗澹《あんたん》たる内面が、通信の静けさから伝ってくる。

――ここが死に場所か。

思考がそう呟《つぶや》いた。否定したくても否定できない。どこをどう探って見ても、活路が見いだせない。

『死守だ』

通信機から、アクメドの厳粛《げんしゅく》な命令がくだされた。死守とは、その名のとおり、死ぬまでこの空域を守ることである。退却という選択肢は存在しない。たとえこの身が砕けても、あとにはワルキューレの名誉が残る。王家の名声が残る。それならもしかすると後の世のひとがぼくの死に、なんらかの意味を与えてくれるかもしれない。

——この空を、死守する。

悲壮な決意を改めて固め、清顕《きよあき》は強すぎる敵を睨《にら》み据《す》える。無駄な抵抗なのはわかっているが、事ここに至れば腹を据え、翼をもがれるまでこの空を飛ぶのみ。

「行くぞ」

荒れていた呼吸を整え、天空のアリスアクトゥスへもう一度おのれの剣尖《けんせん》を掲《かか》げ直す。味方はすでに半分ほどが墜《お》ちて、残り十数機。この残存戦力でまずは魔女の群れ四十機余りを駆逐し、そののちアイオーン百六十二機を排除して、マウレガン島からの雷爆撃機《らいばくげき》七十機を待つ。最後の希望の到着まで、あと十五分ほど。

高度四千メートルあたりから、アリスアクトゥス十五機が雪崩《なだ》れ落ちてくる。

清顕とイリア、カンダタとサナトラが高度三千メートルで待ち受ける。

魔女の哄笑《こうしょう》さながらの、プロペラの唸《うな》り。清顕は奥歯を嚙《か》みしめ、アリスアクトゥスを睨《にら》み据《す》えながら、自《みずか》らも天を目指し駆《か》け上がる。

敵は完全な単横陣《たんおうじん》。滝のなかに飛び込んだ気分だ。

運を天に任せる。全身を三十ミリ機銃《きじゅう》に刺し貫《つらぬ》かれ砕かれても構わない。

ただ一矢《いっし》でも、二矢でも、ウラノスへ報《むく》いてやらねば腹の底の憤怒《ふんぬ》が収まらない。

仲間たちの仇《かたき》だ。思い知れ。肉薄《にくはく》してくる魔女たちへ、思い切り機銃弾《だん》を注ぎ込もうとしたそのとき――。

横合いから、二十ミリ機銃弾の濁流《だくりゅう》。

横腹を食い破られた魔女が爆砕《ばくさい》する。二機、三機、立てつづけに焼け爛《ただ》れた炸薬《さくやく》弾の直撃を受けて火球《かきゅう》となり、断末魔《だんまつま》の叫びとともに空中をのたうちながら墜《お》ちていく。

「師匠!!」

いつのまに忍び寄ったのか、アクメドは相変わらず、同じカズヴァーンを操縦しているとは思えない優雅なステップを中空に刻みつつ、アリスアクトゥス一機一機に歩み寄り、握手するかのごとく機銃弾を注ぎ込む。

なぜこんなことができる?

このひとだけ、ぼくらと異なる次元に存在しているのでは?

そんな疑問を禁じえないほど、アクメドひとりだけが光芒《こうぼう》をまとっているかのような。危機に陥れば陥るほど、「空の王」はその独自の存在感を増していく。

魔女たちも、光輝《かがや》くアクメドに吸い寄せられるかのように、彼の周囲を旋回《せんかい》しはじめる。様子を窺《うかが》っている。おそらく、アクメドの名前を知っているのだ。カーナシオンに並び立つ空の英雄の挙動を観察し、できるなら撃ち墜として名を上げたいらしい。

『おれが敵を引き付ける。お前たちは隙《すき》を見て墜とせ』

アクメドの落ち着いた声が、スピーカーから届く。このひとがいたらもしかして、この絶対的不利な状況も覆《くつがえ》るのではないか。そう思わせるに充分な威厳と実力が「空の王」には備わっている。

勇気を振り絞り、清顕《きよあき》もアリスアクトゥスに格闘戦を挑《いど》む。どれほど秘技を駆使《くし》して照準《しょうじゅん》器《き》に収めても、優速な敵はすぐにこちらの射程から逃《のが》れ出て、数の力を頼みにこちらの背後や左右に占位する。

浴びせかけられる機銃弾の雨あられを、懸命《けんめい》に機体を滑らせて回避して、一機でも、一弾でも、敵に被害を与えようと死力を尽くす。

気がつけば、周囲は全部敵機だった。

イリアともはぐれてしまっていた。戦闘空域を見渡したなら、そこかしこでワルキューレ隊員が多数の敵を相手に獅子奮迅《ししふんじん》の戦いを繰り広げている。アクメドは四十機以上の敵機を引き連れ、加速と減速を魔術のように使い分けて幻惑《げんわく》しながら、ワルキューレ隊員に攻撃の隙《すき》を与えようとしている。

だがアクメド狩りを諦《あきら》めた残りのアリスアクトゥスと二式アイオーンの群れが、功名《こうみよう》を競うように残存するワルキューレ隊員へ襲《おそ》いかかり、肉片に変わるまで嬲《なぶ》る。

『すまない、ここまでだ。先に逝《い》くぞ』『みんな、いままでありがとう、楽しかった。勝ってくれ、絶対に』

切ない声を通信に残し、一機、また一機、炎に包まれて長い黒煙を吐き出しながら、ワルキューレたちが墜《お》ちていく。

誇り高い世界最強の翼たちが、魔女の群れに嘲《あざけ》られながら、次々に海面の華になる。

清顕《きよあき》は奥歯を噛《か》みしめて、ただ敵を睨《にら》み据《す》える。泣くひまなどない。一機でも多く敵を墜とし、挽《ひ》き肉に変えて、命尽きるまで戦うのみ。清顕もまた六機のアリスアクトゥスにしつこく狙《ねら》われ、カーナシオン流の蛇行術《だこうじゅつ》でなんとかかわすのが精いっぱいの状況だ。

眼下を見下ろすと、ウラノス打撃艦隊はすでに艦砲射撃《かんぽうしゃげき》を開始していた。

二隻《せき》の超弩《ど》級戦艦は口径五十センチとおぼしい主砲塔《しゅほうとう》から、重量一トン近い徹甲弾《てっこうだん》をサントス島目がけて吐き出している。沿岸砲台のコンクリート装甲は薄く、あれの直撃をくらったらひとたまりもあるまい。四隻の重巡《じゅうじゅん》はなんら抵抗も受けぬまま、悠然とサントス島へ忍び寄って二十四センチ主砲塔の斉射《せいしゃ》準備に入っていた。このまま一時間もすれば、サントス島の防御施設は灰燼《かいじん》と帰《き》すだろう。

マウレガン島からの雷爆撃機《らいばくげき》はまだ来ない。

だが来たとしてもこの状況では、敵戦闘機の群れにたかられて一方的に撃ち墜とされるだけだ。航空優勢を獲得《かくとく》しているのは、もはや明らかにウラノスである。

——まだ諦めるな。

——戦うんだ。命尽きるまで。

屈服《くっぷく》しそうになる心を、懸命《けんめい》に駆《か》り立てていたそのとき——空域に新たな異変が走るのを感じた。

「!?」

どこかで感じたことのある、畏怖《いふ》と恐怖。

異常なものはなにも見えないというのに、清顕の全身が、研ぎ澄ませてきた飛空士としての本能が——。

「彼」の存在を告げ知らせる。

——ここに来ているというのか。

清顕の全身が総毛立つ。

理屈ではない。ただこれまで二度、空戦場で「彼」に遭遇《そうぐう》した経験が、空域の異変を告げ知らせる。

どこだ。

六機のアリスアクトゥスに追われながら、戦闘空域へ目を凝《こ》らした。

そして、気づく。

北の空の一角が——澱《よど》んでいる。

その空域だけ、空で死んでいった人間の怨念《おんねん》が堆積《たいせき》しているかのような。

吐き気がこみ上げる。空の清潔な青がそこだけぬぐい去られ、けがらわしさが煮凝《にこご》って質量を得ているかのごとく。空中の怨霊《おんりよう》を一身に背負い込み、つなぎ止めて、おのれの力に変えているようなおぞましいなにかが、空を飛んでいる。

通常の人間の目に映る現象ではない。鍛《きた》え上げてきた清顕《きよあき》の感性が「彼」の飛ぶ空を汚染されたものとして認識させる。

——空をけがすもの。

汚らしい航跡は徐々に、球状に旋回《せんかい》するアリスアクトゥスの群れへ忍び寄っていく。

敵機が作り上げた球体の中心にいるのは——「空の王」アクメド。輝《かがや》ける聖騎士へ、禍々《まがまが》しい怨念の渦がまとわりつこうとしている。

——師匠が、危ない。

直感がそうささやいた瞬間、清顕はおのれの危険を顧《かえり》みることなく、アクメドへと機首をむけた。

空域に満ち満ちたどす黒い螺旋《らせん》は、アクメドを包み込もうとしていた。

汚れた流紋が空から滴《したた》り落ち、聖騎士アクメドの頭蓋《ずがい》をひたそうとしている……!

「師匠、上っ!!」

マイクをつかみ、怒鳴った。


通信機から清顕の怒声を受け、アクメドは天頂を見上げた。

いつの間にか——天頂が泥水のごとく汚れていた。

空に重油をぶちまけたような油紋が、天の中心から空の裾《すそ》へと広がってゆく。

戦闘空域が「彼」を中心としてけがされている。

目を細める。

かつてアクメド自《みずか》らが炎の海に沈めたあの男が、怨霊の軍団をまとい舞い降りてくる……!


「カーナシオン!!」


「空の王」、ふたりの眼差《まなざ》しが風防を濾《こ》して激突する。

背面逆落《さかお》としで降下してくるアリスアクトゥスの機首に、黒豹《くろひょう》のノーズアート。

多島海に並び立つ、ふたりの「空の王」が、いまこの空で互いの剣尖《けんせん》をむけている。

「ぬううっ!!」

アクメドが今日《きょう》はじめて呻《うめ》く。

凡百《ぼんぴゃく》の敵にいくら囲まれようが怖くはない。

だがカーナシオンは違う。この男だけが、おれの射程内でまだ息をしていられる……！

操縦桿《かん》を倒し、海原を目がけ急降下しながら、追尾してくるカーナシオンを確認する。

九年前、シルヴァニア王国を滅《ほろ》ぼしたウラノス急襲《きゅうしゅう》の際。

敵戦闘機大隊を統率《とうそつ》していたカーナシオンと空戦になり、アクメドはワルキューレ隊員との連繋《れんけい》技でカーナシオン機に火を吹かせた。全身に火傷《やけど》を負いながら落下傘《らっかさん》降下するカーナシオンは、肉体を焼かれながらも憎悪《ぞうお》の目でいつまでもアクメドを見つめていた。

剣を交えるのはあのとき以来だ。しかしここまで汚らしい飛び方をする飛空士ではなかったはずだが、おそらくあの敗北がそうさせたのだろう。九年前とは全く異なる、カーナシオンの戦技。その実力は、空域を通じてイヤというほど伝わってくる。

——技術はおれと互角。しかし。

——ヤツがアリスアクトゥスの性能を引き出すとなると……。

正直、厳しい。同じ機体であれば負ける気はしないが、カズヴァーンでは引き出せる性能に限界がある。カーナシオンはそこを見逃《みのが》してくれるほど間抜けでもお人好《よ》しでもない。

勝機があるとすれば、ひとつ。

だがこれだけの大群に囲まれているなかでそれをやれば、自分の運命は決したも同然。

しかし——見せる価値はある。

自分が師から受け継いだものを、あとにつづく若者に託すときなのだろう。

——これがおれの天命《てんめい》か。

アクメドはすべてを受け入れた。逃げながら周辺に目を走らせ、清顕《きよあき》が敵機を引き連れて支援に駆《か》けつけようとするすがたを見極め、マイクを握った。

自分の後継者と見込んだ男に、話しかける。

「清顕、よく見ておけ」

『……!?』

「お前の父君に託された技だ」

清顕の父にしてアクメドの師匠、坂上正治《さかがみまさはる》。

正治がかつて「空の王」と呼ばれたカルステン・クライシュミットを相手に見せたと言われる伝説の空戦機動を、いまこの空に描《えが》こう。

「お前が受け継げ。ワルキューレを頼む」

アクメドは信じている。清顕はいつか「空の王」となる男だ。

その力でいつか、世界を変えられる男だ。

だから、おれのすべてをお前に託す。

「王家を、頼む」

『師匠っ!!』

清顕《きよあき》の絶叫が、スピーカーを震わせた。アクメドの覚悟を感じ取ったのだろう、声に涙が混じっている。バカ野郎《やろう》が、泣くヒマがあったら目を凝《こ》らしていろ。悪態をつきたいのをこらえて、アクメドはカーナシオンの追尾を確かめる。

アクメドの周囲にはもはや、敵機六十機近くが取り囲み、射弾《しゃだん》を注いでいた。カーナシオンに追われたために、それまでの幻惑《げんわく》的な空戦機動を描《えが》けなくなり、ほとんど直線といっていい逃げ方に転じている。

光の航跡を曳《ひ》いて逃げるアクメドを、どす黒い怨霊《おんりょう》の尾を曳きながらカーナシオンが追う。ほかの誰でもない、自分の手でアクメドを仕留めるべく、自《みずか》らが生みだした闇《やみ》のただなか、カーナシオンは死に神の鎌《かま》を振り上げる。

またたくまに、カーナシオンはアクメドの尾翼に取りすがる。

必中《ひっちゅう》の距離に、アクメドを捉《とら》える。

照準器《しょうじゅんき》からはみ出る、アクメドの両翼。

カーナシオンの全身を、快楽が押し包む。

この火傷《やけど》が痛むたびに、アクメドへの憎悪《ぞうお》を連ねてきた。この光をまとうような美しい飛び方が憎くて憎くて仕方ない。九年にわたる屈辱《くつじょく》の日々を、いまこの空で晴らそう。

「ギイイ……ッ!!」

焼け爛《ただ》れた声帯でそんな快哉《かいさい》を叫びながら、三十ミリ機関砲《きかんほう》を撃ち込む。

重い轟《とどろ》きが機内を包み、真っ赤《か》な弾道がアクメドの尾翼へと伸びていき——。

爆砕《ばくさい》する……はずのアクメドが、いきなりカーナシオンの後方へすっ飛んでいく。


「ギっ!?」

機関砲弾は、虚《むな》しく機体前方をかきむしるのみ。

アクメドが、消えた。

いや、違う。

弾着直前のわずかな一瞬……。

か、ー、ナ、シ、オ、ン、の、風、防、の、直、上、を、アクメドが、機首を、前に、む、け、た、ま、ま、航、過、し、た。

意味が、わからない。どういう事象が発生すればそういう事態になるのか、頭脳が経緯を理解できない。

では、アクメドはいまどこに——？

刹那《せつな》、脊椎《せきつい》に稲妻《いなずま》が走る。

カーナシオンの見ひらいた目が、機体後方を振り返る。

光の騎士が、一騎――。

必中《ひっちゅう》の距離に逆に占位し、カーナシオンの背中へ二十ミリ機銃《きじゅう》の銃口をむけていた。

これは。

この技は、まさか。

フィクションの戦技でしかないはずの、あの……。


『蛇撃《へびう》ちっ!!』


アクメドは通信機を通じて、清顗《きよあき》のそんな叫び声を聞き、頷《うなず》く。

見てくれたか。できるんだよ。フィクションでもファンタジーでもない。おれもこの目で見た。坂上正治《さかがみまさはる》師が、蛇撃ちでカルステン・クライシュミットを撃ち墜《お》とすその瞬間を、確かに見たんだ。

だから、お前も網膜《もうまく》に焼きつけてくれ。

いつかお前の翼が、空を統《す》べるその日のために。

――坂上師。これがあなたへの、せめてもの恩返しです。

――清顗が、わたしたちの遺志《いし》を継ぐでしょう。

照準器《しょうじゅんき》の十字環《じゅうじかん》に捉《とら》えたカーナシオンを目がけてアクメドの二十ミリ機銃弾《だん》が火を噴いた、その瞬間――。

蛇撃ちにより速度の落ちたアクメドの機体上部面を、上方から降下してきたアリスアクトゥス三機の三十ミリ機関砲《ほう》が食い破った。

カーナシオンの方向舵《ほうこうだ》が吹き飛ぶと同時に、三発の機関砲弾の直撃を受け、アクメドは幾百万の鉄片と化して蒼穹《そうきゅう》を舞った。

残酷な火球《かきゅう》が、空に噴き上がる。

アクメドの肉体はその灼熱《しゃくねつ》のうちに、空へ還《かえ》る。

アクメドを墜とした三機は、機首に描いたサソリの紋章を輝《かがや》かせ、空を駆《か》けあがる。

かろうじてフットバーを踏み込んだところを撃たれ、方向舵をもぎとられたカーナシオンは機体の制御を失い、あらぬ方向へ吹き飛ばされていく。二転、三転、独楽《こま》のように横転してから、かろうじて空中姿勢を回復し、後方を振り返って黒薔薇《くろばら》色の火炎と化した宿敵を仰《あお》ぎ見る。

もうひとりの「空の王」アクメドは、原形もとどめず消失していた。飛散した機体の破片がきらきら、青銅《せいどう》色の雪のごとく青空に溶け落ちていく。

「ギイイ……っ!!」

屈辱《くつじょく》の叫びも虚《むな》しい。この手でアクメドを撃ち墜とすことができなかったどころか、この被害ではもはや空戦をつづけることができない。

――サソリに邪魔された。

――アクメドが、永久に手の届かないところへ行ってしまった……!!

焼けつくほどの怒りを覚えながら、カーナシオンは空戦場を離脱するしかなかった。アリスを使ってまだまだ敵機を破壊したかったが、次の機会を待たねばならない……。

「師匠っ!!」

清顕《きよあき》はただ叫ぶことしかできない。

まだ信じられない。事態の意味を理解できない。誰にも墜《お》とされないはずのアクメドが、炎の華となってしまった。

あとにただ、伝説の戦技だけを残して。

無理に蛇撃《へびう》ちをしなければ、サソリ編隊からの射弾《しゃだん》はかわせたはずだ。なのに急減速を承知で蛇撃ちに挑《いど》み、カーナシオンを大破《たいは》させて、自《みずか》らは散華《さんげ》してしまった……。

その意味を、理解する。

――師匠は、ぼくに託したんだ。

――父さんの戦技を。

――父さんは嘘《うそ》つきじゃない。蛇撃ちは実在するんだ……!!

その思いを噛《か》みしめる。涙があふれ出てきてどうしようもない。空戦場で泣いてどうする、アクメド師匠の思いを受け継がねば、ぼくは男じゃなくなる。

「受け取りました、師匠、蛇撃ちはぼくが受け取りました!!」

泣きながら、空へ叫ぶ。

託されたものを、魂《たましい》の奥底で抱きとめる。

坂上正治《さかがみまさはる》とアクメド。ふたりを経由していま清顕に託された伝説の戦技「蛇撃ち」。

必ず、体得してみせる。

必ず、この空を生き残って、いつかこの手で決戦空域に描《えが》き出してみせる……!

そのためにも。

「生き残る」

あふれる涙をぬぐい、清顕は魂を燃え立たせ、敵機群を睨《にら》み据《す》える。

「絶対に、生き残る!!」

天空の魔女たちへ、まっしぐらに斬《き》りかかる。

「どけ、邪魔だ、消え失せろっ!!」

悪態をつきながら、一個の修羅《しゅら》と化して、清顕はアクメドの思いを抱きとめて空を翔《かけ》る。

——あなたの思いを、無駄にはしない。

幼《おさな》いころ、正治に禁止されていた飛空機械の操縦を教えてくれたのがアクメドだった。彼に憧《あこが》れ、彼の背中をずっと追いかけてきた。

ワルキューレに入ったのも、セシルとアクメドがいたからだ。選択肢もないまま、ただ指された戦場で戦うだけだった自分に、はじめて選択肢をくれたひとだ。

——そのひとが最期《さいご》に、自《みずか》らの翼をぼくに託した。

意志の力で涙を抑え込み、空域へ鷹《たか》の目を注ぐ。

「受け継ぎます、師匠!! あなたの魂《たましい》を、ぼくが継ぎます!!」

スロットルを全開にし、清顕《きよあき》は天空を翔《かけ》る。

行く手にたとえ絶望しかなくても。未来が見えなくても。圧倒的な敵に希望の芽を何度握りつぶされようとも。

——この空を飛ぶ。

この命、尽きるまで。

——翼は永劫《えいごう》に、シルヴァニア王家のもとに……!!

アクメドの魂が乗り移ったかのように、清顕はその文句を決戦空域に刻んだ。

しかし感傷にひたるヒマは、戦場が許してくれない。

『来たぞ、マウレガン島の雷爆撃機《らいばくげきき》……!』

一瞬のうちに、事態は急転していく。

感情を抑え込み、刻々と移り変わる戦況に対応できなければ、受け継いだアクメドの魂も虚《むな》しくこの空に消えるのみだ。

『援軍が到着した、だけど……!!』『制空できていない、このままでは雷爆撃機は全滅《ぜんめつ》する!!』

カンダタとイリアの声がつづけざまにスピーカーから届いた。

彼方《かなた》、ようやくマウレガン島からの援軍、七十機の雷爆撃機の機影が見えた。これでようやく、海原の敵艦隊を攻撃できるはずなのだが。

しかし、明らかにこちらの航空劣勢だ。ワルキューレはもはや自分が生き残るだけで精いっぱいで、この状態で雷爆撃機の直接掩護《えんご》に回ったなら確実に全滅する。

『坂上《さかがみ》、きみが指揮官だ。みなを率《ひき》いる責任がある』

イリアの声が響いて、我に返った。今日《きょう》の搭乗割り、指揮権二位は自分だ。アクメドがいなくなったいま、生き残りのワルキューレを指揮する責任がある。

雷爆撃機を見捨てて、生き残ろうとあがくか。

彼らの盾《たて》となって、自分たちが死ぬか。

ひとつを、選ばなければならない。

迷うヒマはない。決断が一瞬遅れれば、味方の被害はそれだけ増大する。ためらう間に、無為《むい》に命が散っていく。

震える手にマイクを握り、生まれてはじめて編隊指揮を執《と》った。

「雷爆撃機を直掩《ちょくえん》する」

短い言葉に、生き残りの隊員たちが応を返した。自分が生き残るだけでも精いっぱいの状況だが遠路はるばる駆《か》けつけてくれた友軍を見捨てたならワルキューレの名折れだ。たとえここで全滅《ぜんめつ》することになっても、一発でも魚雷《ぎょらい》を超弩《ど》級戦艦に命中させねばならない。それができなければ、ここで戦っている意味がない。死んでいった仲間たちが犬死にになる。

——師匠。この選択は、間違っていませんよね。

心中で呼びかけてから、清顕《きよあき》はセントヴォルト帝国海空軍の援軍へと機首をむけた。周辺を飛び回る敵機は相変わらず執拗《しつよう》に追尾してくるが、構うことなく直掩《ちょくえん》へ走る。

空域には、二百機以上もの敵戦闘機が乱舞している。対するこちらは、残り九機。みなが傷つき、あえぎながら、それでもなんとか援軍のもとへ駆けつけ、我が身を盾《たて》にして敵機の銃《じゅう》弾《だん》から攻撃隊を守り抜く。

しかし——。

性能差、物量差があるうえに、足の遅い雷爆撃《らいばくげき》機を七十機も護衛をしたならば、アリスアクトゥスにとってカズヴァーンはもはや息切れした老犬に等しい。舌なめずりするように近づいてきてゆっくりと品定めをし、死に神の鎌《かま》を振り上げる。

またしても悲しい華が、空域に咲く。

『オーギュ!!』『ライアン!!』

爆砕《ばくさい》した仲間を呼ぶ声が、通信機に響く。アリスアクトゥスの三十ミリ機関砲《きかんほう》に胴体を砕かれたオーギュ機が、ネズミ花火のように炸薬弾《さくやく》の残弾を散らしながら海原に激突し水柱となる。

その下方、炎に包まれた搭乗席のなか、座席ベルトに縛《しば》り付けられたままのライアンがのたうちながら焼かれるのが見えた。

『熱い、イヤだ、死にたくない、ママ、ママ、ママ――っ!!』

切なすぎるライアンの悲鳴が、清顕の耳朶《じだ》を打つ。これまで戦場で何百回も繰り返し聞いてきた、いまわの際に母親の名を呼ぶ声だ。いまさら珍しくもない。だが自分が指揮した結果受け取ったその声は――魂《たましい》に、深く沈む。きっと生きている限り、忘れられない。

しかし、悼《いた》む間はない。

ライアンに詫《わ》びるのは、自分自身が地獄へ行ってからでいいだろう。

残り、七機。三十二機いた味方のうち、二十五機が墜《お》ちてしまった。

魔女の群れは、狩りを楽しむように周辺を舞う。

ワルキューレは逃げない。できることはもはやひとつ、この機体を盾にして友軍の雷爆撃機を守ることのみ。敵機を追うこともできず、鈍重《どんじゅう》な爆撃機の進撃に歩調を合わせ、撃たれるそのときを待つ。

その悲しい飛翔《ひしょう》のなかに、イリアのすがたもあった。

清顕の胸が、痛切に締まる。できるならマイクを取って、イリアだけは逃げるように言ってしまいたい。幼《おさな》いころから限界を超えた訓練を課されてきたイリアが、こんな残酷な最期《さいご》を迎えるなんて、許されない。しかもその決定をくだしたのは、ほかならぬ清顕《きよあき》自身だ。

——これで、いいよ。

そのとき、清顕の耳にイリアの声が聞こえた気がした。

——きみと一緒に、最期《さいご》までいるよ。

あの箕郷《みさと》沖の一騎討ちのときと同じだ。まるでイリアと空に溶け合ったかのように、彼女の声がはっきりとこの耳に届く。


——坂上《さかがみ》。わたしは、きみに会えてよかった。

墜《お》ちていく味方の炎を背景にして、イリアの微笑《ほほえ》みが空に映じる。

——自分のことをずっと、飛空機の一部品だと思っていたけど。

——きみに会えて、そうじゃない、ってわかったんだ。

——とても楽しかった。生きることが楽しい、なんて、思ったこともなかったのに。

——経験したことのない感情を、たくさん味わうことができた。

——きみと一緒に飛んだ、すべての空を覚えているよ。

通信機から、仲間たちの叫び声が聞こえる。炎に包まれ、生きながら焼かれるものの凄惨《せいさん》な断末魔《だんまつま》を超えて、清らかなイリアの声が不思議に響く。

「ぼくだって。きみに会えてよかった」

マイクを持たず、そう呟《つぶや》いた。空を通じて自分の声が、いまのイリアに届いていることをなぜかいま確信できた。

周辺を舞い飛ぶアリスアクトゥス五機が、イリアにむかって鎌《かま》を掲《かか》げるのが見えた。

「イリア。ダメだ」

たまらず、告げた。編隊指揮官として失格でいい。どうかきみだけはそこから逃げてくれ。

「逃げろ、イリア!!」

空に、イリアの笑顔《えがお》が映し出される。


——最期まできみと一緒にいられたことが、わたしの誇りだ。


アリスアクトゥスの血に濡《ぬ》れた笑みが、動けないイリアを取り囲む。

振り上げられる、死に神の鎌。

合計十門の三十ミリ機関砲《きかんほう》が、いま、イリアの肢体《したい》を砕こうとして——。


逆に砕け散った。

「──!?」

蒼穹《そうきゅう》に、爆散《ばくさん》した五つのアリスアクトゥスが舞い散る。

芽生えた炎の球が、清顕《きよあき》の後方へすっ飛んでいく。

なにが起きたのか、理解できない。

混乱する清顕の網膜《もうまく》を、ひとひら、見たことのない翼がよぎった。


踊り狂う魔女たちの狭間《はざま》を、縫《ぬ》うように飛ぶ白銀の鳥──。


いや、未知の戦闘機か。

夏雲のごとき、鮮《あざ》やかに輝《かがや》く白銀の塗装。赤い縁取りが翼の前縁と機体中央、尾翼前縁にかかった未知のデザイン。


──ウラノスの新型機……?

清顕のその懸念《けねん》は、謎《なぞ》の機体の前方で次々に爆砕《ばくさい》していくアリスアクトゥスがぬぐい去る。

突如《とつじょ》出現した謎の戦闘機が、ウラノスを攻撃している……!?

『なんだあれは、味方!?』『わからないけど……強い!!』

仲間も混乱している。清顕は謎の戦闘機の挙動に目を凝《こ》らす。

ベオストライクとも斑鳩《いかるが》とも全く異なるエンジンで空を飛んでいるような。

──あれは……水素電池スタック？

通常は飛空艦艇の揚力《ようりょく》装置に使用される動力だが、媒介《ばいかい》が非常に高価なため単座戦闘機には使われない。

──異邦《いほう》の民……。

白銀の鳥は、異常ともいえる空戦機動で次々にアリスアクトゥスを仕留めていく。

──強い！

戦闘機の性能だけではない。操縦する飛空士の腕前が抜群だ。降り注がれる敵機の弾丸《だんがん》をひらりひらり、闘牛士のごとき優雅な挙動でかわしながら、狙《ねら》った敵機の眉間《みけん》を一刺しで仕留めて敏捷《びんしょう》に身を翻《ひるがえ》す。

機体の周囲に光芒《こうぼう》が揺らいでいるような。アクメドにも酷似した、空に愛されたものだけが描《えが》き出せる航跡……。

『一機じゃない、ほかにもいる、なんなんだこいつら、どこから湧《わ》いてきた⁉』『雲だ、低気圧に隠れている‼』

最後のイリアの声で我に返った。

北方から押し下がってくる分厚い低気圧──。ウラノス艦隊がレーダーを無効化するために利用したこの灰色の雲の峰を、同じように異民族も利用して接近してきたというのか。

いま、雲を裂いて次々に、赤い縁取りを施した白銀の戦闘機たちが飛来してくる。

そして当然のように翼を翻《ひるがえ》し、アリスアクトゥスめがけて襲《おそ》いかかっていく！

「とにかく直掩《ちょくえん》をつづけるんだ！　第三勢力が助けてくれている、ある程度自由に敵機を狙《ねら》っていい！」

援護のおかげで、鈍重《どんじゅう》な雷爆撃機《らいばくげき》に張り付いて守る必要はなくなった。残存するワルキューレを散開させて、爆撃針路を妨害するものだけを排除する。

『こちら爆撃隊、これより爆撃を開始する。ワルキューレに感謝する』

『同じく雷撃隊、雷撃針路に入る。勇敢《ゆうかん》な戦闘機隊に感謝を。見ていてくれ、必ず戦艦を沈めてみせる』

護衛してきた雷爆撃機隊は感謝の通信と共に、海原をゆくウラノス艦隊をめがけて雷爆撃を開始した。またたくまに幾多の水柱が超弩《ど》級戦艦の周辺に突き立ち、爆煙が吹き上がる。これで一方的な艦砲射撃《かんぽうしゃげき》とはいかなくなった。

だがしかし、敵機動艦隊は無傷のままだ。あれだけの大艦隊を相手に、攻撃機七十機では数が足りなさすぎる。第三勢力の戦闘機は頼もしいが、攻撃機らしいものはいない……。

いや。違う。さらなるなにかが、まだ低気圧のなかに潜《ひそ》んでいる……!!

「……!?」

清顕《きよあき》の眼前で、灰色の巨大な雲がゆっくりと裂けていき——。

空中に居並んだ鋼鉄の巨獣《きょじゅう》たちが、天を震わす咆哮《ほうこう》と共に牙《きば》を剥《む》いた。

同時刻、サントス島シエラグリード王国軍作戦司令本部――。

「これは……!?」

バルタザールは半地下構造の作戦司令室を飛び出し、地上へ出た。島の中央山地をくりぬいて設営した海抜一千二百メートルのこの地点からは、戦闘海域を一望に見下ろせる。司令室の狭い窓からではなく、戦場全体を俯瞰《ふかん》して、バルタザールは絶句する。

乱舞する謎《なぞ》の戦闘機群の彼方《かなた》、視界を横一線に断絶して北方に立ちこめていた分厚い低気圧。高度六千メートル付近にまで屏風《びょうぶ》のように立ち並んだ「雲の障壁」の表面が、その奥に隠れたなにものかによりさらに膨れあがり、飽和点《ほうわてん》を超えて裂けようとしている。

激しく猛《たけ》り、逆巻く雲の様相が、当該《とうがい》空域に吹き荒れる烈風のすさまじさを形象している。

水平線の彼方まで覆《おお》う壮大すぎる雲の障壁が、またたくまに崩壊《ほうかい》する。

霧散《むさん》する水蒸気のむこう、空を飛ぶ巨獣の群れ――。

その瞬間、バルタザールの髪がぶわりと逆立った。

「飛空艦隊!!」

思わず叫んだその瞬間――。

天翔《あまかけ》る巨獣《きょじゅう》たちが十数頭、雲の障壁を裂いて決戦空域へ出現した。

きらめく艦首に見たこともない異邦《いほう》の紋章。全面鉄鋼装甲。空間を歪《ゆが》ませるほどの質量を誇る超弩《ど》級戦艦が十二隻《せき》、舳先《へさき》を連ね、低気圧を一気に蹴散《けち》らし進撃してくる！

輪郭《りんかく》を毛羽《けば》立たせて散じる雲を背後に従え、終末の日に聖アルディスタが送り届けるという天使の十二軍団のごとき巨大な艦影の群れ。

その上甲板《じょうかんぱん》、五十センチ主砲塔《しゅほうとう》が一斉に旋回《せんかい》して東を指向した。

砲塔のむく先に、ウラノス機動艦隊。

神に祈ったことなどないバルタザールは、このときはじめて神に祈った。

「ウラノスを撃て……！」

刹那《せつな》、合計三十六の主砲塔が、百八弾《だん》もの一・五トン徹甲榴弾《てっこうりゅうだん》を吐き出した。

空が燃え上がったかと錯覚《さっかく》するほどの大音声《だいおんじょう》。水平距離一万メートルほども離れているにもかかわらず、バルタザールは思わず後ずさる。

空が皺《しわ》ばむ。

雲が消し飛ぶ。

空間が歪む。

燃え上がる弾道が、丸太のごとき灼熱《しゃくねつ》の曲線を空へ刻み——。

ウラノス正規空母の甲板に突き立った徹甲榴弾が、空母の胎内《たいない》で炸薬《さくやく》を爆発させた。炎は、攻撃機に搭載するはずだった爆弾と魚雷《ぎょらい》に引火して、正規空母を内側から食い破る。

天を冲《ちゆう》する黒煙が、高度五千メートル以上へまで噴き上がった。

海原が、傾く。ウラノス艦隊が、波に呑《の》まれる。

立ち上がった炎の壁が、海を覆《おお》い尽くす。ウラノス艦隊は紅蓮《ぐれん》の業火《ごうか》の底に閉ざされ、木炭のごとくただ焼かれるのみ。

思わず拳《こぶし》を握り込む。謎《なぞ》の飛空艦隊は、当然のようにウラノスを攻撃している……!!

「撃て。撃て。撃て……!」

両手を組み合わせ、祈る。足が震える。国籍不明の超弩級戦艦はバルタザールの求めに応じて、ほぼ一方的な猛射をウラノス機動艦隊へ浴びせつづける。

戦闘海域はもはや弾着の水柱と、燃え上がる空母と、噴き上がる煤煙《ばいえん》とやまない猛射と、甲板から海へ飛び込んでいく乗組員の悲鳴に満ちた地獄絵図《えず》そのもの。

しかも戦艦だけではない。蹴散らされた雲の障壁のむこうから、内部に隠れていた巡空艦や駆逐《くちく》艦、さらには飛空空母までが数え切れないほどあふれ出てきて、勇躍、ウラノス艦隊へ攻撃を開始する。空母周辺からは百機を超える攻撃隊が飛び立って、放ち出された空雷《くうらい》が空に幾千条の縞目《しまめ》を描《えが》き、ウラノス機動艦隊輪形陣《りんけいじん》をさらなる炎の煉獄《れんごく》へ蹴落《けお》としていく。

絶望的だった戦況が、一転、こちらの歴史的大勝へと変わっていく。

この大艦隊はいったいどこから湧《わ》いて出たのか。

まるっきり、ウラノス方面艦隊一個分の規模ではないか。

これほどの巨大艦隊がなんの前触れもなくいきなり現れて、ラファエル大将《たいしょう》でさえ匙《さじ》を投げたウラノス艦隊を一方的に壊滅《かいめつ》に追い込むなどと、この事態をどう説明すればいいのか。

無理やりに端的に表現するならば、一語しかない。

——機械仕掛けの神《デウス・エクス・マキナ》。

いま現実に、機械仕掛けの神がバルタザールの目の前に降りてきて、神の威力で敵を薙《な》ぎ払っている……。フィクションならいざ知らず、現実にこんなことが起こりうるのか。

いや。

冷静に振り返ったなら、前触れはあった。

『一手、打ってあるのです』

戦闘直前のエリザベートとの作戦会議において、あの小娘はそんなことを告げて窓の外の空を見やった。

『ヴェステラント方面から低気圧が降りてきますね』

『現れるかもしれません。機械仕掛けの神が』

あの言葉の意味は——まさか、これか。

「お前の仕業《しわざ》か、エリザベート」

バルタザールの刮目《かつもく》が、背後の作戦司令室入り口へむけられる。

おりしも、エリザベート・シルヴァニアもまた地上へゆっくりと現れて、バルタザールに並んで謎《なぞ》の艦隊の威容を見上げる。

「よかった。来てくれました」

ほっとしたようにそう言って、胸に手を当て頼もしい大艦隊を見上げる。

空はもはや、異邦《いほう》の艦隊が埋め尽くしていた。双眼鏡を手に観察すると、低気圧の晴れ間から、海面に展開していた機動部隊までがすがたを現し、甲板《かんぱん》から次々と航空部隊を発着させていく。

「あなたが、彼らを呼んだのですか」

バルタザールの問いかけに、エリザベートはひとつ頷《うなず》く。

「十二日間かけて交渉し、危急の際は援軍に来てくださるよう、契約を交わしました。以後、サントス島を彼らの補給基地として無償《むしょう》で使っていただくことになります」

「……なぜ、わたしに隠したのです」

「帝国に関与していただくわけには。彼らとシルヴァニア王家、内々の約束事なので」

この女、いけしゃあしゃあともっともらしい理屈を。

この大艦隊と共同して、武力でセントヴォルトの傀儡《かいらい》国家から脱するつもりか。セントヴォルト帝がそれを知れば怒り狂うだろうが、衰退《すいたい》した帝国の力ではシルヴァニア王家の台頭《たいとう》を抑えることはできまい。ウラノスでもセントヴォルトでもなく、シルヴァニア王家がハイデラバード群島をまとめあげるために、この艦隊の力を借りるつもりだ……。

そんな腹のなかの言葉を隠して、バルタザールは問いかける。

「なにものです、彼らは」

エリザベートは少し微笑《ほほえ》み、いまやウラノス艦隊を一方的に駆逐《くちく》して天空を圧する異邦《いほう》の艦隊を見上げた。

「第二次イスラ艦隊」

呟《つぶや》いた言葉のむこうで、ウラノス正規空母が爆沈するすさまじい黒煙が吹き上がっていた。イスラ艦隊はウラノス機動艦隊など意にも介することなく、子どもを嬲《なぶ》るように次々と海底へ送り届けてゆく。

「異邦のロマンチストが組織した、多島海の救世主です」

エリザベートの清らかな瞳《ひとみ》に、第二次イスラ艦隊の勇姿《ゆうし》と、哀れなウラノス艦隊の最期《さいご》が映し出されていた――。

†††

ウラノス艦隊の吐きだした爆煙《ばくえん》がいまだ空を焦《こ》がすなか――。

燃料が残り少ないワルキューレは帰投命令を受けて、午前九時三十分、シエラグリード飛行場へ着陸した。

激闘を終えて疲れ切った両足を地に降り立たせ、揺るぎない大地の感覚を確かめて、清顕《きよあき》は生きていることを実感する。

先に着陸していたカンダタとサナトラ、それにイリアが駆《か》け寄ってきて、清顕をねぎらった。

「よかった、勝ったよ、まだ信じられないけど……」

「無事でなによりだね。死なないでよかったよ。いっぱい死んじゃったけど、でも、生き残ったひともいるから……」

サナトラの報告では、墜《お》ちた二十五機のうち、六人が落下傘《らっかさん》降下に成功して存命とのこと。被害は甚大《じんだい》だが、いくらかの精鋭《せいえい》が生き残ってくれたことは不幸中の幸いだった。

そして清顕はイリアと目が合い……反射的に、抱き寄せた。

イリアが生きていることを腕のなかで実感し、髪越しに頰《ほお》をすりつける。

「イリア……ありがとう。生きててくれてありがとう」

正直な思いが、ほとばしってくる。抑えきれない。

「さ、坂上《さかがみ》……」

イリアは恥じらっているが、どうでもよかった。イリアが生きていてくれることがうれしくてうれしくて仕方ない。

「もう二度と、あんなのはゴメンだ。もうきみを、あんな目に遭《あ》わせたくない……」

思いを正直に言葉にして、抱き寄せる両手に力を込める。

「わかった、わかったから、落ち着け、恥ずかしい……」

カンダタとサナトラは顔を見合わせて笑うと、気を遣ったのか、その場から離れた。ふたりきりになり、清顕《きよあき》とイリアは互いの鼓動《こどう》で生きていることを確認した。

「イリア。イリア。イリア……」

感情を言葉に置き換えることができなくて、名前だけ呼んだ。イリアは不器用そうに、清顕の背中に手を置いて、少しだけ自分から頰《ほお》を寄せた。

「……うん。……ありがとう。ずっとわたしを、守ってくれたね……」

温かい言葉が、清顕の胸のなかで安らぎに変わる。

「ぼくのほうこそ。きみがいたから戦えた。きみがいなかったら、とっくに死んでた……」

頰を放して、間近からイリアを見つめた。

愛《いと》おしさがどうしようもないほど募《つの》り、思考や理性をかなぐりすてて、衝動《しょうどう》の赴《おもむ》くままに唇《くちびる》を重ねようとした。

けれど、高らかなプロペラの響きがふたりの間に割って入った。

一機――。

未知の機体がするすると、翼を振りながら滑走路目指して降下に入っている。どうやらここへ降りたいらしい。空気を読め、という言葉を呑《の》み込み、ぶしつけな闖入者《ちんにゅうしゃ》をふたりで見上げる。

「あれ……最初に現れた戦闘機だよ」

「うん。わたしも見た。凄腕《すごうで》だ。単機でアリスを十機以上、墜《お》としていた……」

管制官が許可を出し、地上員が旗を振ると、白銀の鳥はゆったりとした動作で車輪を滑走路へこすりつけた。

謎《なぞ》の飛空士は優雅に滑走して清顕のカズヴァーンの傍《かたわ》らに駐機し、風防をあけた。

ふたりの目が合う。

金髪に碧眼《へきがん》、絵に描いたような美しい青年だった。

翼から地上へ降り立ち、まっすぐに清顕を目がけて歩み寄ってくる。

彼が近づくほどに、清顕はなぜか全身が総毛立つのを感じていた。

人間というよりも、絵物語から切り出したおとぎの騎士、といった佇《たたず》まい。気品と獰猛《どうもう》さで布地を切り分け、理性と野性で縫《ぬ》い上げた人形のような。全身に冷たい炎のごとき濛気《もうき》をまとい、太陽から切り出したような金の髪をなびかせて、余人に目もくれず清顕に歩み寄ってくる。

少年といって差し支えない面貌《めんぼう》だが、こめかみから頬にかけた長い傷跡がくぐりぬけてきた

戦場の数を物語る。

おそらく同い年くらい。だが気圧《けお》される。ただならない雰囲気《ふんいき》が、清顕の頭蓋《ずがい》であの敬称に変わる。

——空の王。

かちり。

澄んだ高い響きは、青年の踵《かかと》が合わさった音だ。

「シルヴァニア王国女王、エリザベート閣下にお目通り願う。盟約に従い、我々に泊地と休息を与えたまえ」

敬礼と共に、凜《りん》とした言葉が響く。

「わたしは第二次イスラ艦隊第一航空戦隊飛空隊長、カルエル・アルバス。勇敢な多島海の戦士たちが我らと手を携《たずさ》え、共に空の一族と戦うことを願う」

用語集

※年齢や事象は
帝紀三三五〇年四月一日時点のものです。

〈ウラノス関連〉

ウラノス
　空中都市プレアデス、及び十二の飛空要塞に住むものたちの総称。一部の地上民からは「空の一族」と呼ばれるが、その呼称は地上民の無知ゆえのものとしてウラノス人が使用することはない。二千年に及ぶ空の放浪の末、飛空機械の発達とともに地上国家へ対する影響力を増していき、現在では大小数十もの地上勢力を自らの支配下に置き、地上からの貢納によってますます勢力を拡充しつつある。飛空機械が充分に発達し、量産が可能となったとき、ウラノスは二千年の悲願である「天地領有」を成し遂げるべく、本格的な攻勢に出るであろう。

ニナ・ヴィエント
　現ウラノス女王。本名はクレア・クルス。幼いころから「風呼び」の力を持ち、魔女として迫害される。のちにその力に目をつけられ「風の革命」の旗印とされるが、自身の力が引き起こした悲劇ゆえに心を失い、空飛ぶ島イスラに乗せられて空の果てへ追放される。旅の過程でカルエルらとの交流を通じて人間性を回復するが、ウラノスから「創世神話に予言された救世主」として身柄を要求され、仲間を救うためウラノスへ渡る。ウラノスでは第一王子デミストリとの権力争いの末に女王に戴冠するが、その目的はカルエル率いる「第二次イスラ艦隊」との戦闘を避けることにある。

ゼノン・カヴァディス
　ウラノス統合情報局局長。階級は少将。48歳。他にもさまざまな役職を兼任したり自称しているが、本来の職務はあまねく天地のあらゆる情報を収集、精錬、精査して、一級品の情報だけを軍上層部へ連絡する情報将校である。子飼いのS級工作員「パトリオティス」を使役して要人警備や宮殿内の諜報活動も行っており、国際武器商人ネットワーク「クロノ・マゴス」の一員でもある。政治的信条を持たず、時流に任せて漂いながら周辺の一刹那を楽しむ。現在の楽しみは、ミオを自分好みのスパイに仕立て上げ、様々な命令を実行させて遊ぶこと。

イラストリアリ教皇
　聖アルディスタ教皇府長。68歳。先代ウラノス王と癒着し、教皇府の勢力を拡充する。その目的はいまだ不明だが、ニナ・ヴィエントを傀儡として、ウラノス王宮での自身の権力基盤を盤石のものにしようとする意図がうかがえる。

デミストリ
　ウラノス第一王子。現在の役職はウラノス統合艦隊司令長官兼作戦本部長。ウラノス全軍へ軍令を発布する権限を持つ。性格は好戦的で冷酷、嫉妬深い。偏執的な一面もあり、ニナに対して歪んだ欲望を抱いている。義理の弟マニウスが評して曰く「身分の高い変質者」。

マニウス・シードゥス
　かつてウラノス第二王子であったが、妾腹であることとあまりにも優秀すぎることからデミストリ派に疎まれ、ニナ・ヴィエントと交換条件でイスラへ渡り、第二次イスラ艦隊にも同乗。第二次イスラ艦隊はマニウスから聴取したウラノスの戦力規模を想定して編成されている。アリーメンを食すために世界の秘密を漏洩するなど気まぐれな一面も。母方の姓シードゥスを名乗るのは、彼なりの王族への反抗心から。義理の兄、デミストリが評して曰く「うらなりクソ野郎」。

イグナシオ・アクシス
　ニナ・ヴィエントの専従騎士。義兄カルエル・アルバスとの約束を守り、ニナの身を守りつづけている。かつての仲間から「ツンデレ」呼ばわりされるが、本人はいまだ、その正確な意味を知らない。

ウルシラ伯爵夫人

かつてニナ・ヴィエントの家庭教師であり、現在は侍従長としてニナの身の回りの全てを管理している。58歳。17歳でウルシラ伯爵に嫁ぐが、あまりに優秀すぎて夫から疎まれ、子どもも生まれなかったことから、30年以上も修道院生活を余儀なくされる。長い幽閉生活で人格が歪み、ニナに対してもはじめは辛くあたっていたが、徐々に感情が変化した結果、ニナにつきあって王都プレアデスまで同行する。

イーサン・セイラ

ミオの義父。肉体的欠陥から子どもを得ることができず、世界中から八人の養子を集めて育てる。セントヴォルト帝国の外交官だが、ハルモンディア皇国に駐在中にゼノンと知り合い、ウラノスの利権に絡め取られ、「国益よりもさらに重要な大義のため」と洗脳されて、養子たちをウラノスのスパイとして差し出す。現在は消息不明。

クロノ・マゴス

世界を陰から支配する武器商人ソサエティ。現在では権力者たちの謀議場となっている。イーサン・セイラとゼノン・カヴァディスが設立。

王都プレアデス

空中帝国「ウラノス」の首都。人口五百万人。常に高度二千メートルを飛翔する全長五十五キロ、全幅二十四キロ、全周約二百二十キロに及ぶ広大な地表面に、飛行場・軍港・対空砲台など軍事施設はもちろん、王宮、行政区、商業区、歓楽街に住宅地、それらを結びつける幹線道路と上下水道、電気・通信設備、あらゆる都市インフラを詰め込んだ「空飛ぶ要塞都市」。

エヴァンゲリス地区

プレアデスの中心地域。ウラノス王府とウラノス王宮が所在する。王都在住五百万人のうち、三百万人がこの地域に暮らしている。多国籍市場やアミューズメントパーク、映画館や劇場も多くあり、常に人々の喧噪が絶えない。

オラトリオ地区

左岸のエヴァンゲリス地区をプレアデスの都心とするなら、右岸のオラトリオ地区は軍事都市に当たる。軍政と軍令を司る軍務庁の所在地であり、隣接する高層ビルには統合作戦本部も入っている。ウラノスの保有する全戦力の頭脳に該当するのがここオラトリオ地区。

ステファノ地区

プレアデス左岸、一般市民が住まう地区。治安が悪く、スラム街もここにある。

十二飛空要塞

ウラノスが保有する十二の飛空要塞。全ての要塞が住民居住区を持ち、地表面で耕作を行って長期的な作戦行動が可能。プレアデス及び十二飛空要塞の住人はほとんどがウラノスの上流階級であり、中流～下層階級は地上国家に移住し、地上で得た所得の一部をウラノスへ貢納している。

第一飛空要塞「スコルピオス」　聖泉方面
司令官バシレウス・アウディカス
第二飛空要塞「トクソティス」　聖泉方面
第三飛空要塞「エゴケロス」　聖泉方面
第四飛空要塞「イドロフォース」　聖泉方面
第五飛空要塞「イクシス」カイ・アンドロス方面
第六飛空要塞「クリオス」カイ・アンドロス方面
第七飛空要塞「タウロス」カイ・アンドロス方面
第八飛空要塞「ディディモス」カイ・アンドロス方面
第九飛空要塞「カルキノス」　多島海方面
司令官ライサンダー・ケプラ　→シエラグリード沖海戦で鹵獲され「オーディン」と名称変更される。ライサンダーはカルキノスの推進装置、方向舵、管制システムを破壊して自死。

第十飛空要塞「レオン」　多島海方面→ハルモンディア北方海域。ククアナ・ライン突破に使用される。

第十一飛空要塞「バルセノス」　多島海方面司令官ステファノ・ルキオ→秋津連邦に鹵獲され「朱雀」と改名。こちらは推進装置も方向舵も無傷のまま鹵獲されたため、再使用は容易だった。

第十二飛空要塞「ジゴス」　多島海方面→ハルモンディア北方海域。ククアナ・ライン突破に使用される。

パトリオティス

ゼノンが育て上げた八名のS級工作員。選抜された百名の子どものうち、激烈な訓練を生き抜いた八名であり、エリート意識が非常に高い（残り九十二名は訓練中に死亡）。

現在の序列

第一位・アトリ……無口な小男。教皇イラストリアリの身辺警護を務める。21歳。

第二位・レンジャク……アトリに次ぐ実力の持ち主。デミストリの身辺警護を務める。長身で筋骨隆々。長い髪をうしろで束ねる。20歳。

第三位・セキレイ……実力はハチドリとほぼ互角。知性派タイプ。現在はハルモンディア皇国軍中枢部で潜入工作中。22歳。

第四位・コクガン……実力はハチドリよりやや劣るが、ハチドリの降格に伴い四位に昇進。現在、カイ・アンドロスに潜入工作中。25歳。

第五位・キリアイ……八名のS級工作員のひとり。紅一点。毒のスペシャリスト。瞳は赤。19歳。現在、ユリシス宮殿でニナの護衛中。敵の毒からニナを守ると同時に、不要になればいつでもニナに毒を盛るための配置でもある。

第六位・シラサギ……現在、ソルバローザにて潜入工作中。

第七位・アオサギ……現在、紅莱にて潜入工作中。

第八位・ハチドリ……現在、ユリシス宮殿にてニナの護衛・ミオの教育係を務める。元々は第四位であったが、セントヴォルト軍潜入工作任務に失敗し最下位に降格。

単座戦闘機「アリスアクトゥス」

ウラノス最新鋭戦闘機。ターボプロップエンジン搭載。２３５０馬力。武装は三十ミリ機銃二門、十七ミリ二門。機首の長い、バッタにも似た胴体。丸みを帯びた風防。戦闘機としては長い翼から、不気味なほど野太い機銃が突き出ている。セントヴォルト帝国のお伽話「不思議な世界のアリス」の登場人物と同名であることから、同国飛空士は「魔女」または「光のアリス」の異名をつけている。

〈セントヴォルト帝国関連〉

セントヴォルト帝国

ミッテラント大陸の大国。軍事先進国であるが、石油資源に乏しいことから多島海全域制覇を国策としている。人口二億六千万人。首都セルファウスト。通貨は「ペセス」。1ペセス＝１００円くらい。1ペセス＝10ルピタ。

レオ・ローゼンミュラー

ヴォルテック航空隊飛空隊長。大尉。セントヴォルト帝国の撃墜王。ひとり娘を溺愛しており、女性隊員からの誘惑を頑なに拒み、休暇は必ず帰省して、妻と娘に家族サービスを心がける29歳。

ルル・スコットとララ・スコット

ヴォルテック航空隊に所属する双子の下士官飛空士。二人一体の攻撃を得意とする。ふたり合わせた撃墜数はレオより上。孤児院出身であり、現在も孤児院へ仕送りをつづける。ヴォルテック航空隊の隊員たちを家族のように大切に思っており、彼らを守るためなら清顕やかぐらが相手でもためらわず機銃を掃射する。

アンディ・ボット准将

セントヴォルト海空軍作戦司令部、多島海方面部局部長。46歳。バルタザールの上司。少尉候補生だったバルタザールの才覚を見抜き、ウラノスの奇襲作戦「オペレーション・ジュデッカ」の予兆を軍司令本部へ通達する。現在、バルタザールとともに破竹の勢いで出世中。バルタザールからは「有能な上司だが説教癖が玉に傷」と内心で評されているが、おおかたの場合、アンディは人間としての常識をバルタザールに説いているだけである。

ヴィクトール・カーン少将
セントヴォルト多島海艦隊首席参謀↓作戦本部艦隊参謀。准将↓少将。ハイデラバード連合共同体の空中・海上戦力を事実上壊滅させた「オペレーション・サンダースティール」立案者。51歳。バルタザールと兵棋演習を行い、入念に負けないための仕掛けを施していたにも拘わらず完敗。それ以前からの内示通り少将へ昇進し、現在ではセントヴォルト統合艦隊参謀。

ラファエル・ドナウアー大将
セントヴォルト参謀総長。62歳。事実上のセントヴォルト軍の頭脳。バルタザールの「天才」を見抜き、自らの片腕として大抜擢する。ハイデラバード戦役、第二次多島海戦争とも、ラファエルの構想によるもの。

カルステン・クライシュミット
イリアの父。かつて「空の王」と呼ばれた撃墜王。もうひとりの「空の王」であり清顕の父、坂上正治と一騎打ちをして敗れ、右腕を失ってアルコール依存症となる。敗因は、セントヴォルト側では「乱入した扇ガ谷機に撃墜された」、秋津連邦側では「正治の奥義『蛇撃ち』が決まった」とされている。正治を恨むカルステンは、ひとり娘のイリアを新たな「空の王」として君臨させたいがため、幼少期からイリアに過酷な訓練を課した。イリアを面罵することもしばしばだが、その実、イリアの活躍した新聞記事を丹念にスクラップするなど重度のツンデレな一面も。

オバンドー・エズモ
セントヴォルト海空軍少尉。現在、ククアナ・ライン後方の爆撃機隊で勤務している。エアハント士官学校時代、イリア・バルタザールとともに三機編隊を組み、かぐら・清顕・ライナ編隊と模擬空戦をおこない勝利した。かぐらに惚れており「模擬空戦におれが勝ったら結婚してくれ」とプロポーズ、その場で断られるがなぜか受諾されたと思い込み、以来、かぐらのことを自分の婚約者だと公言している危険な男。

ククアナ・ライン
ククアナ参謀将校によって設計された、ハルモンディア皇国との国境を全て網羅する複合コンクリート要塞。地下鉄道により各陣地帯が連結されており、攻撃を受けた地点へ迅速な兵力の集中が可能。セントヴォルト帝国はククアナ・ラインによって皇国軍を防ぎつつ多島海方面を制圧し、そののち全軍を北へ差しむけて皇国との戦端を切る計画を持っているが……。

ヴォルテック航空隊
セントヴォルト帝国の精鋭飛空士のみを集めた戦闘機隊。大作戦の際はほとんど必ずヴォルテック航空隊が先陣を務めるといっても過言ではない。現在は多島海戦線に投入されて河南基地で戦っている。総司令官はエイブラハム・モンロー。

単座戦闘機「ベオストライク」
セントヴォルト帝国の最新鋭戦闘機。ようやく量産体制が整いつつあるが、操縦が難しく乗り手を選ぶため、搭乗を嫌がる飛空士も多い。ターボプロップエンジン搭載。2200馬力。両翼に二十ミリ機銃四門、胴体に十五ミリ機銃二門。

飛空要塞「オーディン」
シエラグリード沖海戦で鹵獲した第九飛空要塞「カルキノス」を改名したもの。セントヴォルト帝国空挺部隊の降下を許し、敗北を悟ったウラノス要塞司令長官ライサンダー・ケプラにより推進装置と方向舵、管制機構を破壊されたため、運用にはあと数年を要する見込み。

ベルナー財閥
ミッテラント大陸において、数多くの銀行を保有する一族。複数の巨大コングロマリットを支配下に置き、各国の政財界、金融、軍事に大きな影響力を持つ。町の金融業者に過ぎなかった初代レニオール・ベルナーは、戦時金融と軍用品取引で財を為し、たった一代で巨大財閥を築き上げた傑物。バルタザールの祖父であり、バルタザールが唯一「勝てない」と思わされた相手でもある。

ジーモン・ベルナー
バルタザールの弟。ベルナー財閥の跡取り候補。兄バルタザールに対して畏敬の念を持つ。祖父に対抗するため家出しようとする兄に「なにかできることはないか」と問いかけ、「十年以内にジェット戦闘機を作れ」と命令される。「成功したなら、お前だけは許してやる」と尊大な言葉をジーモンへ伝えて、バルタザールは家を出る。

〈旧秋津連邦関連〉

秋津連邦
人口一億八千万人。首都箕郷は百四十万人。通貨は「両」。1両＝１００円くらい。
東方州（慧剣皇王国）、央州（左氏随朝）、西方州（オルフスと禿頭王国）の三民族から成り立っていたが、セントヴォルト帝国との戦争が敗色濃厚になったため再び分裂。帝紀一三五〇年時点では、河南に上陸した帝国軍を東方州が単独で迎え撃っている状態である。

扇ガ谷晴彦
現在、草薙航空隊司令長官。42歳。坂上正治の弟子であり、清顕を幼少期から知っている。カルステンと正治の一騎打ちに扇ガ谷が乱入したために遺恨が残り、結果、イリアと清顕に因縁が持ち越されることとなった。

坂上正治
清顕の父。かつて「空の王」と呼ばれた撃墜王。ウラノスのメスス島襲撃の際、子どもを銃撃から守るため自ら囮となり、妻と共に命を落とす。秋津連邦の記録では「蛇撃ち」と呼ばれる伝説の戦技でカルステン・クライシュミットに勝ったとされるが、いまだ「蛇撃ち」を完遂した飛空士は存在しない。

ジャダンバ・ダムバゾリク
草薙航空隊隊員。清顕のことを師匠として慕う。秋津連邦が崩壊したのちも西方州へ戻らず、義勇兵として草薙航空隊で戦いをつづけている。

大威徳親王
慧剣皇家第一皇子。正式名称は皇太子大威徳義仁親王。慧剣近衛師団長。民を思う気持ちが強く、無力な自分への憤りを持つ。紫かぐらとは幼少期から剣術修行に明け暮れた幼なじみ。

飛空要塞「朱雀」
旧ウラノス飛空要塞「バルセノス」を鹵獲し運用している。推進装置の破壊された「オーディン」と異なり、こちらは無傷で鹵獲されたため既に実戦に投入されている。現在は河南方面にて不沈空母としての役割を果たしているが、配備されている飛空機の数が足りずヴォルテック航空隊によりいいように蹂躙されている。

単座戦闘機「斑鳩」
秋津連邦の最新鋭単座戦闘機。ターボプロップエンジン搭載。２２００馬力。四枚翅。両翼に二十ミリ機銃二門、胴体に三十七ミリ機銃一門。最高速は九百二十キロメートル。

単座戦闘機「村雨」
秋津連邦軍の主力戦闘機。二十ミリ機銃二門　七・七ミリ機銃二門　プロペラは三枚翅。

草薙航空隊
秋津連邦の陸軍航空隊・海軍航空隊・慧剣近衛師団から選りすぐりの精鋭飛空士だけを集めた戦闘機隊。ヴォルテック航空隊と熾烈な防空戦を展開している。連邦制崩壊後も草薙航空隊は東方民を中心に存在している。央州、西方州出身の飛空士は、国に帰ったものもいるが、その多くが草薙航空隊に残って首都箕郷を守って戦うことを望み、「義勇兵」の名目で戦いをつづけている。

慧剣近衛師団

皇都箕郷の防衛部隊。秋津連邦軍の支配下に入らず、自らの意志で戦闘を遂行できる独立戦闘単位。重巡空艦四隻と迎撃戦闘機百機、一万三千の地上兵と大小火砲百三十門、後方支援部隊二万人からなる。

神明隊

近衛師団の最精鋭。慧剣皇家の身辺警護が専門。総勢250名。儀仗的な役割を担う。戦闘に関しても精鋭中の精鋭が集められている。隊長は紫かぐら。

〈多島海関連〉

ハイデラバード連合共同体

多島海に存在する300もの島々からなる共同体。人口八千五百万人。かつては統一した軍隊を持たない寄り合い所帯だったが、オルグ党が一党独裁体制を敷いて以来、陸軍力は自前でまかない、海軍・空軍力をウラノスに「外注」して成立。その結果、立法府をウラノス系議員に掌握されてコントロールされる。帝紀三三四九年十一月、セントヴォルト帝国の攻撃によりカラナクタ要塞が陥落しオルグ党党首ディジー・オズボーンは自決。帝紀三三五〇年四月、セントヴォルト帝国と講和条約を締結し、事実上、セントヴォルトの統治領となる。

ヴェステラント大陸

ミッテラント大陸と同規模の面積があるが、統一国家は現れておらず、地方豪族が大公や国王を名乗って割拠している。文化的にも発展途上にあり、国境も定かではなく、小勢力同士の小競り合いが絶えない。武器商人ギルド「クロノ・マゴス」やベルナー重工業は複数の領主に武器を横流ししており、互いに争わせることで利益を得ている。

シルヴァニア王国

かつてハイデラバード群島の盟主として君臨していた名門王家。ハイデラバード連合共同体でも議長国であったが、オルグ党の一党独裁を許してからは権力に翳りが見えはじめ、帝紀三三四二年、ウラノスの強襲を受けて国王と王妃が殺されて滅亡。エリザベート王女も死亡したとされていたが、実際はアクメドによって助け出されており存命。帝紀三三五〇年十二月、エリザベートにより再興宣言が為され、再びサントス島の盟主となる。

エリザベート・シルヴァニア

シルヴァニア王国王女。本名はエリザベート・アンジェリカ・ジャサント・イザベル・セシル・シェルベーニュ・リンデン領主アルタニア管区及びヴリタニア＝チェザーレ領主サントス王女。

コレット・エイヴォリー

旧シルヴァニア国王の妹。現在はセントヴォルト外務大臣。エリザベート（セシル）の後見人。アンディ准将が評して曰く「駆け引き好きで、他人を操作して喜ぶ。目的があるわけではなく、政治的工作そのものを楽しむ困ったお方」。現在はバルタザールを玩具にして遊んでいるが、バルタザール本人は気付いていない。

ワルキューレ

アクメド率いる民間航空事業団。世界中から優秀な飛空士を引き抜き、現在、世界最強と目される戦闘機隊。所属する飛空士は八十五名。整備員、主計兵、地上員が百七十名。スポンサーの大企業から新型機をあてがわれ、ヴェステラント大陸の空戦場で使用して実戦データを提供するのが主な役割。

アクメド
　多島海方面においてカーナシオンと並んで「空の王」と称される撃墜王。34歳。撃墜数は二百機を越えたところで本人が数えるのをやめたため判然としないが、古参のワルキューレ隊員によると「六百機は越えている」とのこと。平民生まれだが、シルヴァニア王家に見出され聖騎士として叙勲される。王家の近衛戦闘機隊「ワルキューレ」を世界最強と呼ばれるまでに鍛え上げ、王家崩壊以降は傭兵に身をやつし、ヴェステラント大陸の戦場を転戦しながら再興のときを待つことに。坂上清顕に操縦技術を教え、清顕からは「師匠」と呼ばれる。清顕の父、坂上正治に師事した過去がある。

カンダタ
　ワルキューレ隊員。撃墜数286機は隊内でアクメドに次ぐ二位。自分のことを「ぼく」と呼ぶ33歳。毛むくじゃらの大男だが言葉遣いは上品。趣味は読書と編み物。

サナトラ
　ワルキューレの女性隊員。撃墜数265機。27歳。独身。アクメドに惚れているが全く相手にされておらず、酒を飲んでくだを巻くのが日課。姉御肌で気っ風が良く、人望も厚い。得意技は胴回し回転蹴り。

聖杖
　シルヴァニア王家、王位継承者の証。継承者は聖アルディスタの御前に聖杖を掲げることで戴冠が許される。杖そのものに重大な秘密が隠されている、という噂もあるが……。

エリザベートの宝物
　身分を隠していたころ、エリザベート（セシル）がバルタザールからもらった手紙。「貴様が作戦本部に入ったなら、便所掃除の仕事をくれてやる。貴様が戦う相手はウラノスではない、便器のシミだ」とだけ書かれているこの宝物を、エリザベートは悪魔の笑みをたたえていまも大切に保管している。

〈その他〉

カルエル・アルバス
　元バレステロス皇国第一皇子カール・ラ・イール。風の革命により地位を奪われ、庶民へ転落する。風の革命の旗印だったニナ・ヴィエントを激しく憎むが、空飛ぶ島イスラでの生活のうちにクレア・クルスと恋仲に陥る。イスラを救うためにプレアデスへ赴いたニナを助け出すため、現在、第二次イスラ艦隊を率いてプレアデスを目指す途上にある。

アリエル・アルバス
　カルエルの義妹。かつてイスラに乗って旅に出た際、ニナ・ヴィエントことクレア・クルスと親友になる。得意料理アリーメンはあらゆる人間を魅了できる魔法の食べ物。

第二次イスラ艦隊
　カルエルの呼びかけに応じて、ウラノスを威嚇するために組織された大艦隊。艦隊司令官ルイス・デ・アラルコン。旗艦、超弩級飛空戦艦「サン・アブリール」。出港時の戦力は大型飛空戦艦十五隻、正規空母十八隻、巡空艦百十五隻、駆逐艦百六十隻、輸送船二千隻以上。

ソルバローザ
　ウラノス情報局局長ゼノン・カヴァディスがミオへ伝えた国名。この世界のどこかに存在している。

カイ・アンドロス
　ゼノンが語った未知の国家。『誓約』5巻において、プレアデスの空を覆っていた艦隊を見てイグナシオは「他海域の戦闘が終了し、カイ・アンドロス方面艦隊が帰還したようだ」と呟いている。

紅菜
　ゼノンが語った未知の国家。詳細は不明。

GAGAGA
ガガガ文庫

とある飛空士への誓約7

犬村小六

発行　2015年1月25日　初版第1刷発行

発行人　丸澤 滋

編集人　野村敦司

編集　野村敦司

発行所　株式会社小学館
〒101-8001 東京都千代田区一ツ橋2-3-1
[編集]03-3230-9343　[販売]03-5281-3556

カバー印刷　株式会社美松堂

印刷・製本　図書印刷株式会社

Printed in Japan ISBN978-4-09-451531-2